비열한 오후

함계순 소설집

청어

비열한 오후

함계순 소설집

발 행 처·도서출판 **청어**
발 행 인·이영철
영   업·이동호
기   획·이용희
편   집·방세화
디 자 인·이해니 ㅣ 이수빈
제작부장·공병한
인   쇄·두리터

등   록·1999년 5월 3일
(제321-3210000251001999000063호)
1판 1쇄 인쇄·2019년 5월 1일
1판 1쇄 발행·2019년 5월 10일

주소 · 서울특별시 서초구 남부순환로 364길 8-15 동일빌딩 2층
대표전화 · 02-586-0477
팩시밀리 · 0303-0942-0478

홈페이지 · www.chungeobook.com
E-mail · ppi20@hanmail.net
ISBN · 979-11-5860-641-1(03810)

이 도서의 국립중앙도서관 출판시도서목록(CIP)은 서지정보유통지원시스템 홈페이지
(http://seoji.nl.go.kr)와 국가자료공동목록시스템(http://www.nl.go.kr/kolisnet)에서 이용
하실 수 있습니다.(CIP제어번호: CIP2019013655)

비열한 오후

작가의 말

　내가 어릴 때 살던 마포 공덕동에는 예전 대원군의 별궁이 낡은 대궐처럼 서 있었다. 그때는 그 궁을 모두 대원군 별장이라 불렀었다. 그래도 대궐은 대궐이었고 전쟁 후까지 퇴색된 채로 아무도 살지 않는 아흔아홉 간의 빈 집이었다. 인근에는 그렇게 큰 집이 없었고 여염집으로는 그런 화려한 주택이 존재하지 않았었다. 솟을대문 앞으로 넓게 전답이 펼쳐있고 왼쪽 담을 끼고는 커다란 연못이 있었다. 지금 시각으로 보면 그 연못이 그리 크다고 할 수는 없을 것이다. 하지만 당시 어린아이들의 눈에는 바다만큼이나 크고 아름다운 연못으로 여름이면 꼬마들이 멱을 감고 물장구를 쳐 대며 겨울에는 썰매를 타거나 학생들이 스케이트를 타기도 하던 물놀이장이며 이를테면 연못이면서 종합 스포츠 시설이었다. 초여름부터 분홍색 연꽃이 피어나고 빗방울이 구르는 널따란 연잎은 아이들의 부채나 우산도 되었다. 장마가 들 무렵이면 유난히도 이 연못에 맹꽁이 우는 소리가 요란하기도 했었다.

이 별장엔 언제나 대문이 열려 있어 이따금 바람을 쐬러 나온 동네 어른들이 대청이나 툇마루에 앉았다 가기도 하고 여름내 연못에서 멱을 감고 놀던 아이들은 발가벗은 원숭이처럼 툇마루에 앉아 햇볕에 몸을 말리기도 했었다.

아무것도 아닌 존재의 어린 여자아이는 사내아이들처럼 그 연못에 풍덩 풍덩 뛰어들지도 못하고 그저 애들 노는 것만 구경하다가 가끔 이 툇마루에 걸터앉아 하늘이나 쳐다보았었다. 그때 우연히 보게 된 것은 파란 하늘에 떠 있는 까만 새였다. 하늘을 유유히 나는 그 까만 새는 솔개였다. 솔개가 뜨면 어느새 아이들이 "어, 솔개미 떴다. 병아리 감춰라!" 하며 어미닭에게 새끼를 지키라는 노랫소리가 재잘재잘 들려왔다. 솔개는 날개를 활짝 펴고 오래도록 움직이지 않고 하늘에 떠 있다가 빙빙 돌면서 어느새 시야에서 사라져 버린다. 마치 꿈을 꾸었던 것처럼 솔개에 대한 생각도 내 기억에서 사라져 버린다. 그리고 내겐 그저 아이들이 부르던 "솔개미 떴다. 병아리 감춰라!"라는 단순한 노랫소리만 오래도록 기억 속에서 맴돈다.

세상에는 병아리를 잡아먹는 솔개보다 훨씬 더 큰 새들의 제왕 독수리가 존재한다는 것을 알게 된 것은 훨씬 더 시간이 지난 뒤였다.

푸른 하늘에 날개를 반듯하게 펴고 아주 고요하게 떠 있는 독수리를 본 적이 있는가? 우리는 그 매서운 눈이 무엇을 보고 있는지 어느 먼 장소에 있을 그가 새로이 찾고 있는 무엇인가를 생각한다.

험난한 산악 꼭대기에 둥지를 틀고 하늘 높이 떠올라 날개를 활짝 펴고 더 큰 세상을 바라보는 독수리의 시선이 닿는 곳, 그곳이 어디일까? 이렇게 높고 위대한 존재가 세상에 함께 있다는 사실을 인식하게 된 것은 지금까지의 내 작은 세계를 뛰어넘어 더 크고 더 광활한 세계로 다가가는 계기였다. 그 소리 없는 침묵의 세계가 나에겐 문학이었고 소설이었다.

하늘에 유유히 떠 있다가 어딘가로 날아가는 독수리처럼 소설은 사유와 지성의 눈으로 꿈과 이상의 새로운 지평선을 찾아 더 광활한 세상의 끝을 향해 날아간다.

그것이 마음속으로 간절히 원하던 것이 아니라 아무 실체가 없는 꿈이라 해도 분명 그것을 향해 나의 소설은 날아갈 것이다. 그 끝에서 절망을 하게 된다 하더라도 그 눈은 후회는 하지 않으리라. 날갯짓하는 동안 꿈을 꾸며 충분히 행복했으므로.

소설을 시작할 때마다 어설픈 꿈으로 설레기도 하고 고지식한 희망으로 벅차기도 했지만 걸음을 옮겨놓을 때마다 그게 얼마나 두려운 고통인지를 깨달으며 스스로 자괴감에 슬프기까지 했다. 하지만 어느새 나는 다시 새로운 지평선을 향해 걷고 있었다.

내 소설의 새로운 지평선은 어디까지일까?
어쩌면 그 끝없음에 감사해야 할지도 모르겠다.

그동안 몇몇 문학지에 실었던 단편소설들을 책으로 엮
으려니 무심히 간과했던 기억들이 마치 물속에 잠겨 있
다가 떠오르듯 서서히 생경하게 부상한다. 과연 이 스마
트 스피드 시대에 책을 읽을 시간도 의지도 부족한 세상
에 이런 고전적 방법으로 책을 만들어 내놓는다는 게
정말 그럴 가치와 필요가 있는 일인지 혹 문화 쓰레기로
넘쳐나는 이 어지러운 시대에 한 번 더 세상을 어지럽게
하는 일은 아닌지 사뭇 우려가 없진 않지만 그래도 내
사유의 흔적 같은 나의 작은 이야기들을 마땅히 책으로
엮어야 할 것 같아 조심스럽게 용기를 낸다.

함계순

차례

끝없는 정적의 수평선

나는 조용히 그녀의 이름을 불러본다.

"아줌마!" 그리고 다시 "엄마!" 라고 불러본다.

"아줌마!" 라고 불러도 "엄마!" 라고 불러도

어느 것도 그저 어색하게 들려오는 의미 없는 바람소리 같기만 했다.

끝없는 정적의 수평선

바람이 멎고 물결 위에 햇볕이 반짝거린다. 파도도 숨소리를 죽이듯 갯 가장자리에서 찰랑거릴 뿐, 더없이 조용하고 호젓한 오후의 하얀 구름이 수면에 떠 있다. 하늘과 바다의 경계를 흐리며 수평선은 눈물조차 빈곤한 고독한 존재에게 영원한 다른 세계로 손짓을 한다. 나는 아득한 수평선을 끝없이 응시한다. 고요하고 적막한 그 세계는 내 자아까지 잊게 하고 영혼을 빨아들인다.

얼빠진 시간을 주무르며 해가 느릿느릿 서쪽으로 기울기 시작한다. 긴 잠에서 깨어나듯 나는 나의 시간을 추스르며 오늘도 이곳저곳 자리를 옮겨가며 낚싯줄을 던지고 낚싯대를 기울인다. 물통 속에서 내 낚시에 걸려든 고기들이 아가미를 벌름거리며 작은 공간을 휘돌아댄다. 나의 포로들이다. 제법 손바닥만 한 우럭이 세 마리, 황복이 두 마리. 아직은 그것들도 힘이 있다. 저녁이 되면 그놈들도 제풀에 힘이 빠져 잠잠해지고 단지 숨 쉬는 일조차 급급하게 될 것이다. 그것이 오늘 그 놈들의 운명이라면 놈들에게는 참으로 안 된 일이다. 멀리서 부웅! 하는 뱃소리가 들려온다. 저 조그만 여객선에서 잡일을 거드는 양씨는 저녁이 되면 이 섬으로 들어오는 사람을 내려 주고 돌아갈 때 내가 잡은 고기들을 숙이네 매운탕 집으로 가져 갈 것이다. 사실 내가 처음 이 섬으로 흘러들어 왔을 때 나는 이 섬이 나의 정착지가 될 거라고는 전혀 생각하지 않았었다. 그것은 정말 우연이었다. 그 우연 속에 내 운명이 끼워진 것처럼 낚시도 우연히 그저 심심풀이로 시작했으니까. 갈 곳이 없는 나를 양 노인이 받아준 것과 그의 곁에서 외로움을 갉아 대며 낚싯대를 지키고 있었으니까. 솔직히 섬에서 살면서 내가 돈이라도 벌어야겠다는 의지만 있었더라면 차차 배라도 사고 그물을 마련하고 등등 어부가 갖추어야 할 어구들이라도 장만했을지 모른다. 하지만 웬일인지 난 그러고 싶지가 않았다. 그저 아무 것도 하고 싶은 게 없었기 때문이다. 학교로 돌아가고 싶지도 않고 애써 살고 싶지도 않았다. 그건 이 부질없는 모든 것들로부터 자유롭고자 하는 권태 때문이었는지도 모른다. 하기야 내가 왜 이 세상에 살아 있어야 하는지 아니면 왜 죽어야 할지 어느 것에도 이렇다 할 명분이나 이유를 찾지 못하는데 무슨 삶의 의욕이 있을까 했다. 하지만 내가 아직도 이렇게 살아 있는 것은 "발칙한 놈 같으니라구!" 라고 하던 양 노인이 그래도 나를 받아준 게 지금까지의 존재이유라면 이유일 것이다. 그가 세상을 떠나자 그의 아들 양씨는 뭍으로 나가

배를 타기 시작했고 남겨진 그의 낚싯대들이 지금 내 손에 있는 것이다. 그러고 보니 낚시에 끼워둔 미끼에 고기가 물릴 때마다 찌가 수면으로 쳐드는 순간 낚싯대를 날쌔게 잡아 올리는 손맛 때문에 내가 살아 있는 것인지도 모른다. 그게 내 삶의 기쁨이라면 유일한 기쁨일 터이지만 그 자체도 실은 별 의미는 없는 것이다.

낚시 얘기라면 보통 아무 생각 없이 되는대로 잡아도 종일 잡으면 열댓 마리 이상은 된다. 몇 마리 더 잡을 양으로 낚싯대 세 대를 이리저리 옮겨 가며 자리를 잡았지만 오늘은 고기가 미끼를 당기는 신호가 별로 신통치 않다. 어느새 붉은 해가 수면을 붉게 물들이고 갈매기들도 빙빙 회오리만 돌뿐 차가운 저녁놀에 싸늘한 한기가 다가온다.

가방 속에 둘둘 말아 넣은 감색 바람막이 파커를 꺼내 걸친다. 잠시 훈기가 몸 안에서 퍼지고 손도 따뜻해진다.

이 섬은 십여 가구가 아니 정확히 열네 가구가 올망졸망 사는 조그만 섬이다. 연안 포구에서 삼십 분이면 들어 올수 있는 말하자면 간신히 무인도를 면한 섬마을이다. 이미 연육교를 놓는 공사도 진행 중이어서 곧 배를 이용하지 않고서도 이 섬을 드나들게 될 것이다. 그래도 나를 이곳으로 데려왔던 배는 마치 정규 노선의 교통 차량들처럼 매일 들러 간다. 그것은 나에겐 정말 즐거운 것이다. 언제라도 마음만 먹으면 후닥닥 어딘가로 떠날 수가 있고 배가 오기를 기다리면서 막연하긴 해도 무언가 좋은 일이 생길 것 같은 기대감도 있으니까.

해가 기울고 어둠이 내리기 시작할 때 연안을 도는 배가 포구로 들어온다. 체구가 다부진 여객선 기사가 부으웅! 하고 고동소리를 한 번 내고 나서 엔진을 끄는 소리가 들렸다. 오늘은 멀리서 보아도 선실 안이 텅 빈 것이 이곳 승객이 아무도 타지 않은 것 같다.

사실 섬 생활이란 게 보기에 따라 먼 동경의 세계일 수도 있다. 저 먼 수평선처럼. 어떤 사람들은 호기심으로 이 섬을 찾아오기도 하고 어떤 사람들은 무언가에 쫓겨 일시적 피신처로 찾아오기도 한다. 때론 나처럼 정처 없이 떠돌다 우연히 흘러 들어오기도 하는 것이다. 하지만 대부분 이 삼일만 지나면 생각이 바뀌고 어느 틈에 슬금슬금 이 섬을 떠나기 시작하는 것이다.

저녁놀이 붉게 수면을 핥고 있다. 방파제 앞에 십여 분 쯤 머물렀던 연락선이 다시 돌아가려고 시동을 건다. 양씨는 내가 들이 민 물통의 고기를 들여다보며 "잡은 게 없네!" 라더니 흘깃 나를 쳐다보곤 에이그! 흐으읏! 하고 헤픈 웃음을 흘렸다. 그 음성은 옛날 양 노인의 음성과 사뭇 비슷하게 들린다. "이래 가지고 어디 밥이나 먹겠누! 응?" 그는 장난기

섞인 비아냥거림으로 헬렐레 입을 열고 내 표정을 살핀다. 실은 비아냥거림이라기보다 듣는 사람의 처지가 심히 딱하다는 질타의 혼잣소리다. 그는 다시 나에게 고개를 한 번 끄덕하고 물통을 배 안에 들여 놓곤 돌아간다고 손을 흔들었다. 나는 양씨의 그 악의 없는 헤픈 말소리가 맘에 든다. 푸른 색 작은 여객선 배가 슬그머니 뱃머리를 돌려 '위잉 윙' 엔진 소리를 내며 멀어져 간다. 하얀 포말이 뱃길을 따라 간다.

그 어느 날 나는 해가 질 무렵에 배에서 내렸다. 이 섬 어디에서 나의 결심을 단행할까 하며 가장 알맞은 장소를 찾아 바닷가를 한 바퀴 돌던 중 산 뒤편 바위 자락에서 낚싯대를 드려 놓고 무언가 우물우물 씹으며 쿨룩 거리는 양 노인을 보게 되었다. 그 노인은 바로 지금 저 여객선 잡부 양씨의 아버지였다. 그는 낚싯줄을 당겨 바늘에 물린 작은 고기를 빼 물통 속에 넣었다. 통속에는 잔챙이들 여나문 마리가 물도 없는 바닥에서 할딱거리고 있었다. 그는 연신 기침을 쿨룩거리며 인기척을 느낀 듯 나를 흘깃 훑어보았다. 그는 기침을 누르고 들이킨 호흡을 다시 내쉬며 쉰 목소리로 "뉘시오?" 라고 물었다. 그리고 나의 대답도 듣기 전에 다시 낚싯대를 만지작거렸다.

"아무도 아닙니다." 무심코 내뱉은 말에 퉁명스럽고 불쾌한 소리가 내 귀를 때렸다.

"아무도 아니라니 그럼 당신은 귀신이요? 귀신의 그림자요, 허어!" 노인은 보기보다 멀쩡했다. 쿨룩거리며 기침을 하던 때와는 다르게 낯선 방해꾼을 대하는 태도가 대단히 공격적인 어투였다. 나는 더 이상 무슨 말을 해야 할지 생각이 나지 않아 그저 입을 꾹 다물고 그 자리에 우두커니 굳어진 듯 서 있었다. 서 있다기보다는 마치 바위틈에 발끝을 쑤셔넣고 버티고 있는 기분이었다. 실은 아무도 없을 줄 알았었기 때문에 비록 모르는 사람이긴 해도 갑작스런 인기척은 나로선 사뭇 당황스러운 것이기도 했다.

노인은 다시 한 번 나를 훑어보곤 낚싯대를 이리저리 옮겨 놓는가 하며 해가 넘어 가고 있는 서쪽 하늘을 바라보았다.

"밤낚시를 하러 오셨군요." 이윽고 나는 내가 누구라고 알려 주는 대신 노인을 향해 내 추측으로 말을 걸었다.

"허어, 음!" 그는 여전히 나의 건방진 접근을 달가워하지 않는 듯 했다. 그리고 내 행색을 살피더니 낚시를 온 것도 아니고 이 시간에 여길 오면 이미 배도 돌아갔으니 오늘 밤에 돌아갈 수가 없는데 어쩔 거냐고 물었다.

"글쎄, 어디 며칠 지낼 곳이 없겠습니까?" 별 뜻도 없이 묻긴 했지만 난 내가 묻는 말소리에 내가 오히려 당황했다. 지금 난 죽기 위해 죽을 장소를 찾아 싸돌아다니고 있지 않은

가? 무슨 물어볼 말이 필요하다고……. 그런데 며칠 묵을 곳을 찾는다고?

"글쎄올시다. 여긴 숙박업소가 한군데도 없는데……."

"그렇습니까?" 난 더 이상 노인을 상대로 시간을 보내고 싶지 않았다. 그래서 우물쭈물 노인에게 고개를 끄덕거리며 바위틈으로 이어진 울퉁불퉁 좁은 길로 이리저리 걸음을 옮겼다.

어둑어둑 해가 완전히 수면 너머로 사라지자 갯바위 길을 찰싹거리는 물결이 희망과 절망을 몰래 삼켜 버리고 배부른 야수처럼 질펀하게 누워 암흑을 맞고 있다. 어쨌든 간에 오늘은 내 의지를 기필코 단행할 작정이다.

이제 나의 결심을 단행한다고 해서 누가 피해를 입을 사람도 없지만 아무도 말리거나 슬퍼할 사람도 또는 욕조차도 내게 할 사람이 없다. 그러니까 나의 결단은 거대한 바다에 작은 돌 하나가 소리 없이 가라앉듯 존재의 아무런 흔적도 남김없이 조용히 사라져 버리는 것이다. 나로선 그것이 가장 바라는 바이고 원하는 것이다. 혹 나중에 수희가 내가 죽었다는 소식이라도 듣게 되면 아마도 잠시 안됐다고 느끼지 않을까? 하지만 그것뿐 그녀는 다시 자신의 행복에 충실하려하겠지. 내가 이 세상에 없다는 것은 어쩌면 그만큼의 여유 공간이 이 세상에 넓어진다는 의미가 있을 뿐이다.

솔직히 대단히 유감스러운 일이다.

파도 소리가 멀어지고 어둠이 짙어지기 시작했다. 비탈길을 따라 바람막이로 심어 둔 소나무들이 서있다. 아무 생각이 떠오르지 않았다. 이상하게 슬프지도 않았다. 난 내 의지를 단행하기 전 완전히 어둠이 내려 아무것도 보이지 않을 때까지 기다리기로 했다. 어쩌면 그게 내 서글픈 삶의 종말과 어울릴 것 같아서 였다. 밤이 되자 하늘에 별들이 하나둘씩 깔리더니 이윽고 찬란한 별들의 잔치가 비춰졌다. 차갑게 빛나는 별들은 어둠을 누르고 천상의 아름다움을 드높인다.

라면을 끓여다 주던 분식집 아저씨의 혈기어린 얼굴이 머릿속에서 소리 없이 나를 비웃는다. 해변 노래방의 허무한 공허가 가슴을 누른다.

"아아, 세상이여, 이렇게 그대가 나를 조롱해야 하는 이유가 뭔가? 수희, 한수희, 그동안 고마웠어. 안녕."

그날 난 커피라도 그녀와 함께 마실 작정으로 의무실의 그녀를 찾아갔었다. 물론 그녀는 여느 때와 마찬가지로 내게 친절한 표정으로 환대를 했다. 하지만 그녀는 누군가와 오래 전화를 하고 있었다. 아마 약속을 하는 것 같기도 했었다. 얼마 동안 이야기를 나누다가 그녀는 웃으면서 "그럼 이따

거기서……!" 라며 핸드폰을 접어서 주머니에 넣었다.

얼룩무늬가 짙게 드려진 육군 병장의 모자를 쓴 채로 애써 용감해 보이도록 일부러 "충성!" 하며 내가 거수경례를 했을 때 그녀는 조금 생뚱맞은 표현으로 눈을 흘겼다.

"어우! 휴가 간다더니 웬일로 벌써? 아직 귀대 날짜가 며칠 더 남았을 텐데……."

"웬일은? 소위님 보고 싶어서죠. 소위님은 내가 보고 싶지 않았어요?"

"어머나! 글쎄, 보고 싶었다면 보고 싶었고……. 그냥 바빠서 언제 일주일이 지났는지 모르겠네."

"어우. 섭섭한데요, 소위님. 전 매일 소위님 생각만 했는데……."

그녀는 나의 대꾸에 한쪽 눈을 추켜올리고 슬며시 웃기만 했다. 그래도 기쁜 표정이었다.

"아이, 소위님이란 호칭은 너무 먼 것 같아요. 그냥 누나예요. 아니면 누님?"

동갑내기인 수희에게 누나나 누님이란 칭호를 쓴 것은 그래도 수희를 높여 주고 싶은 나의 진심이었다. 말은 그렇게 했지만 그건 그녀와 내가 좀 더 가까운 관계이고 싶어서였다. 하지만 나 역시 그녀를 굳이 꼭 누나라거나 누님, 그렇게 부르고 싶은 생각은 아니었다.

"뭐라구? 난 선생님이야. 알았나, 진 병장? 여긴 군부대이고 난 소위님이고 선생님이야. 난 진병장의 스승이니까. 안 그래?" 그녀는 또박또박 상기된 목소리로 말했다.

"예에, 한수희 소위 선생님!" 내가 별수 없이 그녀의 명령에 수긍을 하자 그녀는 이제야 싱긋 미소를 지으며 됐다는 듯 다시 말을 이었다.

"그렇지. 진 병장. 됐어. 그런데……. 음, 휴가는 어땠어? 여자 친구도 만났어?"

"예, 만났습니다." 난 다시 육군 병장답게 씩씩한 대답을 했다. 어쨌든 그녀와 가까이서 이야기를 하는 게 나는 좋았다.

하지만 내게 여자 친구가 없다는 것을 그녀가 모를 리 없는데 일부러 사무적 관심을 보이며 내가 휴가 중 여자 친구를 만났느냐고 하는 그녀의 질문은 사뭇 야속한 기분이 든다. 그렇게도 나의 마음을 모르는 척해야만 하는 걸까?

어쩌면 그녀는 나와 그녀 사이가 너무 가까워지는 걸 경계하느라 일부러 상관인 티를 내고 있는지도 몰랐다. 난 그게 가장 가슴이 아프다. 내가 고참이긴 하지만 나는 사병이니 장교와 사병 간의 그 간격은 사실 감히 비교를 할 수가 없는 것이다. 내가 그녀를 처음 알게 된 것은 내가 다니던 학교에 그녀가 교생 실습을 나온 것이다. 그 당시 내게 보이는 그녀는 너무나 청순하고 순수해 감히 농담이라도 함부로 걸어선 안 될 것만 같았었다.

그런데 내가 군에 입대 후 훈련이 끝나 지금 이 부대에 들어와 복무를 시작하게 되었을 때였다. 어느 날 갑작스런 심장 통증으로 부대 의무실에 들렀다. 그때 하얀 가운에 흰 모자를 쓴 한수희를 이 의무실에서 다시 만나게 된 것이다. 세상에! 이렇게 그녀를 만나다니! 순간 나의 심장 통증은 봄눈 녹듯 사라지고 언제나 마음 설레는 그녀의 맑고 상큼한 모습이 내 가슴에서 떠나지 않았다. 그녀를 생각하면 나의 가슴은 실로 표현하기 어렵게 두근거렸다. 지금까지 느껴 보지 못했던 새로운 감정이었다. 감히 내가 그런 마음을 가져도 되는 것인가?

사실 의무실을 자주 드나들면서 이미 그녀가 누군가와 혹 사귀는 것은 아닌가 하는 느낌이 가끔 들 때가 있었다. 그것은 내겐 너무나 걱정스러운 일이었다. 그래서는 안 되는 일이다. 하지만 설사 그렇다 해도 내가 그녀를 생각하는 일에 달라질 것은 없었다.

현재 나는 전역을 한 달 남겨놓고 날짜가 어서 빨리 지나기만을 기다리는 게 요즘 내가 하는 하루의 일이다. 나는 될 수 있는 대로 그녀를 찾지 않으려 했지만 무료하고 심심한데다 나도 모르게 오후 서너 시만 되면 저절로 의무실로 발길이 옮겨지곤 했다. 다행이라면 다행일까 의무실에도 급한 환자가 별로 없으니 내가 그녀에게 가도 별로 방해가 되지 않는 것이어서 그녀에게 그리 미안할 것까지는 없었다. 그녀가 나에게 단호하게 선생님이라 부르라며 엄포를 놓긴 했어도 표정이나 모든 언행의 감정으로 봐서 그녀가 나를 싫어하는 것은 아니었다. 오히려 마음 편한 친구처럼 부담도 없이 솔직할 수 있어서 나도 그녀도 서로가 좋아 하는 것처럼 느껴졌다. 하긴 내가 그 이상을 바랄 수는 없는 것이었다. 그 이상을 바란다는 것은 그녀를 독점 하겠다는 욕심이니까. 하지만 그녀까지 이 세상에 없다면 나에게는 다가가고 싶은 사람조차도 또 마음을 놓고 이야기 할 수 있는 사람조차도 아무도 없기 때문이었다. 하지만 그녀는 모른다. 내가 얼마나 외로운 존재인지를. 또 내가 얼마나 그녀를 좋아하는지를.

오후가 되자 날씨가 좋아서였는지 의무실은 물론 그녀의 모든 게 명랑하고 환해 보였다. 그녀의 표정도 한층 더 화사해 보였다.

그녀는 "승현 씨, 어서 와. 오늘은 뭐했어?" 라며 나의 요즘 일상에 관심이 있다는 듯 말했다. 다른 때 같았으면 "진 병장! 훈련 잘 끝냈나?" 라며 엄격하게 군기를 보였을 텐데 오늘은 왠지 인사말도 부드럽게 들렸다. 난 그녀의 부드러운 음성에 조금 당황했지만 싫지는 않았다. 분명 그녀가 나를 가깝게 생각하고 있다는 증거였기 때문이다.

"그냥, 만화책도 좀 보고. 흠, 복학 준비로 영어 공부를 좀 해 보려는데……. 음, 집중이 잘 안 되네요. 소위님, 아니, 선생님."

"그럴 거야. 그래도 잘 해봐." 그리고 곧 "음, 승현 씨. 제대하면 나도 이 의무실이 무척 허전할 거야. 매일 보던 사람이 안 보이니까 말이야." 라고 했다. 그녀의 말엔 나의 제대가 서운하다는 진심이 섞여 있었다. 그건 내가 그녀에게 가장 바라고 있는 마음의 선물 같은 것이다. 그 마음 하나면 나는 더 이상 바랄 것이 없다. "승현 씨, 요즘 건강은 아주 좋아 보여, 자 그래도 혈압 한번 재볼까?" 그녀가 혈압기를 내 앞에 내려놓고 곁에 있는 의자를 끌어 당겼다. 나는 자연스럽게 팔을 걷고 그녀가 당겨 놓은 의자에 앉았다. 이젠 부정맥 치료제나 혈관경화방지 약도 이미 끊은 지 오래니까. 내 심장질환은 완치되었다고 보아도 되는 것이었다. 난 이제 이 의무실에 환자로 올 필요는 없는 것이다.

저녁 식사가 끝나고 모두 밖에서 담배를 피우거나 잡담을 하느라 자유롭게 휴식을 취하고 있을 때였다. 내무반 안에 누워있던 나에게 주인철 병장이 슬금슬금 다가왔다. 그는 나보다 두 달 늦게 이 내무반에 들어온 후배였다.

그는 내가 의무실에 자주 드나든다는 사실을 알고 있었다. 그는 내게 아주 조심스럽게 의무실의 한수희 소위와 나는 어떤 사이냐고 물었다. 나는 그가 묻는 질문이 의아해 잠시 머뭇거리다가 그저 나의 옛 스승이라고 말해주었다. 그건 사실이었으니까? 그러나 그는 나의 그런 이상스런 대답이 어디 있느냐 듯 혀끝으로 스의! 슷! 바람소리를 내며 나를 빤히 쳐다보고 거짓말 하지 말라는 표정을 지었다. 그리고 절대 그런 것 같지 않다며 자꾸 고개를 갸웃 거렸다. 그리고 다시 나의 얼굴을 빤히 직시하며 좀 더 솔직히 고백해 보라는 것이었다. 그는 틀림없이 내가 그녀를 사랑하고 있다고 믿는 것 같았다. 하지만 난 누구에게도 그녀를 사랑한다고 말할 수가 없다. 난 감히 그녀를 사랑한다고 말할 수가 없는 놈이니까. 그래서 난 그녀를 사랑한다는 말 대신 그녀는 내고교 시절에 교련 교사로 우리 학교에 교생 실습을 나왔었다는 얘기와 우리 반 교생 담임이었다는 얘기를 들려주었다. 당시 나는 학급의 반장으로 아침·저녁, 조·종례 때는 물론 수업시간마다 차려와 경례의 대표 구령을 맡고 있었다. 그러니 그녀가 나를 모를 리는 없는 것이다. 내가 커다란 목소리로 '차렷!' 한다든가 '경례!' 라고 하면 구령에 따라 일제히 움직이는 급우들도 내 구령에 대단히 시원스러워 하는 느낌이 들었다. 그녀도 이런 나에 대해 대단히 호감이 간다는 듯 나를 대하는 표정에 기쁨을 보여 주었다. 그리고 학급에서 일어나는 일에 대해선 전적으로 나에게 묻곤 했다. 그녀가 육

주 간의 실습을 끝내고 돌아갈 때 학급에서 준비한 꽃다발과 작은 선물을 내가 전달했을 때 내게 손을 내밀어 악수를 하던 그녀의 눈에서 작게 눈물이 비치는 게 보였다. 그 순간 내 가슴은 왜 그리 뛰었던지. 작별이라는 순간에 그녀와 우리가 처음 느끼는 감동이었다.

나는 대학에 들어가 겨우 일학년을 마치고 군에 입대했는데 자대 배치를 받았을 때 우리 부대에서 근무 중인 그녀와 뜻밖에 해후를 하게 된 것과 그 당시 나는 전에 앓던 심장병이 다시 재발한 이유로 의무실을 들락거리게 된 것이라고 사연을 들려주었다.

주인철 병장은 나의 이야기를 듣고 나서 정말 그런 거냐며 얼마간 이해가 된다는 표정으로 말을 끊었다. 그리고 잠시 입맛을 다시고 나서 실은 부대 내에 떠도는 소문을 말해 줘도 괜찮으냐고 했다. 난 그가 무슨 말을 하려는지 몰라 어리둥절해 무슨 소문이냐고 되물었다. 그는 단지 소문만 가지고 말을 옮기는 게 마음에 걸리는지 잠시 머뭇거리다 부대 내 떠도는 소문이라며 알려 주었다. 실은 의무실 한수희 소위 하고 B중대 중대장 박대현 소령이 보통 사이가 아니라는 것이었다. 더욱이 박 소령은 가정이 있는 사람인데 한 소위가 더 적극적으로 야단이라는 것이었다.

"뭐라구? 그럴리가?" 난 한동안 할 말을 잊고 허공만 바라보았다. 절대 그런 일이 있어서는 안 되는 거 아닌가? 군대 내에서? 그것도 불륜이라니? 내가 있는데……. 나 아닌 누구와도 그녀에게 그런 사연이 존재한다는 것은 불쾌한 일이다.

박대현 소령이라구! 칫! 그 자는 장교라지만 솔직히 내가 보기엔 별로 남자다워 보이지도 않는다. 그저 송아지 같이 눈만 커가지고 멀대 같이 기다란 모가지하며 유감이지만 그 자의 어디가 좋아서 한수희가 그토록 애간장을 태운다는 건지 알 수가 없다.

순간 지금까지 내 속으로만 지녀왔던 그녀에 대한 깊은 감정이 그녀에게는 한낱 나의 일방적 욕정일 뿐이었다는 생각에 가슴이 떨렸다. 그러니까 내가 아무리 그녀를 사랑한다 해도 그녀에게 나는 그저 의무실에 오는 환자 중 한 명이란 것밖에는 아무 것도 아니란 것 아닌가? 그녀의 그 모든 친절과 다정한 호감이 한낱 직업적 형식에 불과했다는 생각을 하니 나 자신이 너무 초라하고 딱하다는 생각이 들었다. 그리고 그토록 사무적인 친절로 그녀가 나를 다독거린 것을 생각하니 그녀의 거짓 선심에 강한 배신감마저 드는 것이었다.

아니다. 한 선생은 절대 그런 여자가 아니다. 난 그건 헛소문일 거라고 일축해 버리고 마음을 다시 평온하게 먹으려 했다.

며칠 뒤 나는 의무실을 들르는 일도 이제 마지막이라 생각하며 그녀를 한 번 더 찾아갔다. 마침 저녁 식사 시간 전이었다. 그녀는 의무실의 모든 업무를 끝냈는지 보이지 않았다. 아무 소리도 들리지 않았다. 인기척도 전혀 느껴지지 않았다. 난 다시 한 번 사방을 휘이 둘러보고 뒤돌아 나올 참이었다. 그런데 의무실 뒤쪽 후문에서 그녀가 창가에 머리를 대고 멍하니 밖을 내다보고 있었다.

"아! 여기 계셨군요!" 난 그녀가 있어서 반가운 마음에 소리쳤다. 하지만 그녀는 아무 대답을 하지 않고 잠자코 있었다. 이상하게 그녀답지 않게 우울하고 슬퍼 보였다. 그녀가 일부러 그랬는지는 알 수 없지만 나의 기척이 그녀는 전혀 의식 되지 않는 것 같아 나는 말을 걸어놓고 한참이나 머쓱하게 서 있었다. 지금까지 보아온 것을 생각하면 그녀의 그런 모습은 참으로 낯설었다. 하지만 언제나 밝게 빛나던 그녀가 아무도 모르게 슬퍼하는 모습을 보니 그동안 느껴왔던 배신감은 어느새 사라지고 오히려 그녀의 슬픔에 덩달아 가슴이 메어지는 것 같았다.

어쩌면 그녀의 그런 모습은 보아서는 안 될 것만 같았다. 분명 그녀는 속으로 울음을 삼키고 있는 것 같았다. 잠시 말없이 지켜보다가 나는 지금 이 순간 내가 그녀 곁에 있는 게 그녀에게 더 없이 가혹한 일임을 알게 되었다. 상황이 좋지 않은 순간에 누군가에게 보이고 싶지 않은 바닥을 보여주게 되는 것은 누구나 괴로운 것이다. 나는 미안한 마음으로 조용히 의무실을 빠져나왔다.

그럭저럭 다시 한 달이 지나고 나 역시 내무반에서 간단한 송별회를 갖고 전역식을 시작하게 되었다. 그리고 사단 연병장에서 다른 부대 사병들과 함께 정식 전역식을 가졌다. 드디어 내가 군 복무를 끝내고 전역을 하는구나 생각하니 순간 만감이 교차했다. 반복되는 고단한 훈련과 지겹도록 단순했던 부대 생활이 마침내 끝난다는 것과 다시 내 고독한 처지를 하루하루 감당해가며 새로운 시작을 하여야 하니 한편 두렵기도 했다.

한수희 소위는 의무실에서 창문 밖으로 손을 흔들며 잘 가라고 인사를 했다. 나도 아무 말 없이 모자를 벗어 흔드는 것으로 답례를 했다. 지난 이 년간 참으로 그녀와 가깝게 느끼며 지내왔는데…….

복학신청 서류를 제출하고 새 학기 등록금 고지서를 받아들고 보니 갑자기 돈이란 게 걱정이 되었다. 그동안은 전역만 하면 어떻게 되겠지 싶었는데 막상 제대를 하고 보니 등록금은 적은 돈이 아니었고 갑자기 그런 돈을 마련한다는 게 참으로 난감했다.

난 나에게 돈을 빌려 줄 수 있는 사람들을 하나씩 떠올려 보았다. 하지만 그만큼 여유 있는 사람이 생각이 나지 않았다. 또한 나의 그런 부탁을 들어줄 만큼 내게 가까운 사람도 생각이 나지 않았다.

내게 애써 어딘가에 연고가 있다고 한다면 내가 떠나온 단 한 곳, 그곳의 그 여자뿐일 것이다. 그곳은 저녁 무렵 어부들이 술을 마시러 들어와 죽치고 앉아서 화투도 치고 내기를 하다가 노름도 하고, 누군가는 노름으로 딴 돈을 가지고 여자를 사서 잠을 자러 나가기도 한다. 그곳에서 그 여자가 그런 사람들과 어울려 살고 있다. 그 여자는 술도 잘 마시고 잠도 자주고 그렇게 해서 생기는 돈을 화장품이나 몸치장에 써버린다. 부끄럽게도 난 지금 그 여자에게 그런 돈이라도 빌릴 수만 있기를 기대하며 일찍 서둘러 서울역으로 나간다. 비열한 나 자신을 되도록 모른 체 하면서. 그 실 돈이라도 빌릴 생각이라면 그간에 단 한 번이라도 그녀에게 연락을 했었다든가 가끔씩 안부라도 전한 일이 있었어야 하겠지만 난 중학교 때 그곳을 떠나온 이후 단 한 번도 그곳을 가본 적도 없고 그녀에게 연락을 해본 적도 없다. 아니 그곳에 대해선 생각도 해본 적이 없는 것이다.

그런데도 내가 그곳을 생각하게 된 것은 어떻게 해서든 복학을 하기 위해 등록금을 단 얼마만이라도 마련해 볼 수 있을까 해서였다. 그 여자라면 혹 내가 부탁하는 것을 몰라라 하지는 않을 것만 같았다. 특히 학교 등록금이라면 선뜻은 아니어도 전혀 몰라라 하지는 않을 것이다. 나는 나중에 꼭 갚는다고만 하면 되는 것이다. 그 여자는 내가 어릴 때부터 항상 무언가를 나에게 주고 싶어 했었으니까. 난 어려서부터 그녀를 노래방 아줌마라 불렀지만 그녀는 나를 마치 자신의 아이처럼 여기는 것 같았었다.

내가 서울로 간다며 달랑 입은 옷에 양말 두 켤레와 수건 한 장을 싸가지고 나올 때였다. 그녀가 어찌 알았는지 예사롭지 않은 나를 잡고 넋두리 하듯 지껄였다.

그녀는 내 눈을 똑바로 들여다보며 "그래, 생각 잘했다. 다신 이 지겨운 구석으로 돌아오지 마. 응? 절대. 이곳은 절망뿐, 인생을 허비할 수밖에 없는 곳이야!" 그녀는 눈에 고인 눈물을 닦아내며 황급히 주머니에서 만 원짜리 몇 장을 내게 쥐어 주었다. 그러나 난 그 비탄의 탄식과 그 무거운 한숨이 누구를 향한 것이었는지 알려 들지도 않았고 알고 싶지도 않았다. 그저 그녀의 역겨운 하루하루를 떠버리는 줄로만 생각했으니까. 무엇보다도 나는 그곳을 어서 벗어나는 게 중요했으니까. 하지만 지금 그 아줌마를 만난다면 상당히 반가울 거란 생각이 들었다.

새벽 기차를 타고 목포에서 내려 다시 버스를 타고 그 해변 노래방으로 찾아간 때는 정오가 지난 지 얼마 안 되어서였다. 사람들은 대개 자신의 거처를 그렇게 쉽게 옮기는 게 아니까 비록 떠나온 지가 오래 되긴 했어도 지금이라도 찾아 가면 그녀를 못 만나는 일은 아마 없을 거란 생각이 들었다. 어쨌든 난 최선을 다해 내게 도움을 줄 수 있는 사람을 찾아야 하는 것이다. 무슨 일이 있어도 돈을 마련할 수 있어야 하는 것이다.

해변 노래방의 간판은 많이 퇴색이 되어 있었다. 우선은 그것이 그곳에 있는 것이 반가워 나는 곧바로 다가가 출입문을 밀어보았다. 안에서 잠가 둔 것인지 열리지 않았다. 이상하게 장사를 하는 흔적이 느껴지지 않았다. 인기척도 느껴지지 않았다. 아마도 이제 이 노래방에서 노래를 부르려는 사람은 아무도 없을 것 같았다.

기대를 가지고 찾아온 것에 비하면 문이 잠기고 사람이 없다는 것은 참으로 난감한 일이었다.

해변 근처를 어슬렁거리다 난 조그만 분식집을 하나 발견했다. 갑자기 허기도 느껴져 나도 모르게 미닫이로 된 유리문을 열고 들어섰다. 엉성한 탁자 네 개에 의자가 제멋대로 흩어진 주방을 겸한 식당이었다. 오십 대 중반쯤으로 보이는 남자가 앞치마를 두르고 파를 다듬고 있었다. 얼굴이 둥그러니 이곳 분위기와 다르게 혈기가 좋아 보였다.

난 라면 한 그릇을 달라고 하고 비딱하게 벌려진 의자를 당겨 테이블 앞에 앉았다.

남자는 나를 흘깃 훑어보고 다시 흘깃 살피더니 냄비에 물을 붓고 가스버너에 불을 붙였다.

"아저씨, 실례지만 저기 노래방 하던 아주머니 어디 계신지 알 수 없을까요?"

그는 대답 대신 다시 나의 얼굴을 뚫어지게 살폈다. 그리고 낯선 사람이 묻는 질문에 뜻밖이라는 듯,

"자네가 그 사람을 어떻게 아나?" 하고 정색을 했다.

나는 그 아주머니가 어려서부터 늘 나를 보살펴 주신 고마운 분이라서 찾아 왔다고 얼버무렸다. 그는 잠시 입을 꾹 다물었다가 무겁게 열었다.

"그래? 그렇다면 그토록 기다린 게 혹 자네 아닐까?"

"예? 왜 저를 기다렸죠?" 나는 그의 말이 이해가 되지 않았다.

"글쎄, 아무래도 피붙이를 찾고 싶었던 모양인데…… 아마 아들이 하나 있었나봐……. 하지만 끝내 누구라고는 제대로 말을 안 했지. 한을 가슴에 묻고 세상을 떠난 걸. 무슨 병인지도 잘 몰랐어. 아무튼 자신의 병도 끝까지 다른 사람에게 알리지 않았고……. 참 지독한 사람이었어."

"예에? 그럼 돌아가셨다고요?" 나는 마치 하늘이 무너진

것처럼 가슴이 뛰었다. 그럼 내 등록금은 어떻게 마련한다? 돈을 좀 구할 수 있을 거라 생각했던 그나마의 희망이 절망으로 변했다.

"마지막 숨을 거둔 지 딱 한 달 되었어. 의식이 없을 때는 '현아, 현아.' 하고 헛소리를 하다가 의식이 돌아오면 다시 '음, 승현아, 미안해. 정말 미안해.' 하며 혼자 눈물을 흘렸지." 남자는 잠시 머뭇하더니 내가 그녀와 어떤 관계라도 있는지를 확인하려는 듯 내 얼굴을 뚫어지게 바라보았다.

남자는 팔팔 끓는 라면 냄비를 집게로 집어서 내가 앉은 탁자 위에 놓고 작은 김치 그릇을 곁들여 놓고선 주방 쪽으로 앉아 다시 파를 다듬기 시작했다.

"현아." 라든가 "승현아." 라고 했다면 그건 나의 이름 아닌가? '진승현' 내 이름 석 자가 맞는 것 아닌가?

온몸에 알 수 없는 전율이 흐르고 가슴이 뛰었다.

"이럴 수가!" 난 그 노래방 아주머니에게 얼마간의 돈을 좀 빌려보고자 찾아 왔는데 이미 그녀가 이 세상 사람이 아니라고? 그리고 그녀가 나의 생모였다고? 어쩌면 그럴지도 몰랐다. 내가 그녀의 아들이란 사실 말이다. 순간 난 도무지 어찌해야 할지 판단이 서지 않았다.

그녀가 자신에게 아들이 있다는 비밀을 숨기고 살아온 것은 어쩌면 나를 위해서였는지도 몰랐다. 그녀는 자신의 떳떳지 못한 신분이나 누구의 씨인지도 모르는 나를 자신이 낳은 아들이라고 말하기가 마치 나에게 죄를 짓는 것처럼 미안했던 것 아니었을까? 난 나의 이름마저 누가 지어준 것인지 알지 못한다. 정말 나의 성이 진 씨인지도 알 수 없다. 하지만 여태 그런 게 불편하다거나 이상한 적은 없었다. 그런 게 모두 다 당연한 것만 같았으니까. 난 누가 나의 아버지인지조차 모르면서도 어쩌면 그녀가 나의 생모일지도 모른다는 느낌은 사실 아주 어렴풋이 느끼긴 했었다. 그녀는 어린 나를 껴안을 때마다 "으흠, 불쌍한 것!" 라며 안쓰러워했다. 솔직히 난 나에 대한 그녀의 그런 동정이 너무 싫었다.

그러나 이제 그녀는 이 세상에 없다. 나를 대하던 부드럽고 친근한 눈길도 나를 도와주려 했던 그녀의 착한 손길도. 이 세상에 없다. 그녀의 끔직한 비탄의 절규도 이젠 들어볼 수조차 없는 것이다. 무엇보다도 난 나에게 생모가 있었다가 이젠 그마저도 존재하지 않게 된 것이다. 그러나 언제나 그랬었다. 나에게는 아무도 없다는 것 말이다.

난 분식집을 나와 다시 뒷골목 모퉁이의 해변 노래방으로 걸어갔다. 출입문은 아직도 잠겨 있었다. 난 다시 몇 번 힘을 주어 세게 문을 밀었다. 그러자 싱겁게도 문은 힘없이 열렸다. 나는 어두운 카운터 안으로 들어가 그녀가 있었을 때를 기억했다. 짓궂은 어부들이나 근처 가게에서 온 취객들의 부르는 노래가 들려오는 것 같았다. 고성방가와 다름없는 거친 노랫소리가 들려오던 그 옛날의 기억이 아줌마의 힘든 표정과 함께 되살아 다가오는 것 같았다. 여자들의 슬픈 노랫소리도 들려오고 술꾼들의 걸걸한 타령도 들려 왔다. 이따금 그녀가 맑게 웃는 모습도 보이는 것 같았다.

나는 조용히 그녀의 이름을 불러본다.

"아줌마!" 그리고 다시 "엄마!" 라고 불러본다.

"아줌마!" 라고 불러도 "엄마!" 라고 불러도 어느 것도 그저 어색하게 들려오는 의미 없는 바람소리 같기만 했다. 솔직히 나에게 어머니란 존재가 있다면 그 해변 노래방 아줌마 같은 그런 여인은 아닐 것 같았으니까. 적어도 내게 존재하는 어머니의 초상은 그렇지 않아야 했다. 그런데 비열하게도 난 그 하찮게 여겼던 여인에게 돈을 빌려 보려 왔었고 끝내 알고 싶지도 않은 혈연임을 확인하게 되다니!

나는 밤이 되어서야 노래방을 나왔다.

귓전에서 윙윙 바람 소리가 들리고 파도소리가 들려온다.

아직 난 죽지 않은 것인가? 아니면 내가 죽어서 어느 딴 세상에 와 있는 것인가? 아니면 저승에라도 온 것인가. 정신이 몽롱한데 기운이 없고 좀처럼 움직여지질 않는다. 이상

했다. 그런데 어째서 한수희의 얼굴이 떠오르는 것인가? "바보." 나는 또 한 번 실패를 한 것이다.

내가 눈을 뜨자 기침을 쿨럭 대며 낚시를 하던 노인이 나를 내려다보고 있었다. 그는 "이제 정신이 드는 모양이군!"라며 한심하다는듯 쯧쯧 혀를 찼다. 그리고 주전자에서 물을 따라 내밀었다. 그러곤 "그렇게 해서야 죽나? 죽으려면 저 바닷속으로 그냥 걸어 들어갈 것이지 무슨 수면제를 먹고 생쇼를 하는 거야, 앙?" 그는 거의 고함을 지르고 있었다.

"가짜로 쇼 한 거지? 이런 발칙한 놈 같으니라구!" 노인은 성난 얼굴로 나를 노려보며 욕지거리를 퍼부었다.

"아아!" 이제야 상황을 알 것 같았다. 혹시 내가 먹었던 약의 양이 부족했었나? 아니면 먹은 약의 양에 비해 그 독성이 약했던 까닭이었나? 그만큼의 약을 삼켰다면 난 이미 완전히 죽어 있어야 했다. 그런데 난 부끄럽게도 아직도 숨을 쉬고 있었던 것이다. 더욱 강렬한 삶의 의지를 가지고. 얼마나 우스꽝스럽고 엄청난 이율배반인가? 위선과 거짓의 분노가 나를 마구 짓밟고 있다. "그래서야 죽나?" 그래, 나는 죽을 자격도 없는 놈이다.

그리고 보니 여태 내가 살아 있는 이유가 아마도 "그렇게 해서야 죽나? 가짜로 쇼 한 거지? 이런 발칙한 놈 같으니라구!" 라던 양 노인의 질타 어린 야유 때문 아닐까 싶기도 하다. 어떤 이유로든 죽음의 선택은 가장 쉽고도 비열한 방법의 시위일 뿐이란 걸 일깨워 준 분 아닌가. 어떤 이유로든 일부러 죽는다는 것은 진정 삶에 대한 예의가 아니란 것 말이다.

에덴의 정원사들

—

"그래요. 인간은 잔인하고 악해요. 선생님,
그러면 우리 이제 호랑가시를 심지 말까요?"
"아닙니다. 우리에게 우리의 죄악을 기억하게 하고 회개와 양심을
일깨워주는 귀한 나무예요. 생각하면 이런 나무에도 다
그 뜻이 있는 것 같군요. 하지만 그보다도 난 크리스마스와
호랑가시나무가 너무 아름답기 때문에 좋아하는 거예요."

에덴의 정원사들

카일 선생님이 수건으로 안경알을 여러 번 닦아 쓰고 현
관을 나섰다. 태가 없는 동그란 안경알은 그의 새하얀 얼굴
을 더욱 맑아보이게 했다. 카일 선생님도 이젠 전보다 기운
이 많이 없어보였다. 그래도 그가 걸어가면서 스틱을 흔들거
나 팔에 걸치면 우산을 들고 여자를 동반하는 영국 신사의
새까만 실크 햇(hat)이 연상되기도 한다. 선생님이 산책을 나
가려 하면 흰돌이가 으레 졸졸 앞장을 선다. 흰돌이는 내가
이곳에 올 때 함께 가져온 진돗개지만 언제부터인가 나보다
는 카일 선생님을 더 따르는 것 같았다. 이젠 아예 카일 선
생님이 주인인 듯 그의 개란 생각이 들 정도이다. 앞질러 가
던 흰돌이 축축한 흙의 냄새를 훑어가며 힐긋힐긋 카일 선
생님을 돌아보기도 하고 선생님이 제대로 따라오는지 확인
도 하며 이리저리 뛰어다닌다.

숲으로 이어진 오솔 길이 비에 젖어 촉촉했다. 잿빛 기와
지붕 골진 처마 끝으로 여린 빗물이 떨어지는 소리도 더없
이 은은하다. 다른 날 같으면 해가 뜨기 전에 사립문 박으
로 나가 떠오르는 붉은 해를 바라보거나 반대편 숲길로 돌

아가 젖은 이슬을 옷자락에 스치며 싱그러운 풀냄새를 가슴 깊숙이 들여 마시거나 할 것이다. 하지만 오늘은 그보다 엊그제 심은 호랑가시 묘목들이 제대로 살아나고 있는지 그걸 열심히 살펴 볼 것이 틀림없다. 때맞춰 비도 오지 않는가. 카일 선생님이 이 동산에 심고 가꾼 나무는 수만 가지가 넘는다. 호랑가시나무를 이 숲에 심어온 지도 벌써 십 년이 넘을 것 같다. 아마도 호랑가시는 제일 그의 마음에 드는 나무가 아닌가 싶기도 하다. 그러고 보니 나도 언제부터인가 호랑가시나무가 더없이 좋아지는 걸 느끼게 되었다.

호랑가시나무는 원래 구골목이라 불렀는데 우리나라 완도에서만 서식하는 세계 희귀종 식물이라고 했다. 내가 처음 호랑가시나무를 본 것은 해남의 보길도에서였다. 윤선도의 생가 정원에 키가 높이 자란 호랑가시나무는 대단히 우람했다. 까슬거리는 가시 잎사귀들이 이리저리 말리고 뒤틀린가 하면 잔뜩 옹크린 잎가지들의 강한 응집력이 돋보여 마치 주변에 무성한 동백꽃 숲에서 특이한 변종이 생겨난 것처럼 여겨졌다. 호랑가시나무도 알고 보니 일반 사철나무처럼 잎이 크고 탐스러운 것도 있고 별처럼 앙증맞은 작은 잎들로 가지를 덮고 있는가 하면, 쑥색으로 마치 선인장의 목마른 빛깔을 띤 것이 있는가 하면, 잎사귀가 가늘게 길쭉길쭉 늘어진 것도 있고, 동글납작하니 반들거리며 잎 가장자리에 칼칼한 가시를 드러내 예쁘긴 해도 조심스럽게 만져야 하는 것 등, 모두 각양각색의 특징을 가지고 오솔길 곳곳에서 인사라도 하듯 손을 내민다.

지난 가을에 전지 작업을 제대로 하지 못한 삼나무들은 바람만 불면 멋대로 뻗어난 가지들을 머리카락처럼 흔들지만 다소곳이 다듬어진 호랑가시들은 언제나 침착한 자태로 품위를 잃지 않아 언제 봐도 반들반들 빛나며 볼수록 매력적이다.

편백나무도 모감주나무도 모두 내 손에 다듬어지지만 여름 한창 나무들이 무성할 때 일손이 모자라면 카일 선생님은 몇 사람 일손들을 더 부르곤 했다.

"너무 무리하지 말아요. 잘못해서 나무에서 떨어지거나 괜히 다치기라도 하면 더 손해예요. 미스터 박."

"예, 그냥 알아서 할 테니 절대 걱정하지 마십시오." 나는 카일 선생님이 늘 내게 마음을 써주는 게 고마워서 더욱 더 열심히 나무들을 가꾸고 보살폈다.

"작년에 심은 나무들도 자리를 잘 잡았어요. 벌써 일 미터가 넘게 자랐는데 조금 있으면 주목 나무들 하고 키가 맞먹을 거예요." 내가 말을 돌리자,

"미스터 박이 잘 가꿔주니까 나무들이 쑥쑥 크는 것 같아요." 하고 내 얼굴을 보고 웃었다. 그는 크게 웃는 일은 없

지만 늘 온화하게 웃는 게 습관이 되어있었다. 그는 나를 항상 미스터 박이라고 불렀다. 그런 칭호는 처음엔 좀 어색했다. 하지만 자꾸 듣다보니 익숙해지고 나의 존재도 조금은 중요한 사람 같은 느낌이 들었다. 하지만 우리는 카일 선생님에게 미스터 카일이라든가 데이빗이라고는 부르질 않았다. 정식으로 말하자면 그의 이름은 데이빗 스완슨 카일이라 해야 할 것이다.

"과찬이에요. 카일 선생님." 그는 내가 나무들을 항상 잘 가꿔 준다고 흐뭇해 했다. 나 역시 더 성의껏 나무들을 보다듬을 생각이 들었다. 이왕이면 나무 모양도 생각해서. 그리고 모든 나무들을 종류별로 위치를 정해 특징과 높이나 나무들의 영역을 생각해 나무 간의 간격과 조화도 맞추고 군데군데 바위들이 놓인 언저리에 초화나 야생 풀꽃들로 채워 넣기도 할 작정이었다. 물론 카일 선생님의 지시가 먼저 있긴 하지만 여태껏 늘 그렇게 하다 보니 이젠 카일 선생님이 말을 하지 않아도 카일 선생님과 나의 생각이 어느새 같아지는 걸 느끼게 된다. 나는 카일 선생님이 즐거워하는 모습을 바라보는 게 좋아서 아니, 그보다 나 스스로도 나무가 좋아서 열심히 정원 일을 하게 된다. 전지를 하고 가지가 휜 곳은 바로 잡고 비나 바람에 쓰러질 것 같은 것은 부목을 세워 꼿꼿이 받혀 주고 죽은 가지는 잘라내고 나무가 하늘을 향해 똑바로 안정감 있게 서도록 뿌리와 줄기가 지면에서 직각으로 이어지게 흙을 돋우거나 작은 돌을 받혀 주기도 한다. 그게 내가 이 정원 숲에서 하는 일이다. 다행이 싫지 않은 이일은 카일 선생님으로부터 배우고 익힌 것이지만 내 망한의 잡념도 이 일 때문에 사라지고 자연과 동화되어 싱그럽게 살아가는 기쁨은 누가 뭐라 해도 카일 선생님 덕분이다.

어제는 현관 앞에서 울타리까지 길목 가장자리에 앉은뱅이 초화로 팬지와 튤립을 다시 심었다. 마침 오늘 촉촉이 내린 봄비가 물을 주는 듯 생기가 피어오르는 게 여간 상큼하지가 않다. 카일 선생님은 이런 꽃들보다는 호랑가시나무가 제일 애착이 가는 것 같았다. 이유야 알 수 없지만. 그렇지 않고서야 매년 호랑가시나무를 심지 않은 해가 없지 않은가. 크리스마스 때마다 빨간 열매가 송글송글 달린 호랑가시나무로 둥글게 크라운을 엮어 가운데 십자가를 꽂아 출입문에 장식도 하고 마당에 심은 어깨 높이의 호랑가시나무와 주목나무에 반짝이는 작은 별들로 추리 장식을 하지 않은 적이 없지 않은가.

카일 선생님은 보통 아침에는 산책을 하고 돌아와 주로 독서를 하고 오전에는 정원 일에 함께 나서기도 하지만 거의 모든 일들은 내게 맡겨두고 수목에 대한 책을 쓰기도 하고 국제원예학회나 호랑가시협회 회장을 맡아 바쁘게 시간을 보내기 때문에 외출을 할 때가 많다. 하지만 그는 거의 집에 돌아와 저녁식사를 하고 시간이 되면 오르간을 치기도 한다. 그가 오르간을 치는 솜씨는 대단히 수준이 높다. 어떤 때는 성당에서 미사곡을 연주하는 것 같기도 하다. 가끔은 찬송가를 치는 때도 있고. 그러나 내 귀에 익은 곡은 주로 고등학교 때 배운 미국의 민요나 포스터 작곡의 켄터키 옛집 금발의 제니 아니면 메기의 추억 같은 곡들이었는데 그런 곡을 들으면 난 울고 싶은 생각이 들었다. 나도 그이유를 정확히 알 수는 없었지만 아마 그가 오르간으로 끌어내는 그런 음악이 너무 아름답기 때문이었을 것이다. 그건 너무 쉽게 말한 것인지도 모르겠다. 어쩌면 너무 외로워서 그 외로움이 삭고 삭아서 승화된 영혼의 울림 아닐까 싶기도 하고. 외로움으로 말을 하자면 나나 카일 선생님이나 어떤 면에서 같은 동류의 존재일 것 같기도 하다. 인간이 아닌 자연과 나무를 사랑하는 남자라는 점과 결혼을 하지 않은 혼자라는 점과 서로의 속 깊은 얘기는 하지도 묻지도 않는 점과…… 더 이상은 이유나 조건을 달고 싶지가 않다. 그저 느낌으로 통한다는 것밖에…… 단지 그가 과거 군인 출신이란 게 나와 다른 점일까?

어머니 추도식에 간다며 카일 선생님이 두 주일 간 고향에 다녀오겠다고 했다. 그가 나에게 집과 정원 관리를 단단히 부탁하고 펜실베이니아로 떠난 사이 민경이가 찾아왔다. 느닷없이 그녀가 찾아온 것이 너무나 뜻밖이어서 난 무슨 말을 해야 할지 얼른 생각이 나지 않았다. 아니 오히려 어리둥절했다고 해야 맞는 말이다. 우리가 헤어진 지 아니, 그녀가 떠난 뒤 세월이 많이 흘렀다는 생각은 그녀의 눈가에 어느새 잔주름이 피기 시작한 것이 눈에 들어왔기 때문이었고 그녀 역시 나이가 들기 시작한다는 느낌이 들었다. 그러나 아직도 고고한 자존심만은 여전해 보였다. 적어도 내 눈엔 말이다.

"어쩐 일이야? 나 여기 있는 건 어떻게 알았지?" 솔직히 내 말소리에는 빈정대는 느낌이 들어있었다. 하지만 그녀는 그런 내 어투엔 개의치 않는 듯이,

"다 아는 수가 있지. 대한민국 안에서 죽지 않고 살아 있으면 다 만날 수가 있는 거 아냐?" 하고 내 표정을 빤히 들여다보고 있었다.

처녀 시절엔 제법 목련처럼 보얀 얼굴에 그윽한 품위가 느껴져 말을 함부로 걸 수 없을 만큼 다가가기가 두려웠던 정민경이었다. 졸업을 앞두고 군 입대를 생각할 적에 그녀는 늘 왜 남자가 그렇게 포부가 없는가라는 듯한 표정으로 나

를 대할 때마다 불만스러워 했다. 아마 유학이라든가 가시적으로 장래를 위한 대단한 계획 같은 것을 내게서 찾지 못하는 아쉬움 때문이었는지도 몰랐다. 하긴 나 같은 얼간이를 무엇 때문에 그토록 따라다녔던지 지금도 이해가 되질 않는다. 졸업을 한 학기 남겨 두고 입대 하던 날 난 그녀에게 농담 반 진담 반으로 떠벌리듯 의사를 전달했다. 실은 그게 가장 나를 덜 비참하게 할 것 같아서였지만.

"나 기다리지 마."

"흠, 누가 기다린대?" 그녀의 대답은 한마디로 마치 웃기지 말라는 투 같았다. 실은 그녀가 눈을 흘기며 토라진 표정으로 하는 대답이 속으론 너무도 서운했었다.

"혹시, 기다릴까봐, 후으웃!"

"별 걱정 다 하시네. 흥!"

그렇게 헤어졌지만 마음 한구석에, 아니 그녀가 내 안에서 떠난 적은 없었다. 하지만 난 그녀와 결혼을 하고 싶다든가 내 여자로 가지고 싶다는 생각을 해본 적이 없다. 그저 그녀를 바라볼 수만 있다면 그것만으로도 충분했으니까. 어쩌면 그녀를 소유한다는 것은 대단히 부담스러운 일일 지도 몰랐다. 가난밖에 가진 것이 없는 내게 넘치는 여인을 우러러야 한다는 것은 대단히 거북하고 불편한 일이아닌가?

"아니, 시집가서 잘 살고 있다는 소문은 들었는데 어쩐 일이냐구? 이렇게 혼자서."

"촌스럽게. 아직도 그렇게 답답하고 고지식해?"

"무슨 말이야?" 그녀는 아직도 나를 그렇게 답답한 인간 으로 단정을 짓고 있었다.

"살다보면 누구나 혼자서 생각할 시간이 필요할 때도 있 는 것 아냐? 마침 자기 여기 있다는 소식 듣고 별러서 찾 아온 건데……. 문전박대인가? 현우 씨, 너무해. 나 반갑지 도 않아?"

"흐음! 아무리 반가와도 이젠 신분이 다르잖아? 이젠 어엿 한 대기업 전무의 사모님 아냐?" 내가 좀 비아냥조로 나무 라자 그녀는 피식하고 고개를 돌렸다.

내가 그녀에게 아이들이 없느냐고 묻자 그녀는 아들만 둘이라고 했다.

"어우, 그래? 부럽군."

"부러워? 그럼 장가 가. 왜 여태 이러고 있어?" 라며 그녀 는 내게 답답하다 듯 여자를 하나 소개해주랴 하며 자기는 내가 신부가 되려고 일부러 장가를 안 가는 줄 알았다고 다소 익살을 부렸다.

"흐흐음!" 할 말이 없어 난 그저 구차스럽게 웃고 말았다.

내가 신부가 돼? 좀 웃기는 소리 아닌가. 신부는 아무나 되나? 난 기독교적 신앙도 없는데……. 하지만 왜 그렇게도 그녀 앞에선 이토록 초라해지고 비참해지는지. 이미 그녀는 나와 아무 관계가 없는 사람이라 단정을 지어 놓고 되도록 감정 없이 대하려 하건만 난 왜 이렇게도 약하고 아무것도 보여줄게 없는지.

"여긴 호랑가시나무가 참 많네. 나무 모양도 참 예쁘다." 그녀의 낭랑한 말소리가 잠시 동안의 거북한 침묵을 깨고 평온을 되찾아 주었다.

"겨울엔 더 예쁘지! 새하얀 눈 속에서 빨간 열매를 송글송글 내미는 가슬가슬한 푸른 잎들이 얼마나 이쁜데. 크리스마스 때는 꼭 이걸로 추리를 만들거든. 카일 선생님은 호랑가시 마니아야. 흐흠!" 나도 스스럼없이 말을 돌렸다.

"그래? 재미있네." 카일 선생님 이야기에 민경은 별다른 관심은 없는 듯 짧게 말을 끊었다.

나는 카일 선생님에 대해 좀 더 이야기를 들려주고 싶었지만 그녀가 별로 흥미 없어 하는 것 같아 잠시 입을 다물고 바다 쪽으로 고개를 돌렸다.

호랑가시나무를 더듬으며 빽빽한 산죽나무 작은 숲길을 돌아 다시 오리나무 그늘을 따라 바다 쪽으로 걸었다. 바다는 저녁 빛을 수면에 비치고 잔잔히 넘실거렸다.

"와아! 저 노을빛!" 그녀가 바다 위에 비치는 석양의 붉은 빛을 보고 탄성을 터뜨렸다.

"어우! 정말 아름답다. 서울에선 저런 노을을 본 적이 없어. 서울은 하늘이 까마니까."

"시골이 좋은 점도 있어 그치?" 난 할 말이 없어 고작 그렇게 실속 없는 자연을 추켜세우며 그녀의 얼굴을 바라보았다.

"그래. 세상의 때가 덕지덕지 묻어나는 더러운 도시와는 비교할 수 없는 맑고 정결한 곳이니까." 어쩌면 이런 외로운 벽지 아니 오지라고나 해야 할 곳에 처박혀 있는 나를 그녀가 일부러 위로 하려는 것은 아닌가 싶기도 했다.

"흐음, 정말 그렇게 생각해?"

별 뜻 없이 되물은 내 반문에 그녀는 "그럼, 아니라고 생각해?" 하고 약간 언성을 높였다. 그렇다면 어째서 이런 곳에서 썩고 있느냐는 듯한 그녀의 재빠른 반격에 난 좀 당황했다.

"아니, 그 말이 정말 참말이냐고?"

"그럼. 참말이고, 진심이야."

하지만 그녀의 말은 사실 "그렇지만 사람이 평생 하늘만 바라보고 살 수 있어?" 라는 뜻으로 해석을 해야 틀린 말이 아니다. 나는 다시 아무 말도 하지 말아야겠다는 느낌이 들었다.

"하지만 나 아직 현우 씨가 너무……." 난 얼른 그녀의 입을 막았다. 다음 말은 감당하기 어려운 두려운 말일 것 같아서였다. 분명 그다음에 나올 말은 내가 이렇게 은둔자 같은 생활을 하는 게 너무 한심하다거나 또는 이해가 되지 않는다고 하지 않을까? 아니면 현실을 무시하고 사는 나를 안타깝게 여긴다거나 능력이 아깝다며 아부를 하거나 하는 그런 말들로 더욱더 나를 비참하게 만들 것 아닌가? 나의 이곳 생활은 더할 나위 없이 만족스러운데 말이다.

저녁노을에 넘실대는 물결 위로 먹이를 찾는 갈매기들이 끼룩거리며 바쁘게 날아들었다. 어떤 것들은 가끔 물속으로 머리를 박고 있다가 나오기도 하고 물결에 둥실둥실 떠돌기도 했다. 난 바닷가 모래밭을 따라 사구가 보이는 소나무숲까지 걸었다. 그녀도 말없이 나를 따라 걸었다. 해가 질 때까지 바닷가에서 서성이며 우린 별로 말을 한 기억이 없다. 난 그녀가 나를 찾아온 것이 그녀의 어떤 불행과 관계가 있다거나 하는 생각은 하고 싶지 않다. 그녀의 말대로 그저 잠시 자신의 혼자만의 시간을 가질 필요가 있고 그래도 아는 사람이 있다는 이유로 서울이 아닌 이 오지로 찾아 온 것이라고 생각해야 하는 것이었으니까. 나 또한 여러 해 만에 만난 그녀가 반갑지 않은 것은 아니었지만, 그렇다고 지금은 그녀를 전처럼 아무 조건 없이 기쁘게 맞아 줄 수가 없는 게 현실이었다.

만약 우리가 다시 십 년 전으로 돌아갈 수 있다면 과연 결혼하기 전에 나를 찾아온 그녀를 어떻게 할까 생각해 본다. 아마 난 틀림없이 그녀를 그냥 고이 보내려 들 것이다. 난 지금도 그녀를 잡을 자신이 없다. 생각만 해도 내겐 너무 과분하고. 너무 떨려서 난 도망칠 것이다.

"날 잡지 않을래? 현우 씨가 말리면 나 결혼 하지 않을 거야."

"흐음! 민경인 아주 좋은 상대를 만나야지. 나 같은 사람에겐 맞지 않아."

"나를 받아주지 않겠다는 변명치곤 꽤 배려하는 것 같네. 흠." 그때도 그녀가 눈물을 보이진 않았다. 여느 때처럼 농담인지 진담인지 알 수 없는 치기 어린 우리들의 대화에 진심도 그렇게 가려져 있었다. 물론 사랑한 것 같기도 했다. 하지만 우리의 대화엔 언제나 그냥 우리가 가깝다는 느낌뿐이라고 표현했다. 하긴 그때만 해도 젊은 연인들 간에는 사랑하면 반드시 결혼을 해야 한다는 결론은 다소 촌스럽고 신선하지 못한 부담스러운 거래라는 느낌이 들긴 했었다. 어쨌거나 나는 아직 만기 제대를 육 개월이나 기다려야 했고 제대를 하면 다시 복학을 해야 했으며 그녀는 내로라하는 집안끼리 약혼 말이 나오고 있었으니까. 유감인 것은 그녀의 상대는 너무도 완벽하게 현실적인 여유를 갖추고 신부를 기다리는 유능한 재계의 젊은 경영인이었으니 솔직히 난 민경이 약혼을 한다거나 결혼을 한다는 말에 무어라 할 말이 없었다. 부디 행복하게 잘 살라는 주제넘은 작별의 인사도 할 수가 없었다. 그저 말없이 그녀가 자신의 행복을 찾아 떠나는 것을 바라볼 수밖에.

난 그녀가 지나치게 현실적이라고만은 생각하지 않는다. 그저 대단히 합리적이면서 현실을 무시하지 않는다는 것밖에.

밀물이 들어오기 시작하며 모래밭을 때리는 물결 소리가 거세지고 바람이 차가워졌다. 민경의 긴 머리가 하얀 캐주얼 재킷에 가린 목을 휘감고 발목을 드러낸 헐렁한 카키색 무명 바지에 바닷물이 젖어 들었다. 그녀는 손에 벗어든 굽이 낮은 샌들을 앞뒤로 살랑살랑 흔들었다. 붉은 가지가 구불구불 뒤얽힌 소나무 숲에 다다랐을 때 우린 오던 길을 되돌았다. 그녀는 맞바람을 들이키며 작게 흐느꼈다.

"추워?"

"아니, 괜찮아."

"잠깐." 나는 내가 걸치고 나간 감청색 파커를 벗어서 그녀에게 에둘러 주었다. 좀 미안한 기분이 들었다. 대학 때는 그래도 새로 맞춘 신사복 재킷을 깔아서 앉혀 준 기억이 있었지만 지금은 작업복에 가까운 파커를 씌워주는 게 어딘가 그녀를 누추한 곳으로 안내하는 기분이 들어서였다.

"괜찮대두 그러네." 그렇지만 그녀는 내가 둘러준 파커를 벗지는 않았다.

"귀한 사모님한테 이런 걸 씌워 줄 수밖에 없으니 미안해."

"참, 그렇게 항상 나를 높여 주는 게 버릇이야. 거부하기 위해 일부러 거리를 두는 거야?"

"무슨 뜻이야? 민경이는…… 내가 그렇게 해 줄 자격이 있으니까 그러는 거야. 원래부터 부잣집 귀한 외동딸에다가 자존심 세고 아무 데나 함부로 앉지도 않는 성격 다 아는데, 그럼 내가 함부로 내리깔면 되겠어? 이젠 내로라하는 재벌 집 며느리에다 명사의 사모님 아냐? 난 민경이가 이렇게 나를 찾아 준 것 하나만으로도 정말 영광이라구……."

"다들 그렇게 말하지. 현우 씨까지도 그렇게 말하는 걸 보면 난 사람들이 바라는 어떤 선망의 규격 속에 들어 있는 값비싼 상품에 불과한 것 같아. 내가 원하는 나 자신은 무엇인지 또 무엇이어야 하는 지 난 그저 늘 그 틀 속에 안주하는 명품 그 이상도 이하도 아닌 듯. 사람들은 몰라. 부자가 얼마나 외롭고 슬픈지." 그녀가 푸념처럼 뇌까리는 말은 뜻밖이었다. 자신이 불행하다는 뜻인지 아니면 슬프다는 뜻인지 난 도무지 감을 잡을 수가 없었다.

사실 그녀는 아직도 넘치게 넉넉해 보였고 건강하고 싱싱했다. 그런데 안으로 그런 이율배반적 푸념이 나오다니. 그러니까 이제야 난 십여 년이나 지난 지금 그녀가 홀연히 내 앞에 나타난 것이 여간 석연치 않다는 느낌이 들기 시작했다.

"무슨 일이 있는 거야?" 난 좀 진지하게 물었다.

"아니, 그냥. 난 현우 씨가 가끔 보고 싶었어. 다른 누구보다 현우 씨는 나에게 편안하고 순수하다는 기억이었거든. 날 자연스럽게 스스럼없이 대하던 그 현우 씨가 아닐까 봐 두려워. 그런데 남들이 하는 것처럼 내가 현우 씨에게도 사모님 소릴 듣다니! 실망이야."

난 변함없이 나인데 나에게 실망이라니! 나에 대한 민경이의 고정관념이랄까 얕은 판단에 참으로 기분이 묘했다. 내가 뭘 잘못했나? 그녀에게 사모님이라 부른 것밖에. 내가 그녀에게 무슨 말을 그렇게 하느냐고 따지려 들자 그녀는 실망이란 말은 좀 지나친 표현이라며,

"미안. 어떤 면에선 현우 씨가 가장 자신에게 정직하고 솔직하게 잘 산다는 생각이었어. 난 앞뒤 재고 이해 따지며 약삭빠른 사람들의 거짓에 지쳤거든. 물론 나 자신도 그랬으니까 할 말은 없어." 라고 했다.

"지칠 것도 많다. 지금 네가 내 앞에서 잘 살고 있다고 시

위하는 거니?"

"후흐음! 내 말이 그렇게 들렸나? 미안. 나 잘 살지 않아. 물론 잘 산다는 것 그거 다 생각하기 나름이지만. 인간은 모두 다 마찬가지고……." 그녀는 킬킬 웃음을 흘렸다.

"야, 너 철이 든 거냐? 도가 튼 거냐?"

해도 그만 안 해도 그만인 부질없는 말짓거리를 난 그렇게 막아버렸다.

어느새 모래톱이 끝나 바위와 돌 사이를 돌았다. 민경은 다시 샌들을 신고 나는 정원길로 앞장을 섰다. 바람결에 흔들리는 물오리나무를 지나 산죽나무 오솔길로 접어들었다. 예전에 그토록 껴안아 보고 싶었던 그녀가 옆자리에서 조용히 걷고 있다. 옛날 생각에 도무지 믿어지지 않는 지금 이 현실이 마치 꿈을 꾸고 있는 기분이 들었다. 그녀가 지금 어떤 기분일지 왜 그녀는 아무 말도 하지 못하는지 이해가 되면서도 의문스러웠다.

"들어가 저녁이나 먹자. 여기선 어디 먹을 만한 식당 같은 곳도 없으니. 메뉴가 신통치 않더라도 내가 만들어줄 테니 그냥 먹어줘라!"

"알았어." 그녀의 대답 소리가 밝게 들렸다.

난 앞장서 하얀 목재 출입문을 통해 건물 안으로 그녀를 안내했다.

그녀는 거실 소파에 주저앉아 피곤하다며 의자 속으로 깊게 들어가 등받이에 허리를 기대고 눈을 감았다.

난 대충 손을 씻고 주방으로 들어가 냉장고에서 무언가 먹을 것을 찾아보았다. 계란과 우유가 좀 있었고 아주머니가 만든 단단한 빵이 좀 있었다. 내가 급살로 에그 스크램블을 만들어 우유와 딱딱한 빵을 식탁에 내놓자 민경이 쿡쿡 웃으며 홀아비살림치곤 꽤 그럴듯하다며 웃었다. 그녀는 딱딱한 빵 조각을 잘라서 입에 넣고 카일 선생님은 어떤 사람이냐고 물었다. 이제야 난 카일 선생님을 그녀에게 알려 줄 때가 된 것에 기분이 좋아 말문을 열기로 했는데 막상 무슨 말부터 해야 할지 선뜻 말이 나오지 않았다.

그분이 6·25 때 참전 용사로 한국에서 전투 중 중공군에게 잡혀 포로 생활을 했었다는 얘기와 그가 한국을 알게 되고부터 한국이 너무 좋아 한국에서 살기로 하고 이렇게 혼자서 한국식으로 정원에 나무를 가꾸며 어쩌고저쩌고 주절거리려니 그녀가 듣기엔 별로 흥미 없는 얘기가 되는 것 같았다.

커피를 마시고 나서 그녀는 거실의 오르간을 보더니 뚜껑을 열었다. 그녀는 오르간의 건반을 이것저것 눌러 보더니, "이 오르간 누가 치는 거야?" 라며 몇 가락을 치기 시작했다. 매끈한 그녀의 하얀 손가락에서 다이아몬드가 반짝거렸다.

"누구긴 카일 선생님이 치지 누구야?"

"잘 치셔?"

"음, 난 음악을 잘 몰라서. 하지만 금발의 제니 같은 것을 칠 때 보면 잘 치는 것 같아. 꼭 보고 싶은 사람을 애타게 그리는 것 같은 느낌이 들게 치거든……."

"흠, 그래? 그럼 내가 그 곡 한번 쳐 볼까?"

그녀는 명곡집을 이리저리 뒤적거리다가 금발의 제니를 찾아서 치기 시작했다. 민경이 치는 소리는 피아노 치듯이 때리는 느낌이 들었다. 카일 선생님은 살며시 건반을 눌러서 음과 음 사이가 구별이 없이 부드럽게 치는 것 같았는데 민경은 한음 한음 경계가 느껴졌다. 그래도 곧잘 치는 것만은 사실이었다.

"아이, 잘 안되네. 피아노 친지가 언제였더라? 손가락이 굳었어." 그녀가 치는 오르간 소리를 내가 듣고 있는 게 부끄러웠던지 그녀는 뚜껑을 닫고 내게 다가왔다. 그리고 유리창과 탁자 곁에 놓인 호랑가시 장식을 보고 한마디 했다.

"이분 정말 호랑가시나무를 좋아 하나봐. 저기 십자가에도 그렇고 빨간 장식초 둘레에도 그렇고. 무슨 특별한 이유라도 있나? 예쁘긴 해 정말." 그녀는 혼자 묻고 혼자 대답

하듯 조잘거렸다.

"글쎄, 민경이 말 듣고 보니 그렇네. 그냥 호랑가시 줄기가 크리스마스트리 만들면 어디에 장식해도 아름답고 어울린다고 생각하긴 했는데……."

차츰 밤이 깊어질 때 그녀는 돌아가겠다며 일어섰다.

그녀의 비둘기 빛 벤츠 승용차가 유리창에 밤이슬을 뿜고 희멀겋게 기다리고 있었다. 난 큰길까지 동승을 해 배웅을 하고 내렸다.

"잘 가. 또 놀러와." 자동차 문을 닫아 주며 난 가볍게 손을 흔들었다.

"알았어. 다음엔 애들 데리고 올게." 그녀도 한쪽 손을 얕게 들어 흔들었다.

"그래. 남편도 모시고 와." 그 말은 사실 썩 진실한 마음에서 나온 말은 아니었다.

"흠!" 그녀는 빙긋 웃기만 했다.

나의 주관적 선입관이었는지 아니면 내 심층 아래 숨어 있던 바람이었는지는 알 수 없으나 그녀의 석연치 않은 표정은 무언가 애틋한 사연을 감추고 있는 것 같았다. 그러나 어쩔 수 없이 우린 서로가 알고 있는 진심을 가리고 있는 게 사실이었다. 다만 그저 먼 곳에 있다는 걸 서로가 다시 한 번 더 확인하는 것 뿐. 다시 기약 없는 이별이다. 다시 만나도 좋고 만나지 못해도 별로 나쁘진 않을 것 같다. 거리감이란 서로에게 아무런 책임을 지지 않아도 되는 것이니까. 그녀가 늘 내 곁에 있다면 난 정말 행복할까? 솔직히 알 수 없는 일이다.

밀물이 들어오며 파도 소리가 철썩거리고 희미한 달빛이 나뭇가지 사이로 흘러내렸다. 난 터벅터벅 좁다란 오솔길을 걸어 내 숙소로 돌아왔다.

고향을 다녀온 카일 선생님은 매우 우울해 보였다. 여행 후유증일까, 그는 며칠씩 방 안에서 나오질 않았다. 흰돌이를 데리고 매일 아침 하던 산책도 해변에서 낚시질도 좀처럼 나서질 않았다. 아무래도 고향에 갔을 때 무언가 심적으로 괴로운 일이 있지 않았을까 싶기도 했지만 개인적인 일을 섣불리 물어 보는 게 실례일 것 같아 여러 날을 그냥 모르는 체하고 지냈다. 아줌마는 카일 선생님이 식사를 너무 적게 드신다고 걱정은 했지만 그의 입맛을 찾아줄만한 특별한 메뉴는 내놓지 못했다. 그는 정원 일에도 별로 관심을 갖지 않았다.

저녁 식사 후 아줌마가 설거지를 해 놓고 돌아가면 나는 거의 내 방으로 와서 TV로 뉴스를 보거나 드라마를 즐기기도 하는데 요즘 나는 톨스토이의 『청년시절』을 읽기 시작했다. 전에 읽고 싶었던 것이었는데 우연히 내 손에 이 책이 들어와 읽기 시작한 것이다. 그러나 읽는 동안 집중이 잘 되지 않아 읽은 것을 다시 읽기도 하고 분량이 많아 책 페이지를 미리 넘겨보기도 한다. 요즘 같으면 이런 책은 아무도 거들떠보지 않을 거란 생각을 하면서.

어두운 거실을 통해 밖으로 나가려는데 선생님의 방에서 이상한 소리가 들렸다. 얼핏 신음 같기도 했고 꿍꿍 앓는 소리 같기도 했다. 어쩌면 홀로 몸부림을 치는 고독한 영혼의 울림일 지도 몰랐다.

난 혹시 그가 병을 앓고 있는지도 몰라 방문을 약간 밀어 비끗 열고 안을 들여다보았다. 기도를 하는지 그는 침대에 얼굴을 박고 엎드려 있었다. 이런 그의 모습이나 분위기는 한 번도 본 적이 없기 때문에 밝고 정답던 모습에 비해 조금은 이례적이고 안쓰러워 보였다. 그의 침실을 이렇게 자세히 보게 된 것은 처음인데 침대머리에 놓인 액자에 몇 장의 사진이 들어 있었고 그 옆에는 검은 표지의 성경이 한 권 놓여있었다. 외형으로 누군가의 신앙심을 단정 지을 수는 없는 것이지만 사실 난 카일 선생님이 평소 기독교 신자인 티를 별로 내지 않아서 더 좋아 했는지도 모른다. 그는 우리의 제사를 지내는 전통풍습이나 여인들이 절에 다니며 불상에 절을 한다거나 하는 다른 종교에 대한 신앙에도 특별

한 반감 같은 것을 보이지는 않았다. 그는 그런 것들을 단지 문화 차이로 받아들이고 있는 듯했다.

"선생님, 어디 편찮으세요?" 내가 들어온 것을 모르다가 그는 흠칫 놀라는 듯 평온을 찾으며 "아니에요." 라며 돌아누웠다.

"선생님 몹시 안 좋으신 것 같아요. 의사를 부를까요?"

"아니에요. 괜찮아요. 약간 감기기가 있긴 하지만……." 그는 억지로 미소를 지으며 일어나 앉아 다 괜찮으니 그냥 내 방으로 돌아가라고 했다. 나는 그의 표정을 다시 한 번 보고 돌아섰다. 작은 액자에는 젊은 여자의 웃는 모습이 밝았다.

"이분 누구세요?"

"마미예요." 카일이 마미라고 하는 소리에 그의 허연 흰 머리가 좀 무색하게 느껴졌다. 머리가 하얀 사람의 입에서 마저 마미라는 낱말이 그렇게 쉽게 나오는 게 어딘가 어리광을 품은 친밀감이 느껴지지만 동서고금에 엄마라는 말의 공통적 위력일까, 아무리 나이가 들어도 누구에게나 어머니의 사랑과 손길은 영원한 그리움의 대상이 틀림없는 모양이다. 그는 내가 침대 머리에 놓은 성경을 바라보자 자기 어머니가 보던 것이라며 가죽으로 된 겉장을 만지작거렸다. 어쩌면 그가 자기 어머니에 대한 이야기를 더 할 것 같았다. 하지만 난 그에게 자기 어머니에 대한 말을 할 시간적

여유를 허락하지 않고 다시,

"이분은요?" 하고 액자 속 또 다른 여자의 퇴색한 사진을 가리키며 물었다. 그 사진은 아주 오래된 흑백 사진이었다. 옅게 미소를 띤 여인은 대단한 미인은 아니었지만 눈매가 부드럽고 상당히 아리따워 보였다.

"에이미예요. 이젠 다 볼 수 없는 사람들이예요. 마미는 십 년 전에 돌아가셨고 에이미도 지난주에 세상을 떠났어요. 오래도록 백혈병을 앓았어요." 나직한 그의 음성에 가늘게 떨림이 느껴졌다.

이차 대전 종전 후 그가 오키나와에서 군 복무를 하던 중 한국에 육이오 전쟁이 발발했다. 당시 에이미는 그가 사랑하던 약혼자였다. 그는 한국 전선에 배치되어 전투를 하던 중이었다. 그러나 그가 중공군에 포로로 잡혀 간 뒤에 실종자로 보고되고 집에는 전사자로 통보가 되었다. 그의 피앙세 에이미는 이 년 뒤에 다른 사람과 결혼을 했다. 포로 교환으로 그는 군부대에 돌아와 고향에 돌아갔다가 사랑하는 에이미가 다른 사람과 결혼한 것을 알게 되었고 실망한 그는 이후 다시 한국으로 되돌아와 끝내 한국인이 되어 버린 것이었다. 그런데 그 옛 연인이 최근에 지병으로 세상을 떠났다는 얘기였다.

"슬픈 사연이군요."

"그래요. 이제 그리운 사람들이 다 세상을 떠났어요." 그는 안경을 벗고 눈물을 닦았다.

비가 오고 나자 숲은 싱그럽고 축축한 생명감이 넘쳐 마치 에덴동산을 연상시키는 꿈나라 같았다. 며칠 전부터 전지를 하면서 나는 대여섯 구루에서 나온 호랑가시나무의 줄기를 모아 두었다. 줄기들을 요리조리 엮으면 다시 예쁜 왕관이 되니까.

"미스터 박, 요즘 혼자서 수고 많이 했어요. 나 오늘 병원에 가서 주사 맞고 목 좀 나으면 정원일 같이 해요. 목이 많이 부었어요."

"예예." 나는 카일 선생님에게 정원일은 걱정 말라며 안심을 시켰다. 그의 기분이 많이 좋아진 듯했다.

저녁 식사 때 아줌마는 수프와 빵을 내놓고 샐러드를 접시에 담고 부지런히 식탁을 차리고 있었다. 그녀가 그릴에서 스테이크를 꺼내 오기를 기다리는 동안 나는 새로 만든 호랑가시관을 그에게 내밀었다. 잎사귀들이 푸르고 윤기가 나는 게 싱그럽고 아름다웠다.

"오우! 뷰리풀!" 그는 내가 만들어온 호랑가시관을 가만히 들여다 보고나선 내 얼굴을 한번 바라보고 싱끗 미소를 지었다. 그리고 그 호랑가시관을 머리에 올려놓았다. 호랑

가시관은 그에게 너무도 아름다운 승리의 월계관을 쓴 것 같은 느낌을 주었다. 그는 한 번 더 싱긋 웃고는,

"미스터 박, 이 모습 어때요?" 그는 머리에 호랑가시관을 쓴 자신의 머리를 가리키며 나를 보고 물었다.

"글쎄요, 카일 선생님의 얼굴과 아주 멋지게 어울립니다." 난 그의 갸름한 얼굴과 넓은 이마를 의식하며 웃었다.

"뭐 생각나는 것 없어요?"

"……."

"예수의 가시관 말예요."

"예에?"

그는 호랑가시의 까슬거리는 잎가시를 예수에게 가한 고통의 상징으로 생각하려 하는 것 같았다. 사실 난 거기까지는 전혀 생각하지 못했다. 호랑가시 잎사귀가 마치 월계수 잎사귀처럼 승리의 상징 같이 아름답다는 생각뿐이었으니까. 그렇다면 이 호랑가시는 절대 이 정원에 심어서는 안 되는 것 아닌가?

십자가 처형을 향한 예수에게 참혹한 매질과 가시관까지 씌워 온갖 모욕과 쓰라림을 가했던 인간의 죄악은 그 끝이 어디일까?

"그래요. 인간은 잔인하고 악해요. 선생님, 그러면 우리 이제 호랑가시를 심지 말까요?"

"아닙니다. 우리에게 우리의 죄악을 기억하게 하고 회계와 양심을 일깨워주는 귀한 나무예요. 생각하면 이런 나무에도 다 그 뜻이 있는 것 같군요. 하지만 그보다도 난 크리스마스와 호랑가시나무가 너무 아름답기 때문에 좋아하는 거예요." 그는 해맑게 웃으며 대답했다.

물론 가시 있는 나무들이라면 장미가 가장 두드러질 것이고 아카시아도 얼마나 가시가 거세고 앙칼진가. 그러나 크리스마스에 어울리는 나무는 장미나 아카시아는 아니다. 거기엔 호랑가시가 제격이며 크리스마스를 아름답게 만들어주는 나무라 여겨지지 않는가?

그는 호랑가시관을 내려놓으며 말을 이었다.

"마미가 남긴 유산이 좀 있는데 이번에 가서 다 정리하고 왔어요. 나무 심는 일은 거의 끝났으니 조그마한 교회를 하나 세울까 생각 중이에요." 그는 수프를 떠먹으며 내 얼굴을 바라보았다.

"어디가 좋을까요?" 가볍게 말하는 것 같지만 그의 고귀한 의지에 가슴이 뭉클하고 고개가 숙여졌다.

"글쎄, 마을에서 너무 멀지 않은 곳으로 장소를 찾아보시지요. 사람들이 아주 좋아하겠군요."

"그래요, 미스터 박, 나랑 같이 이제 교회 지을 땅을 찾아봅시다. 나보다는 이곳 사정을 미스터 박이 더 잘 알 테니 잘 도와줘요."

"예, 그렇게 하겠습니다." 얼마나 귀한 부탁인지 나도 모르게 흔쾌한 대답이 저절로 나왔다.

순간 카일 선생님의 맑은 미소와 부드러운 표정이 더 없이 인자한 성자 같은 느낌이 들었다. 우리 곁에서 있는 듯 없는 듯 평안한 미소로 우리를 화평하게 하는 사람이 바로 성자가 아니고 무엇일까 싶다.

불만의 가을

—

"그래, 명자, 너 잘했다. 잘했어."

그는 속으로 비아냥거리며 스스로에 대한 울분을 곱씹어댔다. 그래도

속이 풀리지 않는다. 그는 밖으로 나와 산 쪽을 멍하니 바라보았다.

땅을 파대는 포클레인 엔진소리가 요란하게 들려오고

불만스러운 가을이 성큼성큼 다가왔다.

불만의 가을

순애가 양동이에 새로 열린 고추를 잔득 따서 이고 들어왔다. 마루 끝에 앉아 부채질을 하던 덕보가 슬그머니 일어나 순애의 머리에서 양동이를 내려 주며 푸실한 고추를 보고 벌써 이렇게 많이 열렸나 하며 흐뭇한 기분에 순애의 얼굴에다 부채질을 해댄다.

"덥지?"

"흥!"

순애는 덕보가 살갑게 대하는 게 별로 마음에 와 닿지 않는다. 그럴 바에야 고추 따는 일에 손이라도 보태면 좀 좋을까? 도무지 도움이 안 되는 위인이다. 그녀는 생각 할수록 저 화상이 밉살스럽기만 하다. 그는 지난 십여 년 간 조그만 건설 업체의 하도급이나 맡아서 시키는 대로 욕심 없이 토목이나 미장일을 하면서 지내왔다. 하지만 그 건설회사가 부도가 나 곤두박질을 치고 망해버리자 그나마 일거리를 주던 계열회사까지 연쇄 부도로 풍비박산이 나고 보니 사람 좋기만 한 덕보는 더없이 한가한 백수가 되어 버렸다. 평생 돈 벌려고 변변한 직장에서 일해 본 일이 있나 먹을 양식이 떨어져도 식구들 굶을까 걱정을 해본 적이 있는가, 아닌 말로 남들처럼 그 흔한 영화 구경을 한번 시켜 주었는가, 어디 좋은 곳에 데려가 줘 본 적이 있나. 요즘은 일용 잡부로 닥치는 대로 남의 일을 보아 주기는 하지만 기껏 뼈 빠지게 일해 준 품값을 똑부러지게 받아내지도 못하지. 그저 주는 대로 처분대로 주면 받고 안 주면 못 받는 그런 사람 아닌가. 남들은 모르는 일이다. 이렇게 답답한 남편에 대해선 스스로 체념하고 잊고 사는 편이 그나마 속이 편한 법임을.

그러고 보니 하는 일마다 별로 마뜩치 않은 덕보와 순애가 똑바로 시선을 맞추지 않고 지내온 지가 언제부터인지 알수가 없다. 남편의 권위는 어디에서도 찾아 볼 수가 없다. 하지만 이젠 그런 현실 자체도 너무 익숙해져 아무리 마누라가 불평을 널어놓아도 그는 별 불편이 느껴지지 않는다.

순애는 양동이 안에 담긴 고추를 커다란 포대자루에 옮겨 담았다. 매콤한 고추 냄새가 코끝을 싸아 하게 스쳤다. 이렇게 세 번만 더 따다 모으면 내일 모란장에 가져가 팔 수 있을 만큼이다. 해맑은 아침 햇살이 중천에서 눈부시고 하늘은 더없이 깨끗하다. 요즈음 날씨치고는 드물게 맑고 화창하다. 그간 비가 너무 내려 고추가 썩거나 혹 고추밭 자체가 유실되지 않을까 노심초사했는데 다행히 순애네 밭은 아무 탈 없이 물도 잘 빠지고 싱그러운 고추가 튼실하게 열려 보기만 해도 흐뭇했다. 하긴 하우스에서 대량으로 따는 고추보다야 양도 적고 크기도 일정치는 않지만 그래도 조그만 산자락 중턱에 재미 삼아 부친 밭이랑에서 얻는 수확치고는 꽤 짭짤하다는 생각이었다.

"왜 아직 안 갔우?"

"응, 가야지."

"흥!"

순애는 입을 비쭉 내밀다가 다시 머리에 똬리를 얹고 빈 양동이를 이었다. 그녀는 힐끗 덕보를 흘겨보고는 밖으로 나가 뒷산으로 올라갔다. 아침결이지만 산비탈을 오르니 더운 열기가 온몸으로 달아올랐다. 어느새 매미소리가 온 산에서 요란하다. 여름이 지나가는 소리라고 그녀는 생각했다. 작년에는 이 밭에 콩을 좀 심었었는데 수확이 시원치 않아 올해는 그 땅에 전부 고추를 심었다. 별것 아닌 텃밭이지만 세 이랑이나 되니 까다로운 고추 농사에 고추를 따내는 일도 적잖이 힘이 든다.

돌짝밭. 좁다란 오솔길을 따라 그녀가 머리에 인 양동이가 나뭇가지 사이로 까딱까딱 발걸음에 따라 계속 움직이는 게 보였다. 그는 마루 한쪽에 그녀가 차려놓고 베 보자기를 씌워놓은 밥상에 혼자 앉아서 한술 뜨고는 다시 베 보자기를 씌워놓고 옷을 갈아입었다. 옷이라야 헐렁한 청바지와 가느다란 검은색 체크무늬의 회색 남방셔츠였다. 이 옷은 참으로 여러 해 동안 그의 외출복이었다. 어지간해서는 더러움도 타지 않고 싫증도 나지 않는 편안한 옷이었다. 그래도 그는 이 옷을 입으면 무언가 나름대로 중요한 일을 하러 가는 듯한 기분이 좋았다.

그는 순애가 포대에 쏟아 놓은 고추를 작은 망태 자루에 담았다. 이 망태는 그가 일을 나갈 때 연장이나 잡동사니를 담아 가지고 다니는 자루이다. 그는 되도록 순애가 덜어낸 걸 알아차리지 못할 만큼만 담으려 했다. 그러나 덜어낸 것을 알아차리지 못할 만큼의 양은 너무 적어 명자에게 내밀기가 낯이 서지 않을 것 같았다. 그럴 바에야 오히려 안 가져다주는 게 낫겠다 싶어 그는 다시 한 움큼의 실실한 풋고추를 더 추가해 옮겨 담았다. 그래도 여전히 좀 모자란다는 생각이 들었다. 그는 다시 한 움큼의 고추를 집어 망태에 담았다. 이제야 좀 양이 차는 듯 했지만 그래도 넉넉하지는 않았다. 그는 다시 한 움큼의 고추를 더 집어 망태에 담고 망태를 들어 전체 양을 살펴보았다. 그만하면 꽤 성의는 보여줄 수 있는 양이란 생각이 들었다.

실은 순애가 아침 일찍부터 함께 고추를 따자고 했었다. 그는 명자네 식당 싱크대가 샌다고 아침에 일찍 와서 좀 고쳐 달라고 해서 그러겠노라고 약속을 했다며, 고추는 나중에 따겠다고 대답을 했다. 순애한테는 좀 미안해도 아예 오늘은 고추밭엔 가지 않을 작정이었다. 고추밭엘 가면 명자네 싱크대를 고칠 시간이 전혀 나지 않을 테니까. 고추야 순애가 혼자서도 딸 수 있는 거니까. 식당의 싱크대가 새는 것은 식당일을 할 수 없게 하는 일이니까 우선순위로도 명자네 식당 수리가 더 시급한 일이 되는 것이다. 그리고 그런 일은 남자만이 하는 일이고 남자가 해야 할 일이란 생각이었다. 그는 낡은 자전거 뒷자리에 방금 따온 고추가 담긴 망태 자루를 묶고 집을 나섰다. 그는 첫물 고추를 명자에게 내밀면 자기가 얼마나 명자를 생각해주는지 알고 얼마나 기뻐할까 생각하니 기분이 저절로 좋아졌다. 그게 액수로 별것은 아닐지 모르지만 그래도 첫 수확으로 거둔 고추를 자신이 명자에게 가져다준다는 것은 그게 무엇이든 또 얼마만큼이든 그것은 가는 정 오는 정의 표시로 인정이 넘치는 일이고 자기는 명자와 아주 가까운 사이임을 증명하는 일이라 여겨지기 때문이다.

자전거 바퀴가 동네 큰길 시멘트 길을 부드럽게 미끄러지는 느낌이 편안했다. 편안하다는 말보다는 순조롭고 자연스럽다고 해야 할 것이다. 그는 천천히 페달에 힘을 주어 자전거에 가속을 더했다. 자전거가 그의 발에서 힘을 얻고 속도를 내기 시작했다. 순애가 뒷산으로 올라간 지 반 시간쯤 된 것 같다. 아직 아침결이어서 대기는 신선하고 나뭇가지 사이로 쏟아지는 햇빛은 찬란하다. 지금쯤은 순애가 고추밭에 다 닿았을 거라 생각이 들었다. 아마 그녀는 엉성한 오두막 바닥에 머리에 이고 간 양동이를 내려놓고 따리로 부채질을 몇 번 하며 땀을 닦고 있을 게 틀림없다. 만약 방금 그녀가 따 온 고추를 그가 지금 자전거에 실어 명자에게 가져가고 있다는 사실을 알면 틀림없이 생난리를 치고 성을 내며 악을 쓰지 않을까?

그녀가 하던 욕지거리가 귀에 잦아든다.

"아주, 그렇지 말고 그년하고 살아. 그 집 일만 일이고 정작 내 집안일은 나 몰라라 하고…… 흥, 그년 서방 살았을 때 무슨 신세를 그리 졌기에…… 그년이 서방 잡아먹고 당신에게 거머리처럼 달라붙었나 보지. 아니면 뭐야? 그년의 일이라면 시키지도 않았는데 발부터 벗고 나서니 다들 뉘 서방이냐고 하겠다. 이 화상아!"

사실 순애가 그렇게 앙탈을 떠는 것은 다 덕보 자기를 좋아 하기 때문에 질투가 나서 하는 짓 아닌가. 그가 명자네 일에 이렇게 성의껏 하는 게 순애로선 화도 나고 약도 오르 겠지만 그는 그녀가 화를 내는 게 별로 싫지가 않다. 오래 살다보니 마누라란 다 그런 거 아닌가 싶기도 하고 아직은 무능해도 사내라 믿고 있는 게 사실 아닌가. 그래서 순애는 예쁘다. 누가 뭐래도 그것은 예쁜 짓이다.

페달에 힘을 주어 발을 딛자 바퀴에서 휘이잉 소리가 들려 왔다. 그 소리는 비록 오래된 자전거라도 제법 달릴 수 있다는 느낌을 주었다. 페달에 힘을 실어 자전거가 속도를 내기 시작할 때가 자전거를 타는 사람들에겐 가장 기분 좋은 순간이다.

"뉘 서방이냐고?" 그는 순애의 푸념이 귀에 아른거리는 것 같아 "크큭!" 하고 소리 없이 코웃음을 삼켰다. 하긴 그런 투정이라도 듣는 게 서로 아무 말도 안 하는 것보다는 나을 것이다. 서로가 살아 있다는 증거니까. 그는 자전거의 핸들을 요리조리 돌리다 명자네 식당 쪽으로 방향을 꺾었다. 내가 뉘 서방인지 모르겠다는 말은 명자와 내가 너무 가깝단 말인데 사실 가깝게 여기는 것은 사실이지만 내가 마누라 두고 뉘 서방이냔 말을 들어야 할 사연은 아니다. 그저 순애가 남들 모르게 내게 앙탈을 부리고 싶어 하는 것뿐이다. 순애가 특히 내게 수상하다는 듯 눈총을 주기 시작한 것은 준식이가 죽었을 때 며칠 동안 집에도 가지 않고 식당에서 밤샘을 하며 명자와 함께 장례 후속 처리를 도와준 때부터였다. 말하자면 명자네 국밥집에서 준식이 대신 남자가 해야 할 일들을 덕보는 스스로 자처해서 도와주고 푸줏간에 가서 잡뼈와 국거리 등 채소도 사다 주고, 손님이 많아 몰릴 때는 식사도 나르는 등 잔일이나 큰일을 가리지 않고 해서 도와주었다. 이 일은 근 두어 달은 계속 된 것 같다. 시간이 지나며 남편을 잃은 슬픔을 딛고 명자가 차차 기운을 차리는 모습을 보면서 그는 자기가 도와준 보람이 있다고 여겨 다행이란 생각이 들었다. 그녀가 막상 기력을 차리고 일어서자 이젠 왠지 자신의 존재가치가 명자에게서 아무것도 아닌 것으로 희석돼 가는 기분도 들었지만 그래도 명자가 자신의 도움을 진심으로 고마워하는 것이 좋았다. 하기야 명자에게 준식이 정도면 얼마나 아까운 사내인지. 준식이 세상을 떠났을 때 명자가 몇 날 며칠 통곡을 하고 우는 것은 당연하지 않은가? 어디로 보나 훤칠한 체구에 잘생긴 외모로 가는 데마다 대우받고 인사 받는 준식이었으니 그가 그렇게 허망하게 세상을 떠나리라곤 아무도 예상하지 못했었다. 그는 고등학교 때 국내 최고 일류 학교 교복을 입고 동네를 누비던 준식의 모습이 떠올랐다. 열일곱 살의 소년 준식은 그야 말로 눈부신 스타였고 학생들 간에는 인기가 하늘을 찌르는 명사에 해당되었다. 특히나 이 시골 마을에선 더욱 두드러진 별 중에 별이었다. 여자 애들이 그 앨 만나려고 길목에 서서 밤이 늦도록 서성대질 않았나 혹 그가 누군가와 사귄다는 소문이라도 나올까봐 서로 앞 다퉈 편지를 보내거나 선물을 보내는 등 그 시절엔 덕보에게도 준식은 너무도 부러운 선망의 존재였었다. 그뿐 아니라 그들이 다니는 교회에서도 그가 학생회 회장을 맡고 진지한 신앙적 모범을 보였는데 그런 일은 그의 실력에 인품까지 높여 주었다.

어느 가을 저녁 예배 때였다.

학생회 주관으로 헌신 예배를 보게 되었는데 그는 특별찬송을 덕보와 듀엣으로 하게 되었다. 그때 준식은 테너로 찬송가의 멜로디를 불렀다. 덕보가 베이스를 맡았는데 그날은 그 특별 찬송으로 상당히 은혜로운 예배가 되었다. 예배에 나왔던 어른들은 모처럼의 좋은 찬양을 듣고 너무 기뻐서 눈물을 흘릴 지경이었다. 물론 덕보도 자신이 그렇게 찬송을 잘 부를 수 있다는 사실에 스스로 놀랐지만. 준식의 테너는 여느 성악가만큼이나 목소리의 통이 크고 높은 고 음에서도 음정이 고르고 맑았다. 일반적으로 듀엣은 멜로디가 주도적으로 음악을 이끌어가는 게 사실이지만 그날은 덕보의 베이스도 한층 더 아름답게 멜로디를 받혀 주었다. 준식의 테너가 워낙 멜로디를 잘 이끌어 갔지만 덕보의 베이스도 그만 못지않아 그 듀엣은 더없이 아름다웠던 것 같았다. 고등부 학생 준식과 덕보는 마치 환상의 콤비처럼 인기가 올라가고 여자들이 따랐다. 이를 계기로 덕보도 준식이도 고등부 성가대에서 연습을 더욱 열심히 했다. 하지만 준식이 나중에 명자와 사귄다는 소문은 덕보로선 너무도 뜻밖이었다. 왜냐하면 준식의 상대는 누가 뭐라 해도 명자보다는 더 예쁘고 가문이나 배경이 훨씬 더 높은 집안 출신으로 아주 화려한 아니 세련된 상대일 것으로 여겼기 때문이었다. 당시 준식을 따르는 여자애들이 거의 그랬으니까. 하지만 명자는 그리 예쁘지도 세련되지도 않은 수수한 애였기 때문이었다. 덕보는 한 살 아래인 그런 명자에게 마치 자기가 명자의 상대로는 가장 적격이라 여기고 있었는데 어느 틈에 명자가 눈길을 딴 데로 돌리고 있었다는 것과 그걸 자신은 전혀 모르고 있었다는 사실에 여간 실망을 한 게 아니었다. 그는 명자가 자기를 두고 준식에게 마음을 준 데 대한 배신감과 스스로의 자괴감으로 한동안 말없이 괴로워만 했었다. 하긴 명자라고 해서 덕보가 자기 마음대로 그녀의 마음을 빼앗을 수는 없는 것이었다. 그러나 모든 일에 목적의식이 뚜렷한 명자가 준식을 남에게 빼앗길 수 없었다. 그녀는 절대 내색을 하지 않고 대단한 노력과 인내로 그의 곁을 맴돌고 그를 기다리며 변함없이 순정을 표시했다. 물론 그 스토리를 다 열거할 생각은 없지만 숱한 소문을 뒤로하고 결국 준식을 차지 한 명자였다. 말하자면 맘에 드는 남자를 차지하는 데는 일단 명자가 승리자였다.

대학교 삼 학년 때 준식은 성악 공부를 더 할 생각으로 해외 유학을 꿈꾸고 있었다. 여름방학동안 이탈리아에 가서 미리 유학 절차를 알아보려고 비행기를 탔을 때였다. 마침 옆자리에 앉은 사람이 준식의 이야기를 듣고 이탈리아 유학 일이라면 자기가 가장 잘 아는 사람이라며 자신을 따라오라고 했다. 처음으로 그가 준식을 데려간 곳은 토리노 콘쎄바토리 음악원 인근에 있는 유스호스텔이었다. 아직 일정한 숙소가 없기 때문에 홈스테이라도 정해질 때까지는 우선 그곳을 이용하라는 것이었다. 그러나 그가 두 번째로 준식을 데려 간 곳은 음악과는 아무 상관이 없는 곳이었는데 말이 통하지 않는 터라 그곳은 어디가 어딘지 모르는데다 누구한 사람도 음악에 대해선 아는 사람이 없었다. 무언가 석연치 않음을 눈치 챈 준식이 다시 무언가 다른 계획을 세우려 들었다. 그때 그 사람은 이제 자기 말을 듣지 않으면 영영 집에 돌아가지 못할 수도 있다며 협박을 했다. 준식이 왜 그때 그 사람을 따라갔었는지 그 자세한 그 내막은 알려지지 않았지만 그것을 누구도 정확하게 알려드는 사람도 없었다. 다만 석 달만에 돌아온 준식은 항상 무엇엔가 쫓기는 듯 불안해하며 심한 우울증을 앓고 있었다. 더 이상 그는 노래에도 별 흥미가 없는 듯 부르는 노래도 신통치가 않았고 되도록 사람들을 만나려 들지도 않았다. 그리도 빛나던 준식이 어찌 그리 움츠러들었는지 그의 주변 사람들은 도무지 이해가 되지 않고 의아했다. 그런데 덕보도 그가 다니던 회사의 공사가 대부분 지방에 있을 때가 많아 서울에 있을 때가 별로 없었다. 그러고 보니 그들이 서로 만난 지도 상당히 오래된 터였다. 그 시절 그렇게 수줍고 무덤덤한 덕보도 뭔가 석연치 않던 준식이도 또 건강하고 실실한 명자도 재치 꾸러기 경민이도 모두 제각각의 삶을 따라 흩어졌다.

털털이 자전거를 명자네 국밥집 앞에 세워놓고 그는 탄탄한 유리문을 밀고 들어섰다.

그는 망태 자루에 가져온 고추가 생각나서 가게 밖으로 다시 나와 자전거 뒷자리에 묶어놓은 고추 자루를 가지고 안으로 들어갔다.

된장을 풀어 끓이는 잡뼈 기름 냄새와 우거지 냄새가 가게 안에 배어있어 후덥지근한 한 여름 열기와 함께 식당 안은 무척 더웠다. 주방에서 일하는 오씨 아줌마가 앞치마를 입은 채 식당 의자에 앉아 덕보가 주방 싱크대 하수관을 고치러 오길 기다리고 있었다.

덕보가 안으로 들어오는 것을 보고 그녀는 가볍게 고개를 끄덕이며 "아, 오셨군요." 라며 일어섰다. 그리고 도대체 어디서 물이 새는지 주방 바닥에 물이 질벅거려 일을 할 수가 없다면서 주방 싱크대 쪽으로 다가갔다. 명자는 보이지 않았다. 그는 그녀를 따라 주방 안으로 들어가며 가게 안을 다시 휘익 둘러보았다. 다른 때 같았으면 덕보가 오는 것을 환영이라도 하듯 반갑게 떠들면서 덕보에게 환심을 사려 들 터인데 오늘은 조용했다.

"사장은 어디 갔어요?" 명자의 이름은 사장이었다. 그것은 존칭이기도 하고 애칭이기도 했다.

"아침에 전화 받고 나갔어요. 아마 누가 땅 보러 가자는 것 같던데……."

"어디 먼 곳으로 갔어요?"

"글쎄, 모르겠어요."

명자의 재테크 실력이 또 한 번 발휘되고 있다는 얘기였다. 그녀는 쉽게 땅도 사고 아파트도 샀다가 팔기도 했다. 부동산 투기를 하는 것은 아니지만 그녀가 땅이나 건물을 사서 파는 일은 상당한 이익을 내주니까 국밥을 팔아서 돈을 마련하는 속도와는 비교가 되지 않았다. 그러니까 누가 물건이 나왔다고 알려주면 두 발 벗고 달려가는 것이었다. 그리고 속으로 항상 돈은 그렇게 버는 것이라고 기회를 놓치지 말아야 한다는 것 같았다.

주방 싱크대 물 새는 것을 고쳐 달라고 다급하게 전화를 해대더니 막상 그가 싱크대를 고치러 왔더니 명자가 자리 없다는 게 조금 서운했다. 물론 명자가 그 자리에 있든 없든 싱크대를 고치는 일이야 어려운 일은 아니지만 그래도 사람이 왔는데 얼굴은 보고 다른 일을 보러 가는 게 작은 예의라면 예의 아닌가. 그는 망태 자루에 담긴 싱싱한 풋고추를 주방 아줌마 오씨에게 내밀었다. 그리고 텃밭에서 기른 무공해 식품이라며 첫물 고추라고 조금은 귀한 것이란 듯한 인사를 했다. 오씨는 고추를 한번 들여다보고는 고개만 조금 끄떡일 뿐 별다른 대꾸 없이 조리대 한쪽에 옮겨 쏟았다. 쏟아 넣고 보니 그리 많은 것도 아니었다. 오씨는 고추를 쏟아 놓고 무심히 그 망태 자루를 다시 돌려주며 싱크대 고칠 곳을 알려 주었다. 그리고 물이 새니 도무지 아무 일도 할 수가 없다며 빨리 좀 고쳐달라고 했다. 그가 내민 고추 같은 것은 아무 것도 아니었다.

사실 그가 명자에게 이런 식의 인사를 하는 것은 이번 같은 고추뿐이 아니다. 그는 준식이 살아 있을 때도 늘 그랬지만 준식이 죽고 나선 더욱 이 집의 모든 일을 마치 준식이 대신이라도 하듯 당연히 해야 할 일처럼 도맡아 손 봐왔다. 천정의 합판이 떨어졌다거나 벽에 금이 갔거나 소소한 전기 수선 일 등을 고쳐 주는 것은 물론 집 뒤 산자락 텃밭에서 길러낸 것이면 상추나 쑥갓, 오이, 얼갈이배추 등 무엇이든 유기농으로 길러낸 채소를 명자에게 가져다주었다. 그것이 아부적 행위라는 느낌이 들까봐 별로 생색도 내지 않았지만 그래도 그렇게 하는 일이 그의 체면을 조금은 세워 주는 기분이 들었다. 그리고 그가 명자에게 전혀 아무 것도 아닌 사람이란 기분을 어느 만큼은 희석시켜 주는 것 같았다. 물론 그것은 전적으로 그의 일방적 생각이었지만.

유감스럽게도 명자는 그런 덕보의 선심이 그다지 마음에 와 닿는 것 같지가 않았다. 그저 덕보가 그렇게 하는 것은 그가 심성이 워낙 착해서 그렇고 그렇게 하는 일은 덕보답다는 생각이었다. 그리고 그걸 굳이 마다할 이유까지는 없는 것이었다. 그렇다고 일일이 돈으로 수고비나 선물 값을 내놓기도 마뜩치가 않아 명자는 이따금씩 그저 푸짐하게 술을 한잔씩 사는 것이 그가 그녀에게 보여주는 가는 정 오는 정에 대한 답례랄까 표현이었다. 하기야 준식이 죽고 없는 마당에 명자 입장에선 덕보마저 없었다면 마음의 위로를 어디서 얻을 수 있을까 싶기도 하다. 이따금 술이라도 같이 마실 수 있는 사내가 곁에 있으니 얼마나 다행인가. 하지만 만약 덕보가 명자에게 다시는 오지 않는다 해도 어쩔 수는 없는 일이다. 덕보는 남편 준식의 어린 시절부터 죽마고우였고 명자에게는 곁에서 늘 좋은 감정을 가지고 자기를 지켜보아 주고 있는 가까운 사람이었다. 그렇지만 그렇다고 해서 어쩔 것인가? 덕보의 처 순애가 있는데. 자칫 순애가 명자와 덕보 사이를 오해하도록 애정 경쟁이라도 보여 주어서는 안 될 일 아닌가.

대학을 졸업하면서 준식은 모 고등학교에 음악 교사로 얼마간 재직을 했다. 하지만 준식은 건강상 전임 교사직을 곧 그만두고 시간 강사로 두어 학교에 나간 일은 있었다. 그나마 어렵게 찾은 시간 강사의 수입이 경제적으로 별 도움이 되지 않자 그는 자존심 때문에 처음에는 얼씬도 하지 않았었던 국밥집에 간간히 나와 약간의 일손을 돕기도 했다. 그가 결혼을 했어도 자식 하나 두지 못한 채 갑작스레 뇌출혈로 쓰러져 세상을 떠난 것은 명자는 물론 모두에게 너무도 큰 충격이었다. 그가 그렇게 허망하게 세상을 떠나자 명자는 하늘이 무너진 듯 자기 어머니가 돌아갔을 때보다 더 슬퍼하며 사람들이 있건 없건 목 놓아 울고 장례가 끝나도 일어나질 못했다. 그런 명자의 절망을 보고 덕보는 마치 자신이 당한 것처럼 명자의 마음을 위로해주고 싶어 했다. 그래서 더욱 명자에게 가까이 다가가 준식이 있을 때처럼 함께 있어주고 도와주곤 했다. 명자가 술을 마시기 시작한 것도 아마 이때부터 아니었을까 싶다. 어려서부터 어머니와 단둘이 살던 그녀는 어머니가 나이가 들어 국밥집 일이 힘에 부치니까 자연 그녀가 이 국밥집 운영을 떠맡게 되었고 그게 이 국밥집 대물림의 전통을 안겨 주었다. 이때부터 명자가 이 국밥집의 사장이 된 것이다. 그녀는 국밥 장사를 하면서 차차 호탕해지고 통이 커져 술을 잘 마셨다.

싱크대 수리는 생각보다 시간이 오래 걸렸다. 그리 어려운 공사는 아니지만 구질구질하고 악취가 나는 귀찮은 일이기도 했다. 배수관 이음새 부분이 아래쪽으로 깊이 쪼개져 그동안 물이 속수무책으로 새어들었던 것이다. 그동안 오수가 새어서 하수도로 배출되지 못하고 주방 캐비닛 뒤 빈 틈에 고인 물도 상당히 많았다. 그는 우선 파이프를 임시로 끼워 두고 시멘트를 연결 부분에 바르려다가 물을 먼저 퍼내야 한다고 생각했다. 그렇지 않으면 그 물이 안으로 흘러들어 시멘트를 발라도 그 물 때문에 연결 부위의 시멘트가 굳지 않을 테니까. 그는 천천히 고인 물을 퍼내 밖으로 내다 버리고 꼼꼼히 싱크대에 새로 파이프를 바꾸어 끼워 넣고 이음새 부분에 물이 새지 않도록 단단히 방수 처리를 했다. 물을 퍼내고 수리하느라 뜯어 놓았던 부분을 다시 제대로 틀어막고 옮겨 두었었던 싱크대 캐비닛도 다시 제자리에 옮겨 바짝 붙여 원래대로 주방을 되돌려 놓았다. 오씨 아줌마가 걸레질을 열심히 해 주방 바닥이 더없이 깨끗하게 되살아났다. 일이 끝나니 기분은 좋았다. 오후 서너 시가 되어도 명자는 돌아오지 않았다. 오늘따라 이 국밥집에 손님이 별로 없다. 아마도 사장인 명자가 없으니까 왠지 손님도 들어와 점심 한 그릇이라도 먹고 가고 싶은 생각이 나지 않는 것일까?

오씨 아줌마가 말아준 국밥 한 그릇을 그는 혼자 먹는 게 조금 거북했다. 명자가 있었더라면 싱크대 수리하느라 수고했다느니 덕보가 가져온 풋고추가 너무 싱싱하고 맛있다느니 덕보가 있어서 자기는 너무 좋다느니 요즘은 장사가 시들하다느니 하면서 아부성 수다를 떨며 점심상에 소주라도 한 잔 따라 줄 터인데 오늘은 힘껏 일을 했는데 그나마 말벗도 따라주질 않는다. 아쉽지만 나중에 명자가 연락을 해 줄 것이니까 그는 그런 기대를 접어야 했다. 사실 그는 명자와 함께 있으면 옛날 생각에 마음이 즐겁다. 준식이와 함께 특별 찬송을 부르던 생각도 나고 성가대에서 명자랑 다 같이 연습하던 생각도 나고 크리스마스나 여름수련회 같은 때 선물이나 상품 같은 것들을 사느라고 명자와 준식이 함께 싸돌아다니던 기억들이 모두 즐겁다. 솔직히 덕보는 학창시절부터 명자의 마음을 얻어 보고 싶었었다. 하지만 자신의 모든 조건이 명자에게 사랑을 전하기엔 너무도 부족하고 준식과는 차이가 나는 것 같아 마음을 전했다가 거절이라도 당한다면 그게 무슨 창피일까 싶어 감히 자신의 마음을 전하지 못했다. 그런데 느닷없이 명자가 준식이랑 사귄다는 소문에 그는 명자에 대한 야속한 마음도 있었지만 그녀의 상대가 준식인지라 속마음을 아예 꼭꼭 닫아 버린 것이다.

그는 후룩후룩 국물을 마시고 일어섰다.

그리고 다시 털털이 자전거를 타고 집으로 돌아왔다.

아니나 다를까 순애의 눈에는 독기가 시퍼렇게 서려 마치 덕보가 돌아오기만을 벼르고 있었던 것처럼 달려들 태세였다. 힘들게 따다가 포대자루에 담아놓은 고추가 절반이나 없진 걸 보고 이놈의 영감이 또 명자에게 가져다주느라고 고추 자루에 손을 댔다는 생각에 부아가 끓어 오른 것이었다. 무엇 때문에 영감이 그토록 명자에게 충성을 하는지 이해도 되지 않았지만 남편이 죽어 혼자된 명자가 그리도 가엽고 안쓰러운지 그가 명자에게 하는 짓을 차마 눈을 뜨고 볼 수가 없었다. 제 마누라에겐 평소 부드러운 우스갯소리 한 번을 한 적이 없는데 남의 마누라 혼자되어 외로울까 봐 연연해 하는 꼴이라니 괘씸하고 얄밉기까지 했다.

덕보가 대문에 들어서서 자전거를 세워놓자 수돗가에서 걸레를 짜던 순애가 벌떡 일어나 대야의 물을 덕보에게 끼얹고 악을 썼다.

이놈의 영감! 그렇게도 그년이 좋아? 아주 거기서 살지 왜 돌아왔어? 왜, 그년이 그깟 고추 몇 자락으론 안 받아줬나 보지? 바보, 멍청이!

덕보가 재빨리 몸을 돌리지 않았더라면 아마 그는 걸레 짠 물을 옴팍 뒤집어썼을 것이다. 그나마 소맷자락과 바지 뒤 엉덩이 쪽에 일부가 젖었을 뿐 그리 많이 젖지는 않았다. 그는 아직 옷자락에 남아 있는 물기를 손으로 툭툭 털며 독기 어린 순애의 시선을 피해 이리저리 딴 데로 시선을 돌리며 사람 좋게 마누라를 나무란다.

"아니, 사람이 왜 그래? 그깟 고추 조금 가져다 나눠 먹기가 그리도 억울한 거야? 어찌 그리 속이 좁은 거야? 참, 내. 쯧쯧쯧!"

"그래, 그래. 나 속 좁은 거 이제 알았어. 그리 그년이 좋으면 당신이 직접 따서 가져다 줄 것이지 왜 내가 죽도록 피땀 흘려 따다가 담아 놓은 것을 축내는 거냐구. 그런다구 그년이 고마워나 하냐구? 말짱 헛일인데……. 아이구, 속 터져. 이 등신 같은 인간아, 제발 냉수 먹고 속이나 차려라!"

"참, 사람 성질 하곤, 내가 당신이 따 온 고추를 좀 가져다 주었기로서니 그건 당신을 믿으니까 그런 것이고 그렇다고 이깟 고추 좀 덜 먹는다고 당장 굶어 죽는 거야? 시장에 내다 판다고 그게 무슨 금송아지라도 살 돈이 되는 거야? 왜 그래?"

"흥, 난 한 푼이라도 더 벌려고 기를 쓰는데 당신은 뭐? 이까짓 고추라구? 그래, 어디다 그렇게 돈을 쌓아 두었기에 그리 여유만만한 거냐구? 응? 그 돈 나도 좀 쓰자구, 응? 흥, 아마 오늘도 당신은 죽게 일만 해주고 돈도 받지 않았을 테지? 그렇지? 주는 돈도 안 받는 게 당신이니까. 보지 않아도 뻔하지……."

덕보는 순애의 말이 전혀 틀린 말은 아니지만 그저 별것도 아닌 것에 너무 열불을 낸다는 듯 "에잇!" 하고 순애를 향해 눈을 한번 힐끗 흘기고 나서 묵묵히 안으로 들어간다.

사실 싱크대 수리를 끝냈을 때 명자가 그 자리에 있었으면 어쨌든 일한 기분이나 고추를 가져다 준 기분이 그다지 서운하지는 않았을 텐데 집에 돌아와 마누라에게 모욕적 핀잔까지 당하고 보니 모든 일에 정말 바보 노릇을 한 게 사실이란 느낌이 들었다.

그런데 요즘은 마누라가 화를 내도 별로 풀어 주게 되질 않는다. 젊어서는 아주 작은 일이라도 기분 나쁜 일이거나 걱정이 되는 일이면 그 즉시 사과도 하고 자초지종을 알려 줘서 이해를 시키거나 걱정을 하지 않도록 요리조리 보듬어 주었었는데 지금은 왠지 그런 일들이 되질 않는다. 그저 모든 일이 무덤덤해지고 반복되는 언쟁마저 귀찮아진다. 그야 일단 한 번 사과를 했다 하더라도 다시 또 그런 비슷한 일들이 끊임없이 생겨나니 이젠 그가 사과를 한다 해도 받는 쪽에서도 그 사과에 좀처럼 기분이 풀어지지도 않는 것 같다.

이틀 뒤 명자에게서 전화가 왔다. 싱크대 수리를 잘 해줘서 고맙다며 수고비도 줄 겸 오랜만에 같이 한잔 하자며 국밥집으로 올 수 있느냐는 얘기였다. 딱히 거절할 만한 구실도 없어 저녁나절에 들르겠다는 대답을 했으나 어쩐지 싱크대 수리비를 받으러 간다는 기분은 별로 좋지 않았다. 그런 돈을 받으러 다니는 자체가 초라하기도 하도 사실 얼마를 받아야 하는 건지 기준도 분명치 않으니까. 그는 그런 일은 명자가 알아서 처리해주면 그대로 따르는 것인데 이렇게 되고 보니 어딘지 명자와 조금은 거리가 느껴지는 기분이 들었다. 수고비를 안 받는 것도 이상하고 받자니 그까짓 걸 무슨 돈을 받는가 싶기도 하고 그래서 덕보는 기분이 편치 않다. 한참 동안 이리저리 생각하다가 그는 산자락에서 깻잎을 따는 마누라에게로 발을 돌렸다. 머리에 하얀 수건을 쓰고 채양이 넓은 썬 캡을 쓴 마누라 얼굴이 여름 햇살에 발갛게 익는다. 발갛게 익은 마누라 얼굴이 다소 안쓰럽긴 해도 이렇게 자연 속에서 싱그럽게 지내는 게 나쁘지는 않다는 생각이 든다. 마누라는 깻잎 이파리를 열 개씩 포개서 빨간 실로 묶어 댔다. 그는 한 닢 두 잎씩 마누라가 하는 대로 따서 착착 포개서 마누라에게 넘겨주었다. 마누라가 받아서 빨간 실로 묶어 양동이에 담는다. 웬일인지 다른 때처럼 마누라가 식뚝거리지 않는다. 허구한 날 덕보만 보면 잔소리에 핀잔에 면박을 일삼는 마누라가 그래도 덕보가 자기 곁에 와서 도와주는 게 싫지는 않은 모양 같다. 그럼 그렇지 서방밖에 더 있을라구! 그는 슬며시 웃음이 난다.

다음날도 명자에게서 전화가 왔다. 왜 약속을 해놓고 오지 않았느냐며 기다렸다는 항의성 전화였다.

"글쎄 가려니까 일이 좀 생겨서 간다고 해 놓고 못 가서 미안하네……."

"저, 그럼 그날 수고 하고 갔는데 수고비를 못준 거 미안하니까……. 바쁘면 은행 통장 계좌 번호 알려 주면 입금할게……." 수고비를 주겠다는 명자의 말소리는 사실 거짓 없는 진심이었다. 그랬다. 그렇다고 그가 얼른 통장 계좌를 알려 준다는 것도 멋쩍어 그게 뭐 그리 급한 거냐며 나중에 가게 들르면 그때 주면 되지 않느냐며 전화를 끊었다.

억수로 퍼붓던 장마도 끝났다. 산들바람이 산모퉁이 텃밭이랑의 마른 가지들 사이로 부스럭거린다. 산으로 올라가는 오솔길 참나무가지도 쏴아 쏴아 바람을 부른다.

여름이 지나 가고 서서히 초가을의 노오란 황금빛으로 온 천지가 물들기 시작한다.

며칠 전부터 트럭이 산중턱까지 오르락내리락 하더니 어느새 찻길이 하나 생기고 그 길에 시멘트를 씌워 포장도로가 생겨났다. 도대체 무슨 일인가 싶었는데 이 산자락에 누군가가 펜션을 짓는다는 소문이 들려 왔다. 실은 이 산자락은 원래 명자의 남편 준식이 살아 있었을 때 투자 목적으로 헐값에 사 놓은 땅이었지만 그동안 녹지 보존 임야로 개발 제한에 묶여 자산 가치를 낼 수 없어 거의 방치했던 땅이었다. 그런데 작년인가 그 개발 제한이 해제 되어 산을 팔거나 사거나 할 수가 있게 되었다. 물론 전에도 매매야 할 수 있었지만 개발 제한에 묶여 있을 때는 전혀 매매가 이루어 지지 않았었다. 그런데 개발 제한이 해제 되자 어느 날부터 부동산 업자들이 이 산중턱까지 오르락거리기 시작하더니 한동안 사람들의 발길이 뜸했다. 그런데 결국 누군가가 이곳에 펜션을 짓고 고급 레스토랑을 짓는다는 것이었다.

산중턱까지 찻길이 생긴 지 한 달도 못돼서 포클레인이 들어와 밭이며 골짜기며 마구 뒤엎기 시작하더니 기초 공사로 깊숙이 땅을 파기 시작했다.

순애나 덕보나 그 소식은 정말 억장이 무너지는 소식이었다. 이 산자락에 그래도 취미삼아 또 소일 삼아 고추며 깻잎이며 호박이나 상추 등 얼마간의 농사를 지으며 살았는데 이곳에 펜션이라니! 아아, 이럴 수가! 명자가 사전에 아무런 통보도 없이 이 땅을 팔았다고 생각하니 세상에 이럴 수가 있는 건가 싶었다. 아무리 제 땅 제가 판다고는 하지만 한마디 예고도 없이 이 땅을 팔아 넘겼다고 생각하니 너무나 서운하고 분한 느낌까지 들었다. 아무리 덕보가 그녀의 재산 관리상 중요한 사람은 아니라 하더라도 이 산자락을 실제로 사용하고 있는 사람인데 그래도 산을 팔려고 한다든가 팔았다든가 하는 얘기쯤은 미리 해 줄 수가 있지 않았을까? 생각할수록 여태 명자에게 선의로 대해 온 자신이 철저하게 무시되었다는 생각에 잠이 오지 않았다.

다음날 그는 명자에게 전화를 걸어 산을 팔았느냐고 물었다. 그리고 왜 진작 얘기 하지 않았느냐 는 말을 하려다 그만두었다. 사실 그건 덕보에게 명자가 반드시 말을 해야만 하는 것은 아닐 수도 있었기 때문이었다.

전화상으로 들려오는 덕보의 말소리로 명자는 그가 다소 항의의 뜻을 가지고 따지고 있는 듯한 어감을 느꼈지만 별것 아니란 투로 대답을 했다.

"아아, 그 땅, 음, 그거 팔았어. 내가 덕보 씨한테 얘기 안 했나? 얘기 한 것 같았는데……" 실은 덕보에게 땅을 팔았다는 말을 하지 않은 것을 굳이 변명할 생각이 없어 기억이 나지 않는다는 듯 천연덕스럽게 거짓말을 했다.

"실은 강원도에 골프장을 하나 보고 왔거든. 그 골프장을 인수하려면 자금이 달려서……. 그래서 용인에 그 산도 값이야 얼마 안 되는 땅이지만 팔아서 보태야 했거든. 이젠 국밥집도 진저리가 나니까 말야. 업종을 좀 바꿔 보려고 해……. 흠!" 그녀는 역시 활기차고 씩씩했다.

그녀의 대답을 듣는 순간 그는 무언가에 얻어맞은 것처럼 머리가 띵 하고 가슴이 뛰었다. 그리고 공연히 전화를 걸었다는 생각이 들었다. 그는 잠시 호흡을 크게 가다듬고 되도

록 감정이 드러나지 않게,

"아아, 그랬어? 그거 잘 됐네. 으음. 으음. 골프장! 그거 좋지!" 하고 우물우물 대답을 얼버무렸다. 더 이상 명자에게 뭐라 따질 기분이 사라졌다. 어떤 말로도 자신의 초라함만을 드러내고 말테니까. 그저 잘됐노라고 마음에 없는 축하의 뜻을 전하고 전화를 끊었다.

"그래, 명자, 너 잘했다. 잘했어." 그는 속으로 비아냥거리며 스스로에 대한 울분을 곱씹어댔다. 그래도 속이 풀리지 않는다.

그는 밖으로 나와 산 쪽을 멍하니 바라보았다. 땅을 파대는 포클레인 엔진소리가 요란하게 들려오고 불만스러운 가을이 성큼성큼 다가왔다.

등잔봉

—

여희와 나는 천천히 산길을 넘어 그녀의 어머니

유선녀 여사의 무덤을 찾아 뒷길로 내려갔다.

예전에 나의 아버지가 매일 들러서 오래도록 앉아 있던 그 자리에서

여희가 큰절을 하는 걸 보니, 나도 가만히 서 있기가 어색해

여희를 따라 그 무덤에 두 번 절을 했다.

저녁 해가 뉘엿뉘엿 서쪽 하늘을 붉게 물들이고 있었다.

등잔봉

창가에 서서 바라보면 산이라기보다 우뚝 솟은 구릉과 같
다. 비록 이름이 알려져 있는 산은 아니어도 경사가 거의 수
직으로 우뚝 하니 산을 오르려면 저절로 지그재그로 올라가
게 되는데 거의 산 뒷자락까지 빙빙 돌아서 비스듬히 사선
으로 오르게 된다. 굽이굽이 가파른 외길을 오르다보면 허
리까지 휘감는 잡풀과 어깨자락을 스치는 나뭇가지가 발길
에 체이는 수풀과 뒤섞여 오솔길이 마치 정글 속을 헤쳐 가
는 기분이 든다. 서울에서 내려오면 나는 의례 이 방에서 이
삼 주일씩 지내는데, 창으로 들어오는 저 우뚝한 봉우리가
나를 향해 때론 무언가 깊은 영혼의 얘기를 속삭이는 것 같
기도 하다. 그런 순간은 저 봉우리가 마치 나를 기다리고 있
었던 아버지처럼 내 안에 들어와 언제나 내 영혼을 깨우는
수호신 같은 생각마저 드는 것이다.

예전엔 저 산 아래 조그만 사오랑 마을에서 북쪽 끝 산막
이 마을까지 호수를 끼고 굽이굽이 이어진 십여 리 길로 아
들이건 남편이건 서울로 과거를 보러 보낸 아낙들이 산꼭대
기에 올라 등잔을 켜 놓고 밤이 새도록 치성을 드렸다고 해

서 이 산을 등잔봉이라 불렀다고 전해지지만 나는 산봉우리
가 마치 둥긋하게 솟은 등잔 모양 같기 때문 아닐까 하는 생
각이 더 든다.

이 산 길에서의 내 기억은 언제나 유년이다.

고요한 산길 추억 속에 아버지가 저기 앞서 간다.

아버지는 덩굴 줄기에 발긋발긋 매달린 산딸기를 따서 내
입에 넣어 주기도 하고 눈에 띄는 대로 칡뿌리나 무릇도 캐
고 어떤 때는 꺼무룩한 나무줄기에서 숭글숭글 표고를 따기
도 한다. 하지만 그런 기억들보다 이 산길이 언제나 나에게
기쁨을 주는 것은 계절을 따라 달라지는 싱그러운 생명감일
것 같다. 얼어붙었던 계곡에 눈이 녹고 땅속에서 생기가 꿈
틀대면 어느새 갯버들 새순이 트이고 느긋해진 산길 어디선
가 뻐꾸기소리가 들려 왔다.

"아부지, 나 배고파!"

내 말이 떨어지기도 전에 벌써 아버진 걸음을 멈추고 부스
럭 부스럭 자루를 뒤진다. 그날은 찐 감자 세 알이었다.

"에잇, 또 감자! 난 감자 싫은데……."

아버지는 말없이 내 입에 감자 껍질을 벗겨서 넣어 준다.
그래도 어느새 침이 스르르 나오고 입 안에 들어온 감자가
차츰 달큰해진다. 아버지도 감자 한 알을 벗겨서 입에 넣고
우물우물 씹는다.

"맛있잖아?"

"피이! 그래도 난 과자나 보름달 빵이 더 맛있어!" 그 소리는 사실 다음엔 그런 걸 사달라는 나의 간절한 주문이었다. 그러나 내 말을 들었는지 못 들었는지 아버지는 눈만 껌벅껌벅 하면서 먼 산을 바라보았다. 그 무뚝뚝한 침묵 속엔 과자보다 감자가 훨씬 더 좋은 거라고 내 어린 응석을 잘라 버리는 무언의 대답이 숨어 있었다.

어느 틈에 올라왔는지 벌써 산꼭대기다. 멀리 산마루에 첩첩이 둘려진 작은 산들이 병풍처럼 이어져 있다. 계곡에서 흘러내린 물줄기들이 파란 하늘을 되비쳐 물속에도 하늘이 넘실거린다. 이 호수에도 전엔 나룻배가 간간이 흘러 다녔다. 뱃길은 괴산 댐이 생긴 뒤로 끊어지고 말았지만 예전엔 달천을 끼고 괴강으로 천천히 충주호까지 이어져 배를 탄 손님이 원하는 대로 어디까지든 갈 수가 있었다.

정상에서 내려다보면 호수 건너 쪽 외사리 마을이 지척으로 가깝다. 우리 집은 나무에 가려 잘 보이지 않지만 마을 끝에 여희네 집도 보인다.

여희네 집은 하얀 목재로 얕게 담을 쳐 누구라도 맘만 먹으면 한걸음에 울타리를 넘어 마당 안으로 들어갈 수가 있다. 마당 안엔 잔디를 깔아 이 인근의 어떤 집보다 보기 좋은 마당을 가지고 있다. 여희는 외할머니와 단둘이 살고 있는데 아버지가 서울에서 회사를 한다고 했다. 돈도 잘 벌고 동생도 둘이나 있다고 했다. 둘 다 남자 애들이고 그 애들의 어머니는 여희 엄마와는 다르다고 했다.

"아부지, 왜 맨날맨날 여기 와? 아무도 없는데……." 내가 물으면 아버진 그저 피식 웃는 듯 마는 듯 대답이 없다. 여덟 살 나의 시선으로 볼 때 아버진 무엇 하러 매일 이렇게 산에 오는지 여간 궁금하지 않은 게 아니었다. 하지만 굳이 꼭 알아야 할 이유도 없어 묻기는 했어도 나는 아버지의 대답을 기다리진 않았었다. 산꼭대기에 올라와서는 오래 있지도 않았다. 아버진 언제나 절벽 아래를 한두 번 휘이 휘둘러 내려다보고 저 멀리 산자락 밑으로 흐르는 강물을 잠시 바라보고 나면 더 이상 머무르지 않고 저절로 내려오기 시작한다. 나는 올라올 때도 아버지보다 빨리 올라오지만 내려올 때도 날다람쥐 마냥 늘 앞장서 내려온다.

아버지가 왼쪽 다리를 잘금잘금 절게 된 것은 월남전에 나갔다가 베트콩한테 습격을 당해 죽다가 간신히 살아 돌아왔기 때문이라 했다. 처음에는 완전히 왼쪽 다리를 잃게 된다고 병원에서 무릎 위 부분에서 절단을 해야 한다는 걸 아버지가 죽어도 자르지 않는다고 각서 쓰고 견뎌내기로 했다고 했다. 그 다리를 가지고 돌아와 아버진 정말 죽기 살기로 스스로 재활치료를 했다. 아버지가 이 산에 올라 다닌 것도 그 무렵부터였던 것 같았다. 지금은 약간 절긴 하지만 얼른 봐서는 조금도 걷는 게 이상하지 않다.

그날도 나는 마을 집들이 보일 만큼 다 내려 왔는데 아버진 아직도 저 참나무 숲 속에서 헤매고 있는지 보이지도 않는다. 서쪽 산마루에 해가 기웃이 넘어가고 있다. 그래도 여름 낮은 길기만 하다. 바보 아버지! 난 다 내려 왔는데! 저녁 햇빛이 아직 환하게 쏟아져 내리는 산자락을 올라갈 때처럼 지그재그로 돌아 내려오던 아버지가 중턱까지 내려온 게 보였다. 그는 남쪽을 향해 나란히 누워 있는 무덤가에 잠시 서 있다가 무덤 주위를 둘러보는 것 같았다. 그는 비석도 없는 맨 끝 무덤 앞 좁다란 빈자리에 비스듬히 앉아서 먼 하늘을 바라보는 것 같았다. 난 아버지가 조금 이상하다고 잠시 생각했지만 나는 집으로 줄달음을 치느라 무덤가에 앉아 있던 아버지의 생각은 내 머릿속에 더 이상 이어지진 않았다. 사실 그건 나와는 아무 상관이 없는 일이었다. 그 이후로 아버지가 "산에 갈래?" 하고 내개 물으면 난 으레 "싫어! 다리 아파!" 하고 고개를 저어 버렸다.

어쩐 일인지 엄마는 아버지가 산에 가는 걸 별로 좋아하지 않는 것 같았다. 엄마는 아버지가 함께 가자고 해도 내 기억에 단 한 번도 아버지를 따라 산에 가는 걸 본 적이 없다. 밭에 김 매는 일만도 눈코 뜰 새 없는데 한가하게 산에 쫓아다닐 겨를이 어디 있느냐며 산에 가는 아버지를 빗대 혼자만 세월 좋다고 비아냥댔다. 그건 좀 심한 비난에 가까웠다. 그리고 산에 가는 아버지를 향해 "산에 가서 선녀라도 만나고 오나 부지?" 하고 일부러 더 비꼬아댔다. 아버진 어머니가 뭐라 하든 그저 입만 비끗 쓴웃음을 잠시 뿌리는 것뿐 대답은 하지 않는다. 나는 엄마가 말하는 선녀란 정말 하늘에서 내려온 아름다운 여자를 이르는 말인 줄 알았다. 그런데 어쩐지 엄마의 토라진 그 비아냥거림 속에는 뭔가 심상치 않은 게 있었다. 그건 아주 오래 후에 알게 된 일이지만. 아버지의 선녀란 필시 세상을 떠난 여희 엄마 아니었을까 싶었다. 그래서 산 뒷자락에 묻혀있는 여희 엄마의 무덤을 아버지가 하루도 멀다고 찾아 가는 것은 아니었을까? 나는 그 무덤이 정말 여희 엄마의 무덤인 것을 아주 오래 지난 후에야 알게 되었다.

평소 아버진 어머니한테 필요한 말 이외엔 별로 말을 하지 않는 사람이었다. 물론 아버지가 어머니를 위하지 않은 것은 아니었다. 적어도 내가 보기에는. 그러나 아버지의 애틋한 감정 같은 것은 어머니에게 별로 전해지는 것 같지가 않았다. 그래서였을까 정말 진심이었는지는 알 수 없으나 어머닌 아버지와 헤어지고 싶다는 의중을 민수엄마나 옆집 아줌마한테 푸념 삼아 차츰 털어놓은 게 아닌가 싶었다.

"왜 그려, 현우네! 여태 잘 살았으믄서?" 한여름 가뭄으로 바싹 굳어진 콩밭에 호미질을 하면서 민수네가 현우네에게 곰살갑게 타이른다.

"왜? 밤에 일을 잘 못해 주남?" 그녀들이 낄낄거리며 "약이라도 한재 지어 멕여 봐. 특효약이여!" 하자 옆집 아줌마까지 킥킥 웃어젖힌다.

"흠, 남들이 어찌 이 속을 알것슈?" 땀을 연신 닦아가며 호미질을 하면서 엄마도 민수 엄마와 옆집 아줌마한테 한탄 어린 대꾸를 날린다.

"모르긴. 현우네의 그 심정, 벌써부터 감은 잡고 있었지. 그거 다 선녀 년 때문이었지……, 아암……, 원래 선녀란 년이 충식이한테 그러는 게 아니었는디, 군대 갔다 와서 선녀하고 결혼식 올리기로 약속 했다믄서 충식이 월남전에 나가서 번 돈으로 선녀네 집 얼마나 도와줬는디……. 지금 저 집도 충식이가 도와준 돈으로 싹 고친 집이잖여?" 에에? 충식이라고? 으음, 우리 아버지인데. 민수 엄마가 아버지 이름을 들먹이며 떠들었다. "그런데 월남 간 충식이는 소식도 없고 선녀 년은 서울 가서 방송국에 취직했다더니 다 거짓말이었 잖여. 그 뭐여, 배우 되려고 했다는디……. 그 방송국 피디 놈이 ……. 그래, 그때 신문에 크게 났었지. 송 무슨 피디 놈 말여. 가정도 있고 자식도 있는 놈이 말여……. 몰래 선녀

년 임신시켜 놓고…… 나중에 그놈 예펜네가 간통죄로 고발해 죄다 들통이 나니까 방송국에서도 쫓겨나고…… 이혼 당하니까…… 이리 쫓겨 와서 몇 년 살았지? 그러다가 선녀 년 나중에 그렇게 죽은 거 자네도 다 알믄서 뭘 그려? 그래도 충식이가 선녀 년 배신한 걸 다 용서했잖여. 충식인 정말 착혀. 월남 갔다가 다리 다쳐 가지고 돌아 왔을 때 선녀 년 그런 거 알고 저 등잔봉 벼랑꼭대기서 뛰어 내리려고 했던 것도 다 알고 있었잖여? 그리고 나서 뒤늦게 현우에미 자네 만나 혼인하고……. 그런 거 알고 충식이와 결혼한 거 아녀?"

"그거야 다 알지유……. 하지만……." 어머닌 뭔가 불만스런 투로 어설픈 대꾸를 했다.

"하지만, 뭐이 또 있남?" 다그치는 민수네 아줌마한테 어머닌 답답한 자신의 속마음까진 털어놓지 못하고 있었다.

"그때 그래 놓고 선녀란 년 서울 가서 잘 사는 줄 알았지. 그 봐. 선녀란 년 벌 받아서 그렇게 된 거고. 서울에서 무슨 사업한다더니 그게 술집 하는 거였잖아. 카페라나, 뭐야. 그……."

민수네는 어렴풋이 옛날로 돌아간다.

지루한 장마가 물러가고 햇볕이 쨍쨍하니 칠월 더위가 한창 무르익어 앞 뒤 산의 나무들이 짙게 푸르러 갔다. 텃밭에 상추, 깻잎 등 푸성귀도 한껏 여름을 누리고 있었다. 호수엔 물이 넘쳐 잉어며, 붕어, 빠가사리들이 활기차게 몰려 다녔다. 한낮의 더위가 한풀 꺾이면서 잔잔한 호수도 낮잠에 빠진 듯 고요한 수면엔 흰 구름이 너울너울 흘러갔다. 그런데 난데없이 호각소리가 들리고 인근 파출소에서 나온 순경들이 달려 와 호수 주변을 이리저리 뛰어다녔다. 고요하던 칠성면 외사리가 순식간에 발칵 뒤집힌 것 같았다. 이장 박씨가 뛰어 나가 경찰들과 상황 판단을 하느라고 정신이 없었다. 이 조용하고 한적한 마을에 이변이 생긴 것이었다.

밭 매던 동네 사람들도 수군거리더니 호수 쪽으로 달려갔다. 호수에서 낚시하던 사람들이 자리를 옮겨가다 이상한 물체를 보고 신고를 했기 때문이었다.

"달천호수에서 시신이 발견되었는디 신원을 알 수 없디야."

먼저 달려간 사람들이 이구동성 떠들었는데 시신이 여자인 것은 분명하다고 했다. 청바지에 검은 상의가 퉁퉁 붇은 사체를 잔뜩 쥐어짜고 있었다. 검은 머리칼은 긴 목둘레보다 약간 짧았다. 괴산 경찰서에서 나온 형사들이 호수 둔치에 끌어 올려놓은 시신의 사진을 찍느라 연신 카메라에서 번쩍번쩍 불빛이 터졌다. 구급차가 와서 들것에 시신을 수습해 가고 나자 호수 부근에 모여들었던 마을 사람들이 하나둘씩 흩어졌다.

"그런데 누가 죽은 거유? 우리 마을 사람인가유?"

"나도 몰러. 시신이 너무 썩어서 누군지 알 수 없디야. 우리 이장님도 많이 놀랐을 거여. 여태 우리 마을에 그런 일은 처음이니께."

며칠 동안 시신의 신원을 알아내느라 수사가 결과가 방송에 신문에 오르내리더니 이윽고 시신의 임자가 여희의 엄마인 유선녀였던 것으로 판명이 났다. 그러나 몇 달이 지나도록 범인은 오리무중이었다. 요는 선녀가 새로 카페를 차리고 장사를 시작하면서 간통죄로 파면된 송 모 피디를 감방에서 꺼내 다시 퇴출된 방송국으로 복귀시켜 주기 위해 선녀가 사채를 얻어 여간 돈을 뿌려댄 게 아니었다. 차츰 그것은 선녀에게 감당할 수 없는 빚의 굴레를 점점 더 무겁게 이어갔다. 이윽고 카페를 차릴 때 빌려 쓴 돈을 갚지 않으면 카페를 내놓으라고 사체 두목 '어깨'가 으름장을 내놓고 협박을 해댔다. 그 '어깨' 놈에게 선녀가 내민 것은 그녀의 몸이었고 차츰 그것만으로도 빚은 줄지 않았다. 여태 잘해주는 체 했던 '어깨'는 어느 날 저녁을 먹자며 선녀를 불러냈다. 왠지 느낌이 좋지 않아 선녀에겐 다소 꺼림칙한 약속이었다. 어깨는 냉정하고 사납게 선녀를 다그쳤다.

"이제, 그만 카페 내놔. 많이 봐준 거야."

"뭐야, 카페는 건드리지 않기로 했잖아?" 선녀가 언성을 높이며 어깨에게 따졌다.

"언제? 그런 약속 같은 거 우린 안 하는데……." 배가 뚱뚱한 '어깨'가 코웃음을 지으며 선녀를 윽박질렀다. 여기 도장이나 찍어. 아니 지장 찍어. 인주갑을 내밀며 '어깨'가 위협을 했다. 그는 재빨리 선녀의 손을 잡아끌어 미리 준비해 가지고 온 카페 소유권 이전 등기서류에 강제로 지장을 찍게 하려 했다. 선녀는 거세게 반항하며 어깨에게 잡힌 손을 빼내려 들었다.

"안 돼! 너 이럴 작정이었냐? 좋아, 나도 너 가만 두지 않을 거야. 너희들 다 찌른다." 선녀는 강하게 저항하며 거절을 했다.

"너, 그럼 당장 갚아. 돈 있어? 이게 여태 참고 기다려준 은혜도 모르고 ……."

"누가 안 갚는데? 그리고 그동안 원금은 다 갚은 거 아냐?"

"야, 누가 갚았어? 네가? 언제 갚았냐구? 이자도 다 못낸게……."

"원금은 다 주었다." 선녀가 성을 내며 소리를 질렀다.

"누가 그런 식 계산을 하냐? 넌 이 바닥 계산법도 모르냐? 쓸게 빠진 년아?"

어깨가 다시 강제로 선녀의 손가락을 잡아끌어다 지장을

찍고 서류를 재킷 안주머니 속으로 접어 넣고 일어섰다. 밖으로 나가는 어깨에게다 대고 선녀가 소릴 쳤다.

"좋아, 나도 다 생각이 있다. 너 그거 절대 못 먹어! 너희들 다 걸려들어 갈 줄 알아. 벌써 가압류 시켜놓고 너희들 수배 중인 거 몰라?"

"흠, 그래? 쥐도 새도 모르게 저 세상으로 보내 줄까?" '어깨'가 야비한 위협을 쏘아댔다.

"뭐야? 나쁜 자식!"

'어깨'가 출입문을 열고 나가자마자 선녀가 휴대폰으로 112 번호를 눌렀다. '어깨'는 나가다가 재빨리 다시 들어와 선녀의 휴대폰을 빼앗았다. 그리고 거칠게 그녀를 끌고 나가 밖에 세워둔 크림색 벤츠에다 밀어 넣었다. 차 안에서 누군가가 시동을 걸더니 차는 미끄러지듯 달아났다.

햇빛이 하얗게 부서지는 점심시간이다. 운동장에서 여자애들이 고무줄을 맞붙잡고 '아가야, 나오너라, 달맞이 가자'라는 노래에 맞춰 강중강중 뛰었다. 나는 민수와 몇이서 운동장 한가운데서 축구를 했다. 조그만 고무공으로 축구를 하는데 고무줄 하느라고 정신없는 여자애들이 여간 방해가 된다싶어 나는 쏜살 같이 달려가 고무줄을 당겨서 휙휙 잡아끊어 가지고 달아났다. 여자애들이 고무줄 내놓으라고 악을 쓰며 쫓아왔다. 그 순간 점심시간이 끝나는 종이 확성기를 타고 온 운동장에 울려 퍼졌다.

가끔 방과 후 집에 올 때는 길에서 여희와 같이 걸어 올 때도 있었다. 그런 때는 심심풀이로 가끔 장난을 치기도 했다. 어젠 고무줄 새총으로 잔돌을 집어서 여희 가방에 대고 쏘았는데 그게 하필 여희 종아리에 맞은 것이었다.

"아얏! 아야! 이 깡패 자식!" 여희는 계속 정강이를 비비면서 소리를 질렀다. 그리고,

"너 고무줄 뺏는 것, 새총 쏘는 것 다 선생님한테 이른다." 라며 쫓아왔다. 나는 여희를 아프게 한 게 미안하긴 했지만 재미가 나서 그냥 줄달음을 쳐 달아났다.

여희는 달아나는 나와 거리가 점점 멀어지자 더 이상 쫓아오지 못하고,

"너, 두고 봐라! 나쁜 자식!" 하고 욕을 했다.

그날 저녁 여희가 어머니한테 쫓아 와서 내가 학교에서 여자애들 고무줄 뺏어간 것과 새총으로 여자애들 쏘아댄 것을 일러바치지 않았으면 여희의 반격은 내 기억 속에 조금도 남아 있지 않았을 것이다. 나는 늦게까지 이리저리 싸돌아다니다가 집에 들어갔는데 들어오는 나를 보자 "너 이놈 자슥! 왜 여자애들 괴롭히고 다녀? 앙? 이리 와, 왜 여희한테 새

총은 쏴서 다리까지 다치게 했냐? 앙?" 하며 다짜고짜 내 등짝을 마구 때리더니 어느새 회초리를 꺼내 엉덩이며 종아리를 사정없이 때렸다. 어머닌 계속 나를 때리면서 고무줄 내놓으라고 호통까지 쳤다. 사실 고무줄은 이미 모두 다 없어진 뒤였다.

"엄마, 걔 다치지 않았어, 괜히 엄살이라구!"

"뭐여? 니가 새총 쏴서 다리에 맞아 멍들었잖여? 내가 다 봤는디!" 엄마는 변명하는 나에게 등짝을 한 대 더 때렸다. 사실 엄마는 내가 여희에게 잘못한 것보다 심하게 나를 혼내고 있었다. 그리고 다시 그런 짓 하면 안 된다며 내일 당장 여희한테 사과하라고 했다.

아니나 다를까 다음날 아침 학교 가는 길에서 여희가 뒤에서 시비를 걸었다.

"너 또 그래 봐. 그러면 진짜 너네 호랑이 선생님한테 이른다. 그럼, 넌 학교도 못 댕겨 알아? 그리고 넌 사 학년이니까 앞으로 나한테 선배누나라고 해. 알았어?" 라고 했다. 여희가 그렇게 말하니까 나는 오기가 생기고 사과할 생각이 전혀 나지 않았다.

"니가 무슨 선배 누나냐? 내가 닷새 모자라서 한 학년 늦게 입학한 건데 니가 무슨 선배 누나냐구?" 라고 오히려 화를 냈다.

언제나 그랬지만 중학교에 들어갔을 때도 여희는 늘 나보다 한 학년 위였다. 민수도 마찬가지로 한 달 위인데 한 학년이 위다. 그런데 중학생이 된 뒤 여희는 어인 멋을 그리 내는지 정말 정신이 없어 보였다. 계집애가 교복치마를 짧게 줄여 입고 옅게 화장도 하고 머리를 길게 늘어 어른 흉내를 내고 돌아다녔다. 난 속으로 미친년이라고 한껏 욕을 했지만 그런 여희가 자나 깨나 자꾸 생각이 났다.

청주에서 칠성리까지 들어가는 버스는 오후에 두 번 있는데 한 번 놓치면 두 시간 이상을 기다려야 했다. 그날도 나는 집에 가는 버스를 향해 뛰었다. 마침 여희가 앞에 달리고 있어 마치 내가 여희의 뒤를 쫓아가는 것 같았다. 여희가 나를 흘깃 돌아보더니,

"야, 너 제발 나 쫓아다니지 좀 마! 이 촌뜨기야!" 라고 했다. 그리고 "에이그! 괴산중학교나 다니지 왜 청주까지 쫓아와 귀찮게구냐?" 라고 했다.

"뭐야, 쫓아다니긴 누가 쫓아다니냐? 너 같은 말괄량이 후라파를!" 난 서슴없이 여희의 이름 대신 후라파라고 놀려 불렀다.

"뭐, 말 다했어?" 여희가 나를 한대 치려 손을 번쩍 들었지만 내가 얼른 여희의 손을 꽉 잡고 피할 때 순간 버스가 떠나려했다. 순간 나는 여희의 손을 놓고 후다닥 먼저 달려

가 올라탔다. 자칫 싸움은 할 뻔했지만 여희도 달려와 버스에 올라타 그날은 더 이상 말싸움을 하지 않았다. 내가 아무 일도 없던 것처럼 한번 웃었기 때문일지도 몰랐다.

내가 왜 여희만 보면 장난을 걸고 싶었던지 당시는 나 자신도 알지 못했지만 실은 여희가 좋아서였던 것 같았다. 그런데 요즘 여희가 천방지축으로 날쳐대니 솔직히 괘씸하기도 하다.

내 욕망의 끝은 어디쯤일까? 난 언제나 여희를 꿈꾸고 있었다. 내 주변을 맴돌면서도 손에 잡힐 듯 잡힐 듯 잡히지 않는 막연한 그림자처럼 여희는 나를 점령하고 있었다.

그런데 대학교 졸업을 한 학기 남겨 놓고 남들은 모두 입사시험을 보느라 정신이 없을 때였다. 난 입영통지서를 받고서 학교생활을 하나하나 정리하면서 입영날짜를 기다리고 있었다. 초가을 선선한 날씨에 바람이 스칠 때마다 나뭇잎이 흩어져 내렸다. 그래서 그런지 마음도 우울해지는 기분이었다.

뜻밖에도 나의 자취집으로 민수가 찾아왔다.

"어우, 웬일이야?" 갑작스런 그의 내 방에 나는 뭐라 말을 해야 할지 몰라 한동안 우두커니 바라만 보았다.

민수는 S증권의 펀드 매니저로 입사한 지 벌써 이 년 차이다. 여희처럼 학년은 늘 나보다 한 학년 위였고 이젠 대기

업에 정규직으로 입사한 것을 대단한 능력이란 듯 내게 자랑스럽게 뻐기는 위인이다. 그놈을 보면 뭐라 말할 수 없는 경멸이 치솟지만 어떻게 그리 운이 좋은 놈인지 솔직히 부럽기도 했다.

"너 군대 간다며?" 그는 얼굴에 미소를 띠고 삭막한 내 자취방 안을 둘러보았다.

"어떻게 알았어? 그리고 나 군대 가는데 네가 여기 왜 나타나냐?"

"그러게."

나의 멋대가리 없는 대꾸에 그는 다소 당황한 듯 어색한 미소를 띠었다.

그는 잠시 주춤 하더니 내게 괴산 촌놈 군대 잘 갔다 오라고 밥이나 한번 살까 해서 왔다고 했다. 그는 같은 고향에 대한 살가움을 들먹여 그와 내가 한 고향 촌놈이라고 격의 없이 말해서 우리가 동류임을 일깨워 주려는 의도 같기도 했다.

"자, 빨리 나와. 밖에 여희도 와 있어." 라며 손가락으로 밖을 가리켰다.

실은 여희란 말에 가슴이 뛰었다. 하지만 난 시치미를 뚝 떼고 태연스럽게 비아냥거렸다.

"뭐? 여희가? 걘 또 여길 왜 오냐?"

"너 가서 고생 좀 해야 할 거니까, 위로의 뜻도 되고. 잘 다녀오라는 격려의 뜻이야." 민수의 말이 끝나기도 전에 밖에서 여희의 말소리가 들려왔다.

뜻밖에 일어난 갑작스런 일이라 뭐라 말을 잇지 못하는 나를 보고 여희는 생글생글 웃었다. 그녀는 얇은 베이지색 블라우스에 긴 머리를 어깨 뒤로 젖혀가며 오랜만에 만난 걸 즐거워하는 것 같았다.

그녀는 G그룹 영업부에서 시간제 알바를 했었던 게 인연이 되어 입사지원에서 유리한 점수를 받았다는 얘기를 들었다. 하지만 그건 어디까지나 비정규직이었고 언제라도 해고 통보를 받을지 모르는 임시직이라고 했다.

나의 군 입대 소식을 그들이 알게 된 것은 분명 민수가 괴산 집에 내려갔다 왔기 때문일 것 같았다. 그래도 나에게 위로의 밥을 사겠다는 데엔 이미 그들이 능력 있는 사회인으로 정착이 되었다는 뜻이고 나로선 눈물 나게 고마운 일이라 해야겠지만 솔직히 말해 그다지 속이 편한 것만은 아니다. 그건 나를 더욱더 초조하게 하니까. 그들이 언제나 나를 앞서가는 그 분노의 위세는 나에겐 참을 수 없는 닷새 늦은 출발서부터 시작된 것이기도 했다. 언제나 그들은 나보다 한 학년 위였고 한발 앞서 나가고 있었으니까. 하지만 민수는 여희 곁에는 늘 내가 존재하고 있다고 생각하는 것 같았다.

그래서 일부러 여희와 자신이 더 가까운 척 하는지도 몰랐다. 혹 여희가 자기 여자라고 말하고 싶은 건 아닐까?

내 자취집 골목 앞에 그들이 타고 온 일제 혼다 승용차가 말끔하게 서 있었다. 은색 날개처럼 날아 갈 것 같은 신형이었다. 여희가 연신 나를 돌아보며 다시 혼다로 다가가고 있었다. 그녀는 민수의 옆자리 문을 열고 타려다가 주춤 내가 내려오기를 기다렸다. 내가 천천히 다가가자 "어서 타!" 라며 민수의 옆자리에 올라탔다. 마치 자기 차인 것처럼, 어쩌면 그녀는 이 차를 이미 여러 번 탔을 것 같았다.

"어우, 웬 외제차야? 그동안 돈 좀 벌었나보네! 증권 애널리스트, 음, 괜찮네?" 나는 민수의 능력을 추어주는 시늉으로 비꼬았지만 민수는 핸들을 잡고서 말없이 빙싯 웃고 있었다. 그의 엷은 미소 뒤엔 자랑과 우월감이 은연히 맴돌았다.

매끈한 얼굴이나 야리야리한 체구가 다소 뺀질이 같은 인상을 제외하면 민수는 사실 나무랄 데가 없다. 그만하면 염치나 경우 없는 짓은 하지 않는 놈이고 약삭빠른 듯해도 나쁜 놈은 아닌 것이다. 그는 감색 슈트에 흰색 실크셔츠를 입고 회색빛 고급 넥타이로 말끔한 정장을 하고 있었다. 제법 샐러리맨의 도시적 매력을 풍겨주고 있었다. 그는 나에게 "며칠날 가냐?" 라며 입영 날짜를 다시 묻고는 출발하는 날은 출근해야 하니 배웅을 못나온다면서 가서 훈련 잘 받고

자대 배치 때 연락하라며 군대 잘 다녀오라고 생맥주를 거
듭 거듭 부어서 나에게 권했다. 물론 여희도 나에게 "열심히
훈련 잘 받고 복무 잘하고 돌아와!" 라며 그렇게 맥주를 따
라서 권했다. 나는 속으로 이따위 달갑지 않은 위로와 선심
을 잔뜩잔뜩 부어 주는 민수나 여희의 훈계 같은 조언에 은
근히 속이 꼬여들었다. 솔직히 이게 다 나의 자격지심이겠지
만 "에잇, 누구 약 올리는 거야, 뭐야?" 하는 자칫 그 불만
의 소리가 거의 입 밖으로 튀어 나올 지경이었다.

시간은 어김없이 지나가고 군 입대를 한 지 이 년이 지나
나는 드디어 모든 병역의무를 마치고 돌아왔다. 그리고 다시
마지막 한 학기를 마치기 위해 복학 준비를 하고 있을 때였다.

복학수속을 끝내고나자 개강까지는 한 달 남짓 시간이 있
었다. 아직 서울에 자취방을 구하지 못해 나는 외사리로 내
려와 시간을 보내고 있었다. 곧 서울로 올라 갈 생각을 하면
서 그날은 오랜만에 등잔봉이나 올라 갈 생각으로 집을 나
섰다. 제법 초가을 기운이 감도는 산자락에 따가운 햇볕이
내리쬐고 하늘은 더없이 높아졌다. 여름내 자란 수풀이 허
리까지 휘감아 걸음을 더디게 했다. 발길에 스치는 푸서리에
벌레 소리가 그윽하고 축축한 흙내와 상큼한 삼나무의 차가
움이 코끝으로 밀려든다. 어느덧 고요한 산 정상에 올라 향
긋한 산 내음에 젖어 산 아래 호수를 바라보고 있을 때였다.

저만치 벼랑 끝자락에 누군가 서성이고 있는 게 보였다. 왠지 불길한 느낌이 들었다. 어쩌면 곧 뛰어내릴 것만 같았다. 그곳에서 서성거린다면 누군지는 몰라도 어떤 절망과 허무로 인해 삶의 의지를 잃고 거기 올라와 뛰어내리려 서 있는 게 아닐까 하여 가슴이 두근거렸다. 그런 일은 언젠가도 거기서 한번 있었기 때문이다. 난 나도 모르게 벼랑 끝 쪽으로 달려갔다. 자칫 한순간이라도 늦는다면 혹시 모를 어떤 비극을 막지 못한 채 끔찍한 결과를 목격할 수밖에 없는 일이니까. 나는 벼랑 끝을 향해 필사적으로 달렸다.

그런데 벼랑 끝에 도달한 순간 나도 모르게 "어어, 어엇?" 하는 신음에 가까운 고함을 지르고 말았다.

난 너무 놀라서 한참 넋을 잃고 서 있었다. 여희였다.

난 한동안 말을 잃고 있다가 정신이 들어 여희에게 야단이라도 치듯 소리를 질렀다.

"아니, 네가 여기 어떻게 와 있냐? 응?"

"야, 송여희, 네가 여기서 왜 서성대고 있냐 구, 왜?" 난 아직도 놀란 터라 연거푸 버럭버럭 소리를 질렀다.

"왜?" 하고 그녀는 성난 나의 말소리의 진의를 알려는 듯 되물었다. 그 물음엔 나도 얼른 대답이 나오지 않았다. 그러자 그녀가 마치 내가 소리치는 이유를 알기라도 했다는 듯 엷은 미소를 지었다. 그리고 "음, 나 여기 많이 오고 싶었어."

하고 그녀는 내 얼굴을 연신 흘깃거리며 말을 이었다. "현우야, 여기서 저 아래 호수를 내려다보면 말야. 저쪽 산 그림자가 물속에 비치잖아? 저 고요 속 어딘가에 난 옛 사람들이 꿈꾸던 샹그릴라가 있을 것만 같아. 너 샹그릴라 알지? 난 그걸 바라보면 모든 것에서 벗어난 듯 머리가 맑아지고 가슴속까지 탁 트이는 듯 시원해지거든. 그곳에 가고 싶기도 하고……."

"뭐야?" 난 정말 가슴이 뛰었지만 태연한 여희의 대답에 어이가 없어 잠시 할 말을 잊고 우뚝 서 있었다. 그녀는 조금도 흔들림 없이 담담해 보였다. 정말 여희의 그 대답이 진실이었을까? 저 물에 비친 산 그림자 속에 있을 것 같다는 샹그릴라가 정말 그녀를 이리로 오게 했을까? 그 어처구니없는 이율배반의 대답은 내가 달려 간 이유를 설명할 수 없게 했다. 정말이지 그 엉뚱한 그녀의 대답과 지금의 이런 상황이 도무지 이해가 되지 않았다. 정말이지 나의 우려가 사실이 아니기를 바라지만 난 순간 여희가 혹 어떤 좋지 않은 사연을 안고 말없이 저 벼랑을 찾아온 것은 아닐까 하고 크게 우려했었다. 절대 그래서는 안 되는 일이니까.

그녀는 잠시 입을 다물었다가 아직도 어이없어 하는 나를 향해 다시 말을 이었다.

"사실 마지막으로 엄마 좀 보고 가려고……." 난 그녀가 마지막으로 엄마를 본다는 말이 또다시 심상치 않아 다시 물었다.

"마지막이라니? 왜 그래?" 나는 그 마지막이란 말 때문에 또다시 언성을 높이고 있었다. 그리고 "민수는?" 하고 덧붙였다. 실은 민수를 들먹이고 싶지는 않았다. 하지만 나도 모르게 입 밖으로 민수라는 소리가 날려 갔다. 그렇게 나는 이미 여희를 민수와 알게 모르게 엮고 있었다.

"흐음, 민수?" 그녀는 내가 민수의 이름을 들이대자 별 감정을 보이지 않고 웃었다. 그리고 잠시 뒤 "걔, 많이 변했어." 라고 했다. "실은 업계에서 알아주는 스타 증권맨이라고 얼굴 보기도 힘들다! 작년에 문성그룹 사위로 갔잖아? 너 몰랐어? 그동안 기업 상대로 크게 뒷거래하다가 지난번에 크게 걸렸잖아. 그래, 크게 하다가 크게 걸린 거야. 아마 아직 수감생활 하고 있을 거야."

"뭐야?" 난 여희의 말에 순간 어안이 벙벙해 할 말이 없었다. 잠시 후 난 다시 "야, 그런데 넌 그동안 뭐 하고 있었길래……. 민수도 못 잡고 ……." 하고 마치 항의라도 하듯 거세게 지청구를 던졌다.

"후훗, 그러게!" 그녀는 말없이 잠자코 있다가 크게 호흡을 들여 마시더니 "민수와 나 아무 관계도 아니었어. 한 번도 사랑 한다거나 결혼 같은 얘긴 해본 적이 없는데……. 뭘 잡아?" 하고 나를 빤히 바라보며 정색을 했다. 평온한 표정이었다.

"뭐여……?" 정말이지 어이가 없지 않은가? 민수가 자기와 아무 사이도 아니라고 하는 여희의 말을 날더러 믿으라고 하는 소리인가? 솔직히 그 말이 사실이든 아니든 난 아무 상관이 없다. 하지만 내가 지금 무슨 말을 할 수 있을까? 난 그저 멍하니 그녀를 바라보았다. 그녀 역시 내가 묻지도 않았는데 먼저 민수 얘기를 하는 게 구차하다 생각했던지 아니면 더 이상의 설명은 불필요한 언어의 낭비란 뜻이었던지 머쓱한 표정으로 먼 허공을 바라보았다. 나도 이 어정쩡한 상황을 깰 어떤 말이 생각나지 않아 계속 잠자코 있었다.

지금까지 나는 여희와 민수가 더욱 더 깊이 사랑하며 분명 조만간 결혼할 거라고 믿고 있었는데 그게 아니라니 이상하기만 했다. 지금까지 그들이 내게 보여준 사실들을 생각하면 그들은 반드시 결혼해야 하는 것 아닌가? 그러고 보니 그동안 민수나 여희를 일부러 찾지 않은 나의 속 좁은 체념도 참으로 우습게 여겨졌다.

난 여희의 표정을 찬찬히 살피며 그녀가 말하는 '마지막으로' 라는 말의 진의를 조심스럽게 물었다. 걱정스러워하는 내 표정을 간간히 살피면서 담담한 소리로,

"엄마가 보고 싶기도 하고……. 나 미국 가면 언제 올 지

몰라서 그래. 어쩜 이게 정말 마지막이 될지도 모르잖아?"
라고 했다.

"으음?" 듣고 보니 내가 철렁했던 그 '마지막으로'란 말은
내가 우려했던 것과는 거리가 있는 '마지막' 같았다. 하지만
뭔가 아직도 석연치 않았다. 느닷없이 미국엔 왜 가느냐는
표정으로 난 다시 그녀를 향해 소리쳤다. 그러자 잠시 주저
하던 그녀가,

"나 L·A지사에 정규직으로 발령이 났어. 잘 된 건지는 모
르겠어." 하고 담담하게 침묵을 깨뜨렸다. 어쩌면 가고 싶지
않은 것 같기도 했다.

"그래?" 반신반의 하며 되묻는 내게 그녀는 작게 고개를
끄덕였다.

요즘은 비정규직에서 정규직으로 승급을 하는 게 얼마나
힘든 일인데 거기다 미국으로 파견 근무를 하게 되었다니 그
건 금상첨화 아닌가! 여행으로라도 미국에 가는 것은 모두
가 선망하는 일이다. 단단히 축하해야 할 일 아닌가? 그런데
난 여희가 말하는 지금 상황에 아직도 성이 풀리지 않는다.
너무 놀라서였을까? 난 간신히 감정을 추슬러,

"그렇다면 정말 천만다행이구나! 괜히 별 걱정을 다 했네."
하고 가슴을 쓸어내리듯 한숨을 돌렸다.

"왜? 무슨 걱정했어?" 여희의 질문에 난 솔직한 대답을 할

수가 없었다. 저 벼랑 위에서 서성대던 일이 아무 일도 아니라는 듯 그저 태연하기 만한 그녀의 질문에 공연한 걱정과 우려를 했던 사실이 실은 나의 불필요한 오지랖일 뿐이었다는 생각에 내심 다행이긴 했지만 좀 어색한 기분이 들었다. 난 서서히 감정을 누그러뜨리고,

"아니, 걱정이라기보다 네가 거기 서 있는 게 너무 놀라웠어……. 거긴 정말 위험한 곳이잖아? 자칫 큰일 날 수도 있는 곳이잖아?" 라고 했다. 한동안 우린 서로 아무 말도 하지 않았다.

그리고 얼마나 시간이 흘렀을까? 난 다시 침묵을 깨뜨리고 "아무튼 L·A 가서도 모든 게 잘 되길 바래! 넌 잘 할 거야." 하고 격려의 말을 건넸다. 어색하긴 했지만 내 말은 진심이었다.

"으음, 고마워!" 라고 했다. 대답하는 여희의 눈에 엷게 눈물이 고여 드는 게 보였다.

내 마음을 알았다는 뜻인가 고맙다는 그 말도 진심이란 느낌이 들었다. 아마 저 벼랑에서 누구든 뛰어내릴까봐 심히 두려워했던 나의 심중도 얼마쯤은 알아차렸을 것 같았다.

그녀가 곧 떠난다는 사실은 너무도 서운하지만 그래도 해외 근무 때문에 가게 된다는 데엔 사뭇 안심이 되었다. 살아

만 있으면 언젠가는 다시 만날 수 있을 것이고 언제라도 다시 얼굴 볼 희망은 있는 것이니까.

여희와 나는 천천히 산길을 넘어 그녀의 어머니 유선녀 여사의 무덤을 찾아 뒷길로 내려갔다. 예전에 나의 아버지가 매일 들러서 오래도록 앉아 있던 그 자리에서 여희가 큰절을 하는 걸 보니, 나도 가만히 서 있기가 어색해 여희를 따라 그 무덤에 두 번 절을 했다.

저녁 해가 뉘엿뉘엿 서쪽 하늘을 붉게 물들이고 있었다.

결빙(結氷)

—

여전히 아무 대답을 하지 못하는 답답한 동철을 보고
더욱더 분기가 충천하는 유끼 형사는
"끝내 입을 열지 않겠다니, 또 좀 맞아야 정신을 차리겠군,
어이, 이 조센진 새끼 혼줄 빼놔! 죽지 않을 만큼만 때려!"
라고 앙칼지게 명령을 했다. 그 차가운 소리가 온몸에 칼질을
하는 것 같았다. 힘겹고 분하고 억울한 시간이 하염없이 흘러가고 있었다.

결빙(結氷)

오랜만에 돌아온 아버지(양현덕)는 많이 변해있었다. 검정색 당꼬 바지에 굵은 금색 단추가 여러 개 달린 고동색 양복 재킷을 입고 있었는데 누가 봐도 신식 멋쟁이가 된 아버지의 변화된 모습에 놀라기는 어머니도 마찬가지였던 것 같았다. 그토록 오랜 시간을 밤마다 애타게 기다렸던 어머니의 남정네는 그러나 어머니를 보고도 정작 그립고 보고팠다는 표시가 고작 한번 빙긋 웃었을 뿐이었다. 그뿐 아니라 아버지가 곧 다시 떠나야 한다는 말을 들려주었을 때 내색은 안 했어도 부엌문 뒤에서 소리 없이 어머니가 흐느끼는 걸 본 사람은 아무도 없었다. 분명 또다시 혼자 남겨진다는 생각 때문 아니었을까? 아버진 지금 이진사댁과 만주에서 농장을 하고 있다는데 최근 조선에서 그곳으로 이주한 농민들과 공장 노동자들의 아이들 가르치는 보통학교를 지었다고 했다. 그리고 이제 곧 전에 폐교된 조선사람들의 군사학교도 다시 세울 거라며 지원금이 많이 부족한데 집에 돈이 얼마나 있냐고 어머니한테 물었다. 그러지 않아도 뭔가 미심쩍던 남편의 태도가 결국 돈이었다는 생각에 어머닌 할 말을 잃었다. 다

나라를 위한 일이라 했으나 더 이상은 감당하고 싶지 않은 야속한 주문이었다.

아버진 여러 날을 고심 고심 뒤척이다가 비장한 결단을 내렸다. 마침내 당신 명의로 되어있는 마지막 삼십 마지기 논문서를 가져 오라고 했다.

"그건 지난번에 큰아주버니가 은행에 빌린 돈 갚는다고 가져갔는데 예. 당신이 큰집에서 가져간 돈 갚아야 한다고 가져갔어예." 라며 어머닌 논문서가 집에 없다고 했다. 언제나 고분고분하기만 하던 어머니의 음성에 처음으로 분노가 묻어 있었다. 그건 지금의 이런 집안 사정을 확실하게 알려주려는 듯 그리고 지금까지의 모든 결과에 대해 아버지에게 책임을 느끼라고 하는 시위 같았다.

"뭐이라?" 아버진 그럴 리가 없다는 듯 어머니의 말을 믿지 않았다. 그리고 "땅을 아주 팔려는 게 아이고 읍내 전당포에 맡겼다가 가을에 추수 끝나면 찾아올 건데 뭔 고집이고?" 라며 고고하게 어머니를 나무라며 거듭거듭 내놓으라고 했다.

"글쎄 큰아주버니께서 가져가셨다니까예. 증말입니더." 끝내 없다고 하는 어머니를 밀어 제치고 "이런 답답한 여편네 같으이라구! 어찌 남편 깊은 뜻을 그리도 모르나?" 라며 마치 가택 수색을 나온 집 달리처럼 아버진 안방의 장롱이며 서랍을 뒤졌다. 아버진 어머니의 세간 장롱을 모두 뒤졌지만 논문서를 찾지 못했다. 그러자 어머니더러 당장 이백 원을 구해오든지 아니면 논문서를 찾아놓든지 하라고 심하게 호통을 치며 다그쳤다. 어머닌 아버지의 뜻을 꺾을 수 없어 별 수 없이 여러 날을 외갓집과 큰집을 바쁘게 드나들었다.

"뭐할라케 이백 원씩이나 필요하다 능교? 삼 년 만에 집에 왔시므 이백 원을 갖다 앵겨 줘도 모자랄 파인데 언감생심 집안 말아 묵을라 작정을 했구마! 쯧쯧!" 외할머니는 몇 년씩 딸에게 생과부 노릇을 시키며 온갖 고생만 시키는 양 서방이 너무 괘씸해서 아버지의 돈 부탁 얘기를 듣자마자 냉담하게 소리를 쳤다. "내사 그런 돈 있시므 이렇코 살지도 않는데이." 라면서 "설사 그 마한 도(돈)이 내한테 있다 손 치더라도 몬 빌려 준다 카이!" 라며 쌀쌀맞게 고개를 돌렸다. 평생 농사고 식솔이고 다 내팽개치고 외지로 떠돌다 돌아와서 뭐이가 돈 구해 오라코? 증말 집안 망해 묵을 놈이구마, 앙? 양 서방, 혹시 노름 하나? 경마 쫓아다닌 거 아이가?" 외할머닌 말을 하면서 점점 더 화를 냈다.

"아니라 예, 다 나라 위하는 일이라 카며 아녀자가 봉황의 깊은 뜻을 어이 아는가 카고 나중에 다 돌려 준다 캤어 예!"

"에그, 그 말을 믿노? 이런 멍충이 같으니라코!" 외할머닌 어머니가 더 한심하다는 듯 나무란다.

장에 갔다가 돌아온 이동철이 망태에서 간 고등어 두 마리를 꺼내 옥봉에게 주며 툇마루에 앉아 담뱃대를 빨고 있는 이 노인을 향해 "추운데 왜 밖에 나와 기십니꺼? 얼른 안으로 드소." 라며 노친을 일으켜 사랑채로 이끈다. 그는 노친을 사랑채 큰방 안에 모셔다 놓고 다시 안채로 들어와 모자와 솜 두어 지은 마고자를 벗어 벽에 걸린 옷걸이용 횟대에 걸쳐 놓고 양말도 벗어 둔다. 그리고 부엌에 있는 옥봉에게 "세숫물 좀 주꾸마, 발 씻게……." 라고 소리를 친다.

"야! 쪼매 기다리소!"

옥봉이 놋대야에 더운물을 담아서 대청마루 위에 올려놓고 "세숫물 떠 놨어예!" 라고 안에다 대고 동철을 부른다.

동철이 발을 씻느라고 대청마루에 앉자 옥봉이 수건을 가지고 나와 곁에 앉는다. 잔뜩 여민 행주치마 속으로 남색 꼬리치마가 선명하게 돋보인다.

"오늘 장에선 뉘 만났심꺼?" 뭔가 새로운 소식이라도 있을까 동철의 표정을 살핀다.

"와룡마을 사람을 만났구마! 양씨어른 말인데……. 이진사댁과 사돈지간 아이가? 그 사람도 진사댁 따라 봉천에 갔제. 이 진사댁은 만주서 굉장히 성공했는갑더라고. 학교도 짓고 농장을 크게 한답데. 여기 안동 전답 판돈으로 만주에다 땅을 엄청나게 샀던 모양이야. 하긴 여기에 땅이 얼마나 많았는데 그 땅 판돈으로 만주에 땅 샀으면 얼마나 땅이 많 켓노? 농사도 짓지만 학교도 짓고 병원도 짓는다 카데⋯⋯. 요즘 만주엔 일본 사람들이 철도 놓는데 중국 각지에서 온 노동자들 다 모여든 답데. 하긴 지금 만주야 일본이 쥐고 흔 들지 않나? 조선사람들은 일선(日鮮) 융화한다고 해서 더 우 대해준다 카는데 그게 사실인지 모르겠데이. 그 바람에 행 경도(함경도) 사람들하고 피양(평양) 사람들이 많이 가서 산다 카드마. 거긴 불모지에 사실 주인 없는 땅인 기라. 가서 맘 만 먹으면 큰돈도 벌 수 있고 살길도 열린다 카데!" 동철은 아내 옥봉에게 좋은 소식이라도 알려 주려는 듯 자랑스레 으쓱했다.

"정말입니꺼?"

"하모, 여기처럼 농사 지은 거 왜놈들한테 공출한다고 뺏 기지 않아도 되는 갑더라꼬."

"그래예? 그래서 뭐라 대답 했능교?"

"그냥 듣고만 왔꾸마. 자꾸 얘기 하길래 나중에 생각 좀 해 보겠다 캤제!"

"강국 아버지, 잘 했심더. 지는 예, 당신이 만주 가는 거 싫슴니더. 그냥 예서 이대로 작게 농사짓고 우리 아이들 키 우면 편안하지 안심꺼?"

"내도 매한가지다. 하지만 다들 만주! 만주! 카니까 그래도 한번 만주에 꼭 가보고 싶데이!" 발을 다 씻은 동철이 대야에서 발을 꺼내 수건질을 하며 흐뭇한 미소로 옥봉을 바라본다.

"그란데 예, 읍내 예비당 사람들이 무슨 농촌 강습회를 한다꼬 저녁 때 읍내 예비당으로 나오라고 한참 선전하고 갔다 아인교. 농촌 강습회가 뭔기오?"

"하모, 내도 오란 말 여러 번 들었다. 일본에 유학 간 학생들이 방학 때 와서 아이들 공부도 가르쳐 주고 성경도 가르친다 카데. 갸들이 나처럼 보통 학교만 나온 사람들은 농사일이나 세상 돌아가는 새로운 동향을 좀 더 많이 알아야 한다고 강습을 꼭 받으러 오라카드만. 거의 다 젊은 예수쟁이 학생들이라 갸들 농촌을 잘살게 해야 한다고 나팔 불고 시끄럽게 떠들고 다니는데, 뭐라더라? 뭐 무슨 콤? 안동 콤. 지역 마다 무슨 '콤'이라는 게 있다카데. 글쎄 나도 콩인지 콤인지 그게 뭔지는 모르구마. 내사 그런데 갈 시간도 없구!"

스물여덟 이동철,

그가 집안 농사일을 도맡아야 했던 건 아버지 이칠원이 나이가 들어 해소병까지 생기니 더 이상 농사일을 할 수 없기 때문이었다. 마침 다니던 보통 학교도 끝날 때가 되어 그럭저럭 졸업은 했지만 고등과엔 진학을 못하고 그만두었다.

그가 양현덕을 만난 것은 안동 닷세 장날 우연히 읍내 이발소에서였다. 이동철이 이발을 하러 읍내 이발소에 들어갔을 때 양현덕이 거울 앞에서 널따란 이발 수건을 목에 두르고 면도를 받고 있었다. 이발소 주인은 기다란 가죽 띠에 면도날을 여러 번 쓱쓱 문질러 갈아댔다. 그리고 양현덕의 얼굴에 비누거품을 듬뿍 바르고 면도칼로 조심스레 밀어 내렸다. 면도칼이 지난 자리엔 발그레한 맨살이 드러나고 그가 양현덕임을 보여주고 있었다.

"아이고, 양씨 어르신 아니심니꺼? 만주에 가 계신다고 들었는데 언제 오셨심꺼?"

"어이, 이 서방, 억수로 반갑데이! 내사 집에 온 지는 한 이레 됐제. 한데 자네도 이젠 의젓하니 어른 티가 난데이. 아버님도 무틸하신가?" 오랜만에 보는 동철의 모습은 한창 젊고 혈기왕성해 보였다.

"예, 잘 계심니더. 그란데 예, 아주 오신 겁니꺼?"

"아니라, 곧 다시 갈 끼구마. 이 서방, 만주에 한번 와 보꾸마! 여기 안동보다도 조선사람이 더 많다 카이. 학교도 많고."

"글쎄 예, 한번 생각은 해보겠심더. 한데 이 진사 어르신께선 가내 다들 안녕하신교?"

"하므, 아주 잘 계시구마. 보통학교도 하나 지었고 농장도 다섯 군데나 크게 하고 있구마. 지금은 큰사돈댁 하고 같이 군사학교를 세울라 허가를 신청했는데 그곳 총독부에서 허락을 하지 않는기라. 조건이 무척 까다롭다 아이가. 조선사람 소유가 아니고 만주국 국가 소유로 지어야 허가가 금방 나온다 카는데. 사실 만주국 국가 소유면 그건 일본 소유라 이거제. 그래도 언젠가는 꼭 조선사람들 소유로 조선군사학교를 세울 끼구마! 우리 조선사람들 중말 대단하이. 그 정글 같은 산림지를 벌목해 밭도 만들고 논도 엄청 만들었제. 먼 강에서 물도 끌어온다카이. 중말 못하는 게 없다 카이." 양현덕은 마치 만주가 자신의 고향이라도 되듯 떠벌였다. "그라예?" 동철은 양현덕의 말에 놀라서 저절로 입이 벌어졌다.

동철은 아버지 때부터 오래도록 이 진사네 땅에 소작을 했는데 이 진사네가 만주로 가려고 땅을 팔 때 논 두 마지기를 샀다. 물론 지금 다른 집 논에 소작을 좀 하지만 산자락에서 고추농사도 지으니 그럭저럭 밥 굶을 일은 없다. 하지만 소작을 하지 않으면 그리 넉넉한 형편은 아니다.

기차가 압록강을 지나 계속 북으로 달려간다. 기차가 가는 대로 창밖의 엷푸른 파노라마도 쉬지 않고 따라간다. 대기는 차갑고 유리 같은 수면 위로 먼 하늘이 펼쳐 환상의 정경도 끊이지 않고 흐른다. 동철은 눈이 부셔 눈을 감고 기억을 따라 함께 흐른다. 선로를 따라 바퀴에서 규칙적으로 들려오는 다그닥거림도 멀어져 간다. 꽁꽁 얼어붙은 강줄기와 매서운 추위에 새하얀 살얼음판으로 드리워진 광활한 대지는 경계가 분명치 않다. 차창엔 성애가 두껍게 서리고 끝없이 펼쳐진 하얀 산하가 어렴풋이 다가 왔다간 희미하게 사라진다. 얼어붙은 저 강물이 녹으려면 적어도 두어 달은 지나야 할 것이다. 기차엔 자리가 없어 화물칸에 탄 사람들도 많았다. 그들 또한 만주로 가는 사람들이다. 모두 알 수 없는 미래에 초조한 듯 마음이 무거워 보였다. 그러나 불안 가운데서도 한 가닥 알 수 없는 희망을 안고 기차와 함께 달려간다.

잠시 눈을 감는 동철의 눈엔 아이들이 눈에 아른 거린다. 하얀 행주치마를 여며 두르고 절구질이며 키질을 하는 옥봉이 너무 예쁘다. 매끈한 머리칼을 접어 뒤로 올리고 이마에 구슬땀을 닦으며 종종거리는 그녀가 마치 곁에 있는 듯 안고 싶다. 여덟 살 강국은 보통 학교에 들어간 지 일 년, 유순이는 네 살 아직 젖 투정을 할 나이다. 그는 농한기를 이용해 되도록 빨리 갔다가 빨리 돌아올 작정이다. 그는 주머니에서 꼭꼭 접어 넣었던 종이 한 장을 꺼내 펴들었다.

〈만주국 요녕성 봉천시 서탑로 ○○정목 ○○번지 양현덕〉

동철이 기차를 타고 신의주와 단동을 거처 봉천에 도착한 것은 안동을 떠나온 지 사흘만이었다. 그는 손목에 차고 온 시계를 들여다보았다. 오후 네 시를 넘긴 봉천역은 대륙의 무거운 하늘을 향해 항의라도 하듯 불만스러운 어두움을 뿜고 있었다. 양현덕이 적어준 주소의 건물은 그가 내린 봉천 북역 근처에 있는 이층으로 된 전형적 옛날 중국집이었다. 제대로 찾아온 것인지 불안스런 감정을 뒤로하고 그는 조심스럽게 문을 두드렸다. 아무 인기척 소리가 들리지 않았다. 잠시 뒤 그가 좀 더 세게 문을 두드리자 안에서 "셰야!" 하는 굵직한 소리가 들렸다. 이어서 허름한 치파오를 길게 입은 노인이 다소 귀찮다는 듯한 표정으로 얼굴을 빠끔히 내밀었다. 그는 동철에게 누구냐는 듯 또 누구를 찾는가 하는 듯 알 수 없는 중국말을 지껄였다. 동철은 양현덕의 이름을 보여 주며 조선 안동에서 양현덕을 찾아왔다고 했다. 그 노인은 안에다 대고 누군가를 불러냈다. 글을 읽지 못하는 모양이었다. 잠시 뒤 젊은 여인이 위층에서 내려와 얼굴을 내밀었다. 그녀는 동철을 보자 언뜻 조선사람임을 알아차리고 "누구세요?" 라고 조선말로 물었다. 분명 중국여자였는데 조선말을 아주 잘 하는 것 같았다. 여자는 노인이 뭐라 지껄이자 다시 동철을 보고 "누굴 찾으세요?" 라고 다시 물었다.

　"아, 지는 조선 안동에서 온 양현덕 어른을 만나러 왔심니

더. 주소 보고 왔는데 예, 예가 양현덕 씨가 계신 곳 맞기
요?" 하고 동철은 재차 물었다.

"아, 예, 맞아요. 양 선생님 지금 외출 중이신데 곧 돌아오
실 거예요. 안으로 드시고 조금만 기다리세요." 라고 했다.
여인은 조선말을 정말 유창하게 할 줄 알았다. 그녀는 건물
이층에 있는 양현덕의 거처를 가리키며 좁다란 계단을 통해
이층으로 동철을 안내했다. 여기선 양현덕을 '양 선생님'이라
부르는 모양이었다.

그녀의 말대로 한 시간쯤 뒤에 양현덕이 출입문을 열고
들어왔다. 양현덕에게 손님이 찾아 왔다고 전하는 여자의 말
소리가 이층까지 들려왔다. 손님이란 말에 계단을 급히 달려
오르던 양현덕은 창가에 모자와 장갑을 벗어 들고 서있는
동철을 보자 "어어. 이게 누고? 이서방 아이가? 자네 증말
왔구마!" 라며 "추운데 참말로 잘 찾아 왔데이! 아아!" 하고
동철의 어깨를 감싸며 기뻐했다. 마치 아들이라도 만난 듯
했다. 하긴 양현덕에겐 아들이 없었다.

양현덕은 동철을 데리고 아래층 식당으로 다시 내려와 처
음 보았던 그 늙은 영감에게 식사를 부탁했다. 그들이 둥그
런 나무식탁에 앉자 아까 보았던 여자가 양현덕에게 동철을
보며 누구냐고 묻는 듯했다.

"아, 이 사람은 우리 사촌 조카 이동철 군일세. 앞으로 잘

도와주게." 라며 여인에게 동철을 소개했다. 그는 그 여인을 이 건물 주인인 메이메이 양이라고 소개했다. 다시 보니 여인은 유순하고 이해심이 많아 보였다. 그녀의 아버지가 일본과 한국이 합방(을사늑약) 되기 이전에 경성(한양)에서 조선역관들에게 중국어를 가르치고 있었는데 아버지를 따라와 경성(한양)에서 오래 살았다고 했다.

다음날은 기온이 좀 올라 추위가 다소 누그러지고 하늘이 맑았다.

동철은 한 시간가량 버스를 타고 봉천 외곽 쑤자툰(蘇家屯)에 있는 이 진사 댁을 찾아갔다. 이 진사의 집 건물은 유리창이 많은 하얀 이층 양옥이었다. 아래층 거실 중앙 계단으로 응접실이 이어지고 응접실 안에는 식탁을 겸할 수 있는 기다란 장방형 탁자가 방 한가운데 놓여 있었다. 모임과 회의 또는 접대를 두루두루 치를 수 있는 공간이었다. 이동철이 양현덕을 따라 응접실로 들어갔을 때 이진사와 두 사람이 탁자 끝에 앉아서 이야기를 하고 있었다. 그들은 가는 연기가 희끄무레 솔솔 피어오르는 담배 파이프를 입에 넣었다 뺐다 하면서 낮은 소리로 조근조근 이야기를 나누고 있었다. 양현덕은 이동철을 이 진사 앞으로 이끌며,

"사돈어른, 안동에서 칠원이 아들이 왔심더." 라고 했다.

그리고 "이서방, 어서 인사 올리게!" 라고 했다. 동철은 양현덕이 자신의 내방을 이진사에게 고하는 말소리와 동시에 정중하게 큰절을 하며 "진사 어르신, 그간 강령하셨심꺼?" 하고 오랜만에 인사를 올렸다.

"뭐라? 이동철이라? 오호! 칠원이 아들 동철이? 오호오! 마이 으젓해졌구마! 오오! 어이 왔노? 참으로 반갑데이! 장개도 갓제?"

"지난 봄 안동 내려갔을 때예, 이 서방을 우연히 만났습니데이. 그래 제가 여기 봉천에 우리 농장도 한번 볼 겸 놀러 와 보라 캤심더. 그런데 이 사람 증말 왔구마요!" 양현덕이 자초지종을 설명하자 진사는 고개를 끄덕이며 잘했다는 듯한 표정을 지었다. "젊은 사람이니 어디가나 할 일은 많제. 잘 왔구마!" 라고 했다. 그는 거듭 "오우, 참으로 잘 왔데이!" 라며 자리를 권했다. 그런데 이진사의 얼굴엔 웬일인지 어두움이 가득했다. 분명 무언가 심각한 일들이 있는 듯 했다. 그들은 이진사의 얼굴을 똑바로 바라보며 그가 무슨 말을 하려는지 무겁게 기다리는 듯 했다. 동철은 방 안에 있는 사람들이 모두 말없이 서로 얼굴만 바라보고 있는 이런 거북한 자리가 어쩌면 자신 때문인가 싶어 "지 좀 잠깐 나갔다가 올게예." 라고 양현덕에게 넌지시 허락을 구하고 응접실을 나왔다. 계단을 내려오려 할 때 안에서 작은 말소리가 들려

왔다. 분명 울분이 묻어 있는 이진사의 칼칼한 음성이었다.

"관동군 사령부에서 조선사람들 감시가 점점 더 심해지고 있데이! 어제도 기무라 놈이 순사 두 명 끌고 와서 말이 인사차 들렀다지만 우리 집 구석구석 샅샅이 뒤지다시피 하고 갔구마. 조만간 또 오지 않겠노?"라며 물고 있던 파이프의 담뱃재를 털어 대며 기침을 했다. 듣고 있던 사람들이 심각한 표정으로 고개를 끄덕였다. "사변 일으켜 장줘린(張作霖) 죽이고 말이야, 푸이 데려다 만주국 세우더니 이놈들이 점점 기세등등해 가지고 야금야금 본토 침략으로 자꾸 내려가고 있데이. 푸순에선 항일 유격대 지원했다고 민간인 수천 명을 대량 학살한 거 쉬쉬 하고. 우리 조선의열단 사람들도 야네 항일전쟁에 국민당군하고 함께 싸웠는데 정확히 얼마나 희생 되었는지 아무도 모른다. 그리고 걸핏하면 조선사람 잡아다 감옥에 처넣고 조사한다고 고문하고……. 여차하면 이제 쥐도 새도 모르게 당한데이!"

"흐음! 그란데 참의 어른은 지금 어데 기십니꺼?" 탁자 끝에 앉아 있던 사람이 신음 하듯 이 진사에게 물었다. 그들의 참의 영감은 이진사의 친형으로 참의는 오래전 없어진 조선 광무제(고종) 당시 의정부 벼슬 명이었다.

"내도 모른다." 그는 잠시 양현덕과 그 사람을 번갈아 둘러보았다. 그리고 다시 주변을 확인하고 나서 들릴 듯 말 듯 더욱 낮은 귓속말로 말을 이었다. "지난 번 조선 임시정부 건립에 약속한 지원금 가지고 갔는데 제대로 전달됐는지도 모르겠데이……. 이젠 형님도 나이가 있는데 객지에서 별일이나 없는지 크일이데이!"

그는 잠시 눈을 감았다가 떴다. 그리고 다시 작게 말을 이었다. "사실 고향 떠나올 때 우린 다 목숨 내놓고 온기라. 언젠가는 일본이 반드시 망할 거인데……. 나라 찾는 날 다 같이 대한 독립 만세 부르고 고향으로 돌아가야 할 긴데……."
진사는 눈시울이 붉어진 채 울컥 목이 메여 말을 잇지 못했다. 일본의 탄압으로 만주의 조선 독립군이 전멸 상태고 그의 아들 벽(李碧)이도 다시 비밀 결사대 만든다고 북쪽으로 떠난 뒤 영 소식이 없지 않은가.

양현덕은 어둠이 짙은 이진사의 얼굴을 바라보며 이어서 "농촌학생들이 혹 이곳에 모여 몰래 조선독립운동 할까봐 선수 치는 것 아니것심꺼?" 라며 낮게 한마디 더 했다.

"흠! 그보다는 이쪽 눈치 채고 이제 나까지 잡아가겠다는 긴데 잡아갈 구실을 찾는 기라. 그래서 내도 상해로 가서 얼마간 피해 있다가 올 생각이요. 상해에선 함부로 잡아가진 못하지. 앞으로 사돈이 당분간 농장 좀 맡아 주시기요 마. 봄 되면 소작하는 사람들 잘 구슬려 데리고 있고."

"야! 그건 걱정 마이소. 그란데 상해 가시면 언제쯤 오실라는교?"

"우선 상해에 가 봐야 제. 조선 임시정부 세우려 고생하는 분들하고 앞으로 할 일도 의논해야 되고……. 참의 형님 소식도 좀 자세히 알아 봐야 할기고……." 이 진사는 기침을 쿨룩거리며 말을 이어갔다.

오후에 양현덕과 시타(西塔)로 돌아온 동철은 별달리 할 일이 없었다. 다음날부터 우선 봉천 시내를 돌아보기로 했다. 양현덕이 혼자 외출한 날은 메이메이 양을 따라 다니며 구경을 했다. 시타 거리엔 조선사람들이 운영하는 여관이나 가게가 여러 곳 눈에 띄었다. 그런 가게들은 조선 언문으로 '방아깐'이라든가 '신발가게' 라고 간판을 달고 있었다. 시내 중심지는 상당히 번화했다. 도로도 넓고 트럭이나 버스, 자동차가 빈번하게 움직였다. 일본 군인들은 노란 제복을 입고 칼을 차고 다녔다. 그들은 만주국의 치안을 핑계로 주둔한 일본의 관동군이었다.

"이곳은 옛날부터 선양(瀋陽)이라고 했는데 이곳 토박이 만주인들은 이곳을 묵던 이라고 불렀지요. 청나라 때부터 이곳을 펑티엔(봉천)이라 불렀는데 장쉐량(張學良) 때 이곳을 다시 선양시(瀋陽市)라 개명을 했어요. 아, 장쉐량 아세요? 나도 베이징 있을 때 딱 한 번 만난 적 있는데 장쉐량은 정말 잘 생긴 미남이에요. 온 중국의 내노라 하는 여자들이 그 앞에

줄을 섰었지요. 천하미인 쑹메이링(송미령)도 그중 하나였고요. 쑹메이링은 장제스(蔣介石)하고 결혼하기 전엔 장쉐량의 연인이었어요. 그런데 요즘 소문은 장쉐량이 현재 난징 장제스에게 연금돼있다고 하네요." 사실 동철은 장쉐량이 누구인지 모르지만 중국의 지도자가 장개석(장제스) 총통이란 말은 종종 들어본 적이 있었다. 그는 메이메이가 하는 말에 그저 눈만 껌벅껌벅거렸다. "장줘린(張作霖)이 원래 국민군 총사령관으로 이곳 동북의 통치자였어요. 그런데 일본이 침략해 들어와 장줘린을 철도사고로 위장해 암살했어요. 그러자 바로 즉시 그 아들 장쉐량이 아버지를 이어 총사령관이 되어 이곳 통치자가 되었죠. 그는 자기 아버지가 그렇게 암살 당한데 원한을 품고 어서 빨리 일본을 무찔러 복수하고 싶었죠. 그런데 현 중화민국의 총통 장제스는 침략자 일본보다는 내부의 공산군을 먼저 토벌해 없애야 한다는 생각으로 장쉐량 총사령관에게 항일전을 명령하면서도 국민군을 지원하지 않은 거예요. 화가 난 장쉐량은 장제스 총통이 전투 격려차 서안을 방문했을 때 서안 화청궁에 투숙한 장제스를 잡아 연금했어요. 그는 국민당과 공산당간의 전쟁을 중단하고 함께 항일전쟁을 우선 할 것을 약속 받고 연금을 풀어주었죠. 그리고 장제스를 예우하느라 비행기로 다시 난징까지 친절하게 호위했는데 난징에 가자마자 이번엔 반대로 장개석

(장제스)에게 장쉐량이 잡혀 연금된 거예요. 자신이 장제스에게 서안에서 했던 그대로 똑같이 도로 당한 거죠. 역사란 게 참으로 묘해요. 이때다 싶게 일본은 청나라 마지막 황제 푸이 데려다 만주국 세웠죠. 수도는 창춘으로 정하고 이곳은 다시 선양에서 펑티엔(봉천)이라 바꾼 거지요. 그래서 여기가 지금은 펑티엔이예요." 동철이 묻지도 않은 봉천의 역사를 메이메이는 장황하게 늘어놓았다. "아, 그래 예?" 라고 알겠다는 뜻으로 대꾸는 했지만 사실 동철은 봉천이든 선양이든 단지 장제스? 장쥐린? 장쉐량? 모두 장씨 판이란 생각뿐 메이메이의 설명이 동철에겐 별다른 의미가 느껴지지 않았다. 그건 현대사의 커다란 변(變)점들인 만주사변과 서안사변의 간략한 요약이었지만 동철은 오히려 그런 역사 이야기보다 조선사람들이 한다는 이곳 농장들이 궁금했다. 지금 하얗게 얼어붙은 저 땅들이 어떤 땅인지, 무슨 농사를 어떻게 짓는지 등. 또 자기도 이 만주에 조금이라도 땅을 살 수 있으면 좋겠다고 생각했는데⋯⋯. 하지만 이 모든 것이 봄이 와야만 제대로 알아볼 수 있을 것 같았다. 하지만 그때까지 여기서 기다리긴 도저히 어려울 것 같았다. 그가 메이메이의 안내로 이곳 고궁과 북릉 공원까지 돌아보니 집을 떠나온 지 벌써 한 달이 훌쩍 지나 있었다.

고심 끝에 그는 앞으로 이삼 일만 더 지내다가 안동으로 돌아갈 거라고 양현덕에게 알려주었다. 그러고 보니 갑자기 집에 있는 옥봉과 강국이 눈앞에 아른거려 어서 빨리 돌아가고 싶은 생각이 굴뚝같았다. 그들이 너무나 보고 싶어 견딜 수가 없다.

안동으로 돌아가겠다는 말을 들은 양현덕은 "오우! 벌써 간다꼬? 한데 내사 이곳 안내를 제대로 못해 줘 미안하구마. 너무 바빴데이. 그간 여기 둘러 본 소감이 어떤교?"

"야, 잘 봤심더. 아직 다 본 건 아니지만 예, 이곳 봉천은 아주 발전된 도시라 예, 우리 조선사람들과는 옛날부터 아주 긴밀한 관계를 가진 유서 깊은 도시란 걸 알게 됐고예. 옛날 부여니, 고구려, 발해가 다 이곳이었던 것도 알게 됐심더."

"아, 그래도 잘 보았구마. 한데 정말 벌써 갈기나? 농장도 한번 못 돌아보고? 음?"

"야, 집에 곧 밭갈이 시작할 때 아인교? …… 그란데 예, 이건 다 들은 소문인데예……" 그는 입을 다시며 한참 눈을 감고 생각을 좇다가 다시 말을 꺼냈다. "우리 조선사람들은 왜 독립당이니 혁명당이니 하고 서로 으르렁대는교?" 동철은 자기도 모르게 말소리를 작게 내었다.

"와? 어데서 무슨 말 들은교?" 양현덕도 말소리를 작게 낮추었다.

"마, 비밀이라 카데예, 중국 국민당에서 지원받는 항일전

지원금을 혁명당사람들이 혼자 다 빼묵었다 카데 예, 증말인교? 양 부장 어른도 알고 계셨능교?"

"으음!" 양현덕은 이미 알고 있었다는 듯 고개를 끄덕이며 "그게…… 늘 그쪽 사람들이 애를 멕인다 아이가." 라고 말끝을 흐렸다. 그리고 다시 동철에게 뭔가 좀 더 설명을 하려다 그만 두었다. 그는 대답대신 고개만 몇 번 더 끄덕이다가 "참, 그라믄 잘 됐구마. 내일 내사 창춘으로 출장 가는데 일 보고 다시 해삼위(블라디보스토크)로 가야 할 기다. 떠나기 전에 진사어른 뵙고 가야 하니 자네도 같이 인사드리고 내랑 같이 떠나제. 아니 이참에 자네도 창춘하고 해삼위도 한번 더 둘러보고 돌아가는 거이 우떠캤노? 좋제? 창춘도 가보고 또 해삼위도 가보고 하믄, 마 자네도 세상 보는 눈 크게 달라진데이." 양현덕은 내친김에 동철에게 되도록 많은 것을 일깨워 주려는 듯 또 다른 제안을 했다.

다음날 아침 일찍 쑤자툰을 다시 찾아 갔을 때는 이 진사도 상해로 떠날 채비를 하고 있었다. 그는 양현덕과 동철을 보자 작별 인사를 받을 겨를도 없이 고개만 끄덕이더니 곧 양현덕을 데리고 옆방으로 들어갔다. 그는 탁자를 밀어놓고 평평한 마루—평상시에는 아무 표시 없는 비밀공간이었다— 밑바닥 널판을 들어내더니 큼직한 짐 보따리를 꺼냈다. 그는 보따리를 풀어 이것저것 헤치더니 다시 허름해 보이는 작은 가방을 하나 꺼내 양현덕에게 내밀었다. 검게 주글주글 빛이 바랜 가죽가방이었다. 이 진사는 양현덕에게 낮은 소리로 "독립군 정의부 사람들은 믿어도 괜안치만 그래도 절대 실수해선 안 되오. 그라고 물건들은 꼭 지천우 사령관한테 직접 전달해야 되오." 라며 엄중한 표정으로 말을 이었다. "그라고 마, 지금 해삼위(블라디보스토크) 일본영사관에 갇힌 윤오식 대감을 뤼순(旅順)으로 데려 가기 전에 빨리 빼어 내야 하니 해삼위 가서 우리 전에 만났던 빅또르 치리코프부터 찾아가기요. 우리한테 있는 돈 다 써서라도 꼭 손을 쓰기요. 거긴 노서아니까 노서아에서 활동하던 조선인을 일본 마음대로 데려 가지 못하게 해야제……. 무슨 일 있으면 되도록 노서아 청사로 들어가야 되오. 하지만 너무 믿지는 말기요. 그 놈들도 끝에 가선 일본편이라 카이. 양 선생, 잘 다녀오기요. 그라고 내도 상해 갔다 와서 나중 다시 보십시데이." 이 진사는 진지하게 부탁하는 것처럼 명령을 했다.

"야, 그랍시더." 양현덕은 이미 각오라도 하고 있었던 듯 대답했다.

봉천역 대합실엔 이른 아침부터 많은 사람들이 창춘행 기차를 타려고 기다란 나무의자에 빽빽이 붙어 앉아 시끄러이 잡담을 하고 있었다. 그들의 소리는 마치 먼 데서 들려오는 함성처럼 맹렬하게 역사 안을 점령한다. 간혹 신문을 얼굴에 가리고 졸거나 눈을 감고 잠을 청하는 사람도 보였다. 양현덕은 동철과 함께 의자에 앉아서 방금 산 기차표를 들여다보고 있었다. 그는 기차표를 접어 안주머니에 넣고 고개를 들어 창밖을 내다보았다. 역사 밖 저만치에 기무라가 양복 차림의 어떤 사내와 일본말로 이야기를 하며 서성이는 게 보였다. 곧 그들은 서로 인사를 하고 사라졌다. 이윽고 개찰구 문이 열리고 사람들은 승강장으로 달려갔다. 동철은 양현덕의 큰 가방을 대신 들어 짐칸에 올려 두고 자신의 짐 가방도 올려 두었다. 기차가 굉음을 내며 달리기 시작한 지 한 시간쯤 되었을 때 표 검사가 시작되었다. 짙은 감색 제복을 입은 여자 검사원은 양현덕과 동철의 표를 들여다보고 나서 고개를 한번 끄덕이며 돌려주었다. 그리고 뒷좌석 다음 승객에게로 옮겨 갔다. 잠시 후 같은 제복을 입은 남자 검사원이 바로 앞 칸에서부터 신분증과 위험물 등 수화물 검사를 시작했다. 남자 검사원이 열차 칸 들어오기 전 양현덕은 미리 눈치를 채고 태연스럽게 일어나 큰 가방 속에 들어있던 작은 가방을 슬며시 꺼내 뒷좌석 의자 밑으로 깊숙이 밀어 넣었다. 문제는 창춘역에 도착하기 바로 직전에도 다시 똑같은 검사가 시작되었던 것이었다. 기차가 서서히 속도를 줄여 창춘역사 안으로 들어갈 때 기차표 검사를 했던 여승무원이 들어와 기차표를 수거했다. 검사원에게 기차표를 낸 양현덕은 의자 깊숙이 밀어 넣었던 가죽 가방을 꺼냈는데 바로 그때 예상하지 못했던 일이 생겼다. 또다시 남자 수화물 검사원이 검사를 하며 들어오는 것이었다. 작은 가방을 너무 미리 꺼낸 것이었다. 양현덕은 재빨리 일어서 큰 가방으로 얼른 작은 가방을 보이지 않게 가려 들고 서둘러 미리 내릴 준비를 하는 사람처럼 반대쪽 열차 출입문으로 나갔다. 그는 큰 가방으로 가리고 있던 작은 가죽 가방을 승강대에서 되도록 소리가 나지 않게 넌지시 밖으로 던졌다. 그리고 동철을 향해 크게 눈짓을 하고 나서 큰 가방을 무겁게 들고 빠른 걸음으로 되돌아 앞 칸으로 나아갔다. 기차는 두어 칸을 더 미끄러져 들어가 완전히 멈췄다. 양현덕이 내릴 때 무언가 수상하다 여긴 검사원이 양현덕을 따라 내렸다. 그는 득달같이 양현덕에게 달려와 짐을 내 보이라고 소리쳤다. 양현덕의 가방을 들여다본 검사원은 몇 번이나 그의 가방을 조사하고 나서 가방을 돌려주었다. 그러나 그가 조사도 받지 않고 도망치다시피 먼저 기차에서 뛰어내린 것을 여전히 수상하게 여긴 검사원은 다시 양현덕을 불러 좀 알아볼 게 있다며 양현덕을 역사 사무실로 끌어갔다. 나중에 승강장에 내린 동철은 내린 곳에서 한 칸을 뒤로 걸어가 양현덕이 저만치 미리 던져 놓은 작은 가죽 가방을 자연스럽게 집어 들고 아무 일도 없는 것처럼 함께 내린 많은 승객들과 섞여 유유히 역사를 빠져 나왔다. 추운 날씨에 온몸이 떨리기 시작했다. 해가 완전히 저물고 나서야 역사에서 풀려 나온 양현덕은 하염없이 덜덜 떨고 있던 동철과 재빨리 택시를 잡아타고 창춘 시 외곽으로 달렸다.

창가에 서서히 어둠이 가시고 가늘게 새벽빛이 스며들었다. 주변은 고요했다. 알 수 없는 불안이 엄습하는 그때 갑자기 누군가 그들이 묶고 있는 여관 문을 두드리는 소리가 들려왔다. 이어서 금속이 찢어지는 듯한 호각 소리도 들렸다. "이 서방, 빨리 피해!" 양현덕은 번개같이 건물 뒤 변소간 뒤쪽 문을 통해 작은 가죽 가방을 들고 쏜살 같이 빠져 나갔다. 마치 번개같이 그는 사라졌고 순식간에 형사들이 뛰어 들어왔다. 동철이 봉천에 온 걸 수상하게 여긴 일본 앞잡이가 창춘까지 따라와 그들이 잠자러 들어온 여관에 들이닥친 것 같았다. 바로 봉천역에서 기차를 타려 기다릴 때 밖에서 기무라와 얘기를 지껄이던 사내 같았다. 미처 들고 나가지 못한 양현덕의 커다란 여행 가방 속에선 두 자루의 권총이 나왔다. 형사들은 양현덕을 놓친 것을 못내 아쉬워하며 동행하던 동철을 창춘감옥소 유치장에 가둬놓고 오래도록 취조를 했다. 만주에 왜 왔느냐? 달아난 양현덕이 지금 어디 있느냐? 총은 어디서 났고 왜 가지고 있느냐? 등 이 일의 배후가 누구냐며 묻고 또 물었다. 그러나 동철은 "나는 농부요. 창춘에도 땅이 많아 농사 지을 땅을 소개해 주겠다고 해서 그 어른을 따라 왔는데 그 사람이 총을 가졌는지 무얼 하는지 내가 어찌 아오? 나는 그것밖에 모르오." 라는 말밖에 더 할 말이 없었다. 그들은 그가 오히려 묵비권을 쓰는 것으로 간주하고 더욱 심하게 심문을 했다. 몇날 며칠 계속 그를 수사하던 유끼 형사는 "독한 새끼! 어디 두고 보자." 라며 "네가 아무리 배후를 밝히지 않으려 해도 결국은 다 밝혀지게 돼 있다. 알겠어?" 라며 가느다란 눈으로 한껏 째려보며 날카롭게 동철을 위협했다. 다음날도 그 다음날도 그들은 마치 새로이 심문을 시작하듯 같은 질문을 반복해서 동철에게 따지고 회유하며 묻고 또 물었다. 그러나 여전히 아무 대답을 하지 못하는 답답한 동철을 보고 더욱더 분기가 충천하는 유끼 형사는 "끝내 입을 열지 않겠다니, 또 좀 맞아야 정신을 차리겠군, 어이, 이 조센진 새끼 혼줄 빼놔! 죽지 않을 만큼만 때려!" 라고 앙칼지게 명령을 했다. 그 차가운 소리가 온몸에 칼질을 하는 것 같았다. 힘겹고 분하고 억울한 시간이 하염없이 흘러가고 있었다.

하지만 동철은 잔악한 그들의 담금질이 아무리 힘들어도

결코 아무 대답을 하지 않았다. 다만 양현덕이나 이진사가 언제까지나 무사하기만 바라면서 이 끔찍한 조사가 어서 빨리 끝나 집으로 돌아갈 것만 바라고 있었다. 하지만 그는 끝내 집에 돌아오지 못했다.

비열한 오후

—

나는 인근 철물점에 들러서 쇠망치를 샀다. 그리고 다섯 정거장이나

떨어져 있는 재래시장 철물 가게에서 삽과 소형 쇠톱을 사서

검정 비닐 자루에 넣어 복도 끝 후문 뒤에 숨겨 두었다.

그리고 용의주도하게 차근차근 내 계획을 실천해 갔다.

마침내 모든 계획은 아무 방해도 없이 계획대로 이루어졌고,

나의 계획은 성공이었다.

비열한 오후

차라리 잘된 일이다.

범행의 모든 증거를 찾아 놓고도 다시 재수사하는 민용익 검사는 드디어 커다란 위업 하나를 달성한 양 회심의 미소까지 지었었다. 사실 내가 모든 범행을 이의 없이 순순히 시인하니까 초강력 범인의 대답이 너무 싱겁다는 듯 그는 고개를 연신 갸웃거리며 재차 범행에 직접적인 동기와 목적을 캐기 시작했다. 하지만 그것은 차마 내가 말을 할 수가 없다. 뿐만 아니라 나는 내가 저지른 그 범행 자체를 이미 내 기억에서 완전하게 지워버렸다. 그래서 그 일은 마치 꿈속에서조차 없었던 일이라고 믿고 있어 아무리 그들이 나를 추궁해도 별달리 말이 나오질 않는다.

사실 범행 당시는 더 이상 염치없이 이 세상에 존재할 생각은 아니었다. 그 일을 끝내고 바로 죽을 작정이었는데 그게 마음대로 되지가 않은 것이다. 우선 내가 저지른 더러운 흔적들을 깨끗이 지워야 했기 때문이다. 그것은 잠시나마 내가 존재했던 이 세상에 대해 내가 해야 할 마지막 의무이자 도리라고 여겼기 때문이다. 나는 늦게 돌아와 어떤 소리도 밖으로 새어나가지 못하게 문틈에 스티커를 붙여 꼭꼭 막아놓고 오로지 이 모든 흔적 제거 작업을 새벽까지 은밀히 진행했다.

마침내 나의 이 범행이 전혀 존재하지 않았던 것처럼 지웠다는 생각이 들자 이건 정말 아무 것도 아니란 생각이 들면서 이렇게까지 이 일에 몰두 하는 내 자체가 오히려 싱겁고 우스워지기까지 했다. 이젠 식사도 제대로 하고 아무 거리낌 없이 잠에 빠질 수도 있었다. 그리고 처음과 다르게 이제는 살고 싶다는 생각까지 드는 것이었다.

하지만 지금 모든 내 범행이 백일하에 드러난 이상 아직도 내가 살아 있다는 자체가 역겹고 솔직히 살아 있다는 게 구차스럽기만 하다. 하긴 난 이미 죽은 거나 마찬가지 아닌가?

아침에 민용익 검사가 구치소로 날 찾아왔다. 검은 신발에, 갈색 줄무늬가 가늘게 섞인 회색 셔츠에, 넥타이는 매지 않았지만 꽤 세련된 차림이었다. 그는 강력 1팀의 임 형사가 처음부터 나를 수사해서 넘겨준 서류를 들고 다시 한 번 사건 내용을 확인하려는 듯 또 다른 단서나 증거 따위를 추가로 더 알아낼 수 있지 않을까 하는 것 같았다. 하긴 검사의 입장에선 범인이 하는 어떤 진술도 그게 모두 다 진실이란 보장이 없다는 생각이었을지도 몰랐다.

"야! 단돈 팔십만 원 때문에 그런 흉악한 살인을 한다는 게 말이 되냐? 전혀 납득이 안 되잖아? 분명 다른 이유가 있을 거 아냐? 그리고 함께 살고 있는 사람을 어찌 그렇게 끔찍하게 토막을 쳐? 분명 다른 이유가 있어. 순순히 밝히지 못하겠냐? 쌔꺄! 사람의 탈을 쓰고 어떻게 그렇게 끔찍한 짓을 할 수 있냐? 너 사람 맞냐?" 민 검사의 말은 모두 맞는 말이었다. 그래도 나는 절대 더 이상의 대구를 하지 않았다. 분명한 것은 내가 그 염덕구 놈을 계획적으로 살해해서 미리 준비해 숨겨두었던 쇠톱으로 놈의 시신을 열 몇 조각으로 잘라 화장실에서 모든 혈흔을 씻고 검정 비닐에 따로 따로 담아 근 열흘에 걸쳐 이곳저곳 나도 기억 못할 장소에 아무도 모르게 유기한 것이다. 사실 PC방에서 임 형사에게 체포되기 전까지는 어이없게도 내가 죽는다는 생각을 잊고 있었다. 그러나 그 안말 저수지 바닥에서 돌로 단단히 묶여 가라앉은 검은 비닐 자루가 발견되면서 염가 놈의 시신 부분들이 발견되면서부터 '아아! 드디어 올 것이 왔다.' 하는 생각에 도무지 잠을 잘 수가 없었다. 이후 나는 도피 수단으로 전국을 떠돌며 행상도 했었고 낯선 PC방으로 찜질방으로 정처 없이 숙소를 옮겨 다녔다.

민용익 검사는 오늘도 어제처럼 아침부터 오후 늦게까지 내내 나를 붙들고 내가 임 형사에게 말해주었던 사실을 몇 번이고 다시 묻고 그때마다 왜 그랬는지 누구 또 다른 공범이나 원한 관계자라도 알아내려고 내 주변 사람들을 일일이 들먹거렸다. 그리고 저수지에 시신 조각들을 가져가 유기할 때는 누구와 함께 갔었는지 또 아직도 찾지 못한 시신의 머리 부분을 어찌했는지 등을 알아내려고 끈질기게 캐묻고 따졌다. 때로는 험악한 욕설과 협박으로 구타까지 하려 했다. 어쩌면 이 일의 자초지종이 계획적인지 아니면 우발적인지도 좀 더 세세히 따져 보고 재판상에 유·불리를 가늠하려는 것인지도 몰랐다. 그러나 난 아무것도 더 바라지 않는다. 나는 더 이상 이 세상에 살아 있어야 할 이유가 없으니까. 결과가 어떻게 되든 난 처음 의도했던 대로 이 모든 일이 끝나는 순간에 이 세상과 작별할 결심이 되어 있으니까. 사형을 받아도 괜찮다. 종신형도 괜찮다. 어떤 죗값이든 그건 내겐 아무 의미가 없다. 이미 난 그 일을 결행하면서 죽었으니까.

민 검사는 다음날도 내 사건일지를 차근차근 다시 읽어 가면서 자신의 판단대로 또다시 조사를 시작했다. 여태껏 고압적으로 나를 닦달하던 것과는 훨씬 누그러진 말투로,

"그래, 말 못하는 네 심정도 이해는 된다. 그래도 걱정 말고 사실대로 다 털어놓으라구. 그것만이 이 일에 대한 벌을 조금이라도 덜 받게 만드는 길이야, 임마. 네가 이 조사에 어떻게 협력하느냐에 따라서 형량이 달라질 수도 있어. 넌

이 일을 처음부터 혼자서 다 계획해서 했다고만 하지 납득할만한 이유는 말하지 않고 있잖냐? 네가 저지른 짓은 초강력 특급 살인 행위다. 그 죄질만으로도 그냥 사형감이야. 그런데 네가 그 정도로 잔인하려면 그 이유나 계기가 분명하게 나와야 하는데 너는 네가 그 사람을 살해했단 말만 반복하고 그저 진술을 얼버무려 빨리 끝내려고만 하고 있어. 지금 이 마당에 너도 살 길을 찾으려면 순순히 말하라구. 네가 진실을 말하면 어떤 면에선 이해를 받게 될 부분도 상당 있을지 몰라. 그러니까 좀 더 구체적으로 사실을 잘 말해 봐. 지엄하고 냉정한 법도 인간을 위해 있는 거니까 상황에 따라선 융통성이 생기는 게 순리야. 너의 범행사실에 대해 네가 자신의 잘못을 진심으로 뉘우치고 피해자에 대한 네 사죄의 심리가 객관적으로 인정되면 어쨌든 형량이 조금이라도 줄어들지 누가 아냐? 그러니 잘 생각해서 진술서에 다시 자세하게 적어. 아님 너 그냥 죽을래? 그러지 말고 우리 잘해 보자." 이제 민 검사는 오히려 나를 도와주려는 변호사 같은 말을 하고 있었다.

온종일 진전 없는 헛 질문에 지친 민 검사는 서류를 집어들고 오늘은 그만 하자며 일어섰다. 구치소 형사가 와서 다시 나에게 수갑을 채워 철창 안으로 데려왔다.

사흘 뒤 범행의 현장 검증을 한다고 민 검사는 임 형사, 강 형사, 최 경위 등 모두 일곱 명과 함께 승합차를 가지고 구치소로 나를 데리러 왔다. 차 안에 마네킹이 사선으로 뉘어져 있었다. 저 마네킹도 이제 곧 살해당해야 할 일이 기다리고 있는 것이다. 초특급 강력 살인범을 다루는 그들의 표정은 모두가 짙푸른 절망과 맞대고 있는 듯 어둡고 무거웠다. 사실 범죄의 현장 검증을 하는 것은 범행을 다시 한 번 실행하는 것으로 어느 누구도 달가워 할 일이 못된다. 처음 범행 때엔 무조건 그 일의 결말을 내야 하니까 아무 딴 생각 없이 신속 결행해 버렸지만 다시 그 일을 재현해야 하는 일은 정말이지 하고 싶지 않은 엽기이고 철저히 잊고 싶은 공포인 것이다. 정말이지 피할 수만 있다면 죽어서라도 피하고 싶은 심경이다.

세상이란 어찌 이리도 내게 잔인한 걸까? 사실 나는 여태껏 하고 싶지 않은 일에만 얽매이다가 이 지경이 된 것 아닌가?

말하자면 나는 하고 싶지 않은 일들만 하다가 결국 지금 이 지경까지 온 것이다.

사실 지금까지 살아오면서 나는 무언가 특별히 내가 하고 싶었던 게 기억에 없다. 남들이 말하는 취미라든가 특기니

적성이니 하는 것들은 모두 나에게는 일종의 사치일 뿐이었다. 그래도 애써 찾아보라 한다면 중학교 다닐 때 나팔 부는 게 상당히 재미있었던 기억이 하나 있다.

내가 다녔던 부귀리 중학교는 시골벽지의 조그만 학교이다. 운동장 한쪽엔 오래된 느티나무가 두 그루 서있고 그 아래서 조그만 밴드가 학교의 행사 준비로 이따금씩 연습을 하곤 했다. 큰 북 두 개, 작은 북 네 개에 나팔 두 개 등 엉성하기 짝이 없는 열악한 밴드였다. 밴드부 담당 선생은 서른 대여섯 살쯤의 총각선생이었는데 비쩍 마른 사람이 말수가 적고 어딘가 좀 외로워 보였다. 그는 사회과 담당 선생이었는데 방과 후에 학교 밴드부 특별활동을 지도했다. 그는 몇몇 아이들에게 리코더나 하모니카를 사오라 해서 음악 선생님처럼 오르간을 치며 북 치는 법도 함께 가르쳤다. 내가 나팔을 불게 된 것은 바로 그 선생님이 "이건 트럼펫이라는 악기인데 석민이 너 한번 불어 볼래?" 라며 그냥 한번 지나치는 제안 때문이었다. 그래도 그는 나를 지목해서 불러준 유일한 사람이었다. 내가 좀 수줍게 고개를 끄덕여 대답하자, 그는 나팔을 불기 전에 먼저 마우스피스를 어떻게 끼워야 하는 지와 실린더 버튼의 손가락 운지법 등을 가르쳐 주고 악기 기능도 대충 알려 주었다. 그 무렵 나의 관심은 온통 나팔 생각뿐이었다. 이따금 선생님은 뜬금없이 나팔을 불어 주기도 했는데 그가 군대 있을 때 아침마다 불었었다는 기상나팔 소리는 정말이지 슬프면서도 따듯하고 무거우면서도 부드러웠다. 내가 나팔 소리에 정신이 빠졌던 건 바로 나팔 소리의 그 그윽한 슬픔 때문이었을 것 같다. 아름다운 슬픔에는 누구나 외면하기 어려운 끌림이 있기 때문이다. 하지만 조회 시간이나 특별 행사 때 행진곡에 맞춰 북을 치고 나팔을 불면 막혔던 가슴이 확 트이듯 신나는 기분에 날아갈 것 같았다.

그러나 나팔 불기도 다음 해 담당 선생님이 다시 서울로 전근을 가버리니 아무도 나팔을 가르치거나 학교밴드를 관리하는 사람이 없게 되었다. 자연 우리들의 밴드 활동도 흐지부지 중단되었고 어느덧 우리는 삼 학년이 되었다. 그해 여름 방학 어느 날 나는 전에 불던 나팔이 궁금하기도 하고 다시 불어보고도 싶은 생각에 학교로 갔다. 방학 중이라 학생은 하나도 보이지 않고 새로 온 선생님이 당직 근무로 교무실을 지키고 있었다. 그는 교무실 주변을 가끔 돌아보고 나서 자리에 앉아 자주 손목시계를 들여다보더니 어디론지 자리를 비웠다.

밴드부의 악기들은 전부터 교무실 뒤쪽에 있는 기물 보관실에 있었는데 악기뿐만 아니라 각종 운동기구도 함께 보관되어 있다. 축구공과 배구공들이 양쪽으로 나뉘어 있고 보관실의 문은 잠겨 있지 않아 언제라도 쉽게 안으로 들어갈 수 있다. 간이 진열장 속엔 나팔 등 악기들과 북들이 그대로 있었다. 내가 불던 나팔은 다소 퇴색되긴 했지만 아직 노란 광택이 그대로 반짝반짝 그대로 있는 게 너무 반갑고 기뻤다. 내가 진열장에서 나팔을 꺼내 보관실 밖으로 나오려는데 교무실 쪽에서 "야 임마, 누구냐?"라는 고함 소리가 들려왔다. 학교에 잡일을 하는 관리 소사였다.

그는 쏜살같이 달려 와 나를 잡더니 교무실 밖으로 끌고 나와 "너, 누가 학교 물건 맘대로 가져가라고 했냐? 앙? 너 이거 갖다 팔아서 돈 쓰려고 훔친 거지. 아냐? 똑바로 말해, 앙?"라며 소리를 질렀다. 그는 바로 학교 옆에 있는 지서에 현행 절도범을 잡았다고 바로 연락을 하는 것이었다. 마치 내가 나팔을 훔쳐 내려는 도둑으로 오해를 하고 지서에 연락을 한 것이다. 물론 나중에 내가 이 학교 재학생이고 전에 학교 밴드부 활동을 했었다는 사연으로 지서에선 훈시만 듣고 귀가를 받게 되었지만 그건 참으로 유감스러운 일이었다. 그 일로 할머니가 지서까지 와서 "에이그! 이 불쌍한 놈아, 에미 애비도 없는 놈이 아무리 하고 싶은 게 있어도 참아야지, 그렇게 허락도 받지 않고 함부로 학교 물건(나팔)을 갖고 나오면 누가 가만 두겠니? 다들 도둑이라고 욕하지……." 할머닌 눈물을 글썽이며 "에그! 불쌍한 내 새끼! 으음! 할미가 돈이 있으면 나팔 하나 사주면 좋으련만…… 음, 괜찮아!"
라며 연신 내 등을 토닥였다. 그리고 잠시 뒤 "에그! 도대체
나팔 값이 얼마냐?" 하고 질금질금 흘러나온 눈물을 손등
으로 지워 닦았다. 꾹꾹 참았던 서러움이 갑자기 복받쳐 올
라와 나는 할머니 굽은 등을 에워 잡고 한참을 흐느꼈다.
'에미 애비도 없는 게 아무리 하고 싶은 게 있어도 참아야
지, 이눔아!' 라는 할머니의 말이 그렇게 서러울 수가 없었
다. 그 후로 나팔은 내게서 아주 아주 멀리 달아났고 나는
고등학교도 갈 수 없어 그냥 서울로 올라 왔다. 결국 내가
할 수 있는 것은 아무 것도 존재하지 않았다. 그러다보니 하
고 싶은 것도 없게 되었다. 어차피 무엇이든 하고 싶은 것은
참아야 하고 하지 말아야 하는 것이었다. 결국 나는 이리저
리 떠돌다 이곳저곳 어떤 식당에서 잡일을 하게 되었다. 나
는 손님이 올 때마다 숯불을 피워 식탁에 끼워 넣거나 불고
기판을 닦는 일 등 주인이 시키는 대로 또는 되는대로 닥치
는 일을 해야 했다. 내가 염덕구 자식을 만나게 된 것은 바
로 이 식당에 그 자식이 자주 음식을 먹으러 오기 때문이었
다. 놈은 나이 어린 새파란 계집애들을 데리고 오거나 아니
면 나이가 좀 든 아줌마들이 놈과 함께 오기도 했다. 때론
사내 녀석들도 가끔 따라 오는 때도 있었다.

현장 검증을 위해 형사들과 나를 태운 승합 버스가 대림동 다세대에 도착한 것은 열한 시였다. 내 어둡고 절망뿐인 기분과는 다르게 날씨는 너무도 맑고 깨끗한 가운데 햇빛이 밝게 쏟아졌다. 범행 직후 이 지하 전세 집을 떠난 지 넉 달 만에 다시 오게 된 것이다. 이미 집근처엔 인근 주민들이 상당히 모여 서로 웅성거리며 잡담을 하고 있었다. 내가 차에서 내리자 강 형사가 포승을 풀고 열쇠로 내 손에 수갑을 풀었다. 그는 내 머리에서 나이키 심벌 체크표시가 새겨진 검정 모자와 흰색 마스크를 벗기고 서성거리는 사람들 사이로 나를 이끌어 B6호 출입문으로 다가갔다. 사람들 사이에서 고함소리와 욕설이 나에게 마구 퍼부어 진다. "야이! 죽일 놈아! 네가 사람이냐? 저 악마, 죽여! 저것도 똑같이 사지를 끊어서 강물에 던지고 대갈통은 짓이겨서 똥창에 던지라고!" 피해자 염가 놈의 부인이나 가족은 아무도 오지 않았다. 놈 또한 불법 체류자였기 때문이 아니었을까? 사실 그놈은 진짜 '싱싱 노래방'의 주인이 아니고 노래방의 대리 경영인이었다. 나도 그 원주인이 누구인지는 아직도 모르지만 알려들지도 않았다. 내가 거기까지 알아야 할 이유는 없었으니까.

"아이고 세상에, 저렇게 멀쩡한 놈이 어떻게 그리 끔찍한 짓을 했다는 거야? 말도 안 돼. 쯔쯔쯧!" 어디선가 혀를 차면서 너무 무섭고 놀랍다고 하는 여자들 말소리가 들려왔다.

"그러게나 말예요? 저 생김새 봐요. 에그! 저 인물하고 저런 멀끔한 젊은 놈이 어찌 그런 끔찍한 짓을 할지 상상도 안 되네요! 인물이 아깝네! 요즘 텔레비전에 나오는 남자 애들보다도 훨씬 잘 생겼네. 야! 정말 상판떼기가 아깝다. 으이그! 저 죽일 놈! 극악한 악질분자에 저건 사람이 아니야. 사람의 탈을 쓴 악마지!" 대답 소리도 여자 목소리였다.

지하 계단으로 들어설 때 건물 위층에 사는 사람들이 내려와 무서운 눈초리로 나를 째려보는 게 느껴졌다. 강 형사는 지층 계단을 내려가 일렬로 늘어선 다세대 맨 끝 B6호로 나를 데려 갔다. 뒤따라 마네킹을 안고 임 형사가 들어왔다.

내가 그 자식하고 처음 이 지하 셋방을 들어오던 기억이 떠올랐다. 그 자식은 머뭇머뭇 제 뒤를 따라 계단을 내려오는 나를 흘깃흘깃 돌아보며 얼핏 이해되지 않는 야릇한 미소를 지었었다. 놈은 나를 만나서 앞으로 함께 지내게 된 게 여간 만족스럽지 않은 모양이었다.

"여기가 반 지하라서 조금 어둡긴 해. 그렇지만 지내는 데는 아무 불편 없어. 찬물, 더운물, 다 잘 나오고 시장이나 전철역도 가깝잖아? 나랑 여기서 지내다가 좋은 일자리 잡고 형편이 좋아지면 너 따로 독립하면 돼. 나도 가끔 중국 갈 때는 집을 비워야 하니 비워두는 것보다야 사람 있는 게 훨씬 좋고 또 늘 혼자 지내는 게 적적하니 너와 나는 함께 지내는 게 누이 좋고 매부 좋고지. 안 그래?" 난 그 말의 뜻을 처음에는 잘 몰랐었다. 누이 좋고 매부 좋고?

그 당시 나는 군에서 제대한 지 얼마 되지 않았었다. 이년 간의 군복무를 마치고 나니 아무도 없는 부귀리 시골집으로 다시 갈 필요가 없게 되었다. 군복무 중에 할머니가 돌아가셨기 때문이다. 나는 무작정 서울로 다시 올라 와 어찌어찌 하다가 구한 게 바로 그 식당의 잡일 도우미였다. 그런데 차차 시간이 지나면서 이 식당 잡일이 너무 지겨워져 다른 일자리를 찾으려 했을 때 마침 알게 된 게 바로 그 염가 개새끼였다. 그 새끼가 날더러 이제 식당 잡일 그만두고 자기 노래방에 와서 지배인을 하는 게 어떠냐 하며 내가 하기 나름으로 빨리 자립할 수도 있는 기회가 된다고 했다. 그 자식은 나보다 거의 스무 살이나 위였지만, 하고 다니는 차림은 요즘 청소년들처럼 헤어진 청바지에 글자가 요란하게 써진 검정 티셔츠를 꽉 끼도록 밀착되게 입고 귀에는 십사 케이 가느다란 링으로 귀고리를 한 쪽만 걸고 다녔다. 머리는 앞부분만 좀 기르고 귀를 드러내 빡빡 깎은 깍두기 머리를 하고 있었다. 요즘은 이십 대 애들이 거의 다 그런 머리를 하고 다닌다. 처음엔 그 자식의 외형이나 인상이 그다지 나쁘다고 생각하진 않았었다. 그저 대단히 멋을 즐기는 사람이라 생각했었다. 하지만 그 자식이 어딘가 내 마음에 들지 않는 점이 분명 있었는데 그건 차차 익숙해진 그의 느끼한 목소리와 돼지처럼 굵고 짧은 목이었다. 지금 생각해도 그건 정말 혐오의 극치였다.

다세대 B6호는 방이 두 개에 욕실이 하나 주방과 거실이 겸용으로 된 열일곱 평의 조용한 주거 아파트이다. 이런 평수의 지층 세대가 복도를 끼고 양편으로 여섯 세대가 마주하고 있는데 모두 팔층 건물이니 도합 백 세대에 가깝다. 전에는 맨 위층에 건물 주인이 살았지만 지금은 모두 전세를 주고 미국인지 캐나다인지에 사는 자식들과 함께 살면서 몇 달에 한 번씩 돌아와 건물 관리실에서 지내다가 간다고 한다. B6호는 복도를 중심으로 오른쪽 맨 끝으로 지하 이층에 있는 주차장에서 올라오는 출구와 맞붙어 있다. 출입문도 계단과 주차장으로 나가기가 쉽게 되어 있고 복도 맨 끝에 외부로 통하는 후문이 있다. 이 문을 통해 반 층만 올라가면 좁다란 오솔길을 따라 잡풀 우거진 언덕으로 올라갈 수가 있다. 올라가면 향긋한 소나무 냄새가 콧속으로 밀려들고 바짓가랑이에 작은 수풀이 스치는 소리가 옛날 부귀리 시골처럼 은은하다.

B6의 출입문을 열고 거실로 들어가 안방 문을 열자 매캐

하고 축축한 곰팡내가 콧구멍으로 밀려들어왔다. 어두컴컴한 방에 반쯤 지상으로 트인 창문으로 희미한 빛이 밀려들어왔다. 유 형사는 마네킹을 내려놓고 벽에 스위치를 눌러 불을 켰다. 방 안이 환해지며 모든 게 너무도 선명하고 확실하게 보였다. 민 검사가 서류를 뒤적이며 유형사가 내려놓은 마네킹을 그 자식이 누워 있던 자세대로 눕혀 놓으라고 지시했다. 강 형사가 민 검사의 지시를 받고 쇠톱과 망치를 가방 자루에서 꺼내어 나에게 건네주었다. 방영 종료를 알리는 텔레비전 멘트와 애국가가 들려오고 술에 취한 놈은 몸을 오른쪽으로 돌려 등을 출입문 방향으로 비스듬히 누어 한쪽 팔을 텔레비전 받침대 발목에 걸쳐 놓고 들숨 날숨을 크게 부풀리고 있었다. 나는 작은 방에서 나와 안방으로 들어가 점퍼 주머니에서 수건으로 감아놓았던 작은 과도 칼을 꺼내 자고 있는 염가 놈의 등을 젖혀 심장 부분을 힘껏 찔렀다. 잠결이어서 놈은 아무 반항을 하지 못하고 그저 윽, 윽 하며 팔다리를 허우적대기 시작했다. 나는 "야잇! 개새끼, 너 죽고 나도 죽는 거다. 그동안 나한테 한 짓 모든 대가가 바로 이거다." 라고 속으로 소리치며 놈의 목을 찔렀다. 몇 차례나 과격하게 찌르고 보니 바닥이며 벽이며 이리저리 온통 피가 튀기고 온 방 안엔 유혈이 낭자해졌다. 녀석이 움찔하며 반쯤 일어서려 들어 나는 준비해둔 망치로 놈의 뒤통수를 냅다 내려 쳤다. 놈이 비실비실 쓰러지는데 아직도 나는 분이 풀리지 않아 칼을 감았던 수건으로 쓰러진 놈의 머리를 덮어놓고 몇 번인지 헤아릴 수도 없이 계속 내려 쳤다.

마네킹은 아무리 두들겨도 피가 나오지 않아 실제보다는 훨씬 수월했다. 나는 쇠톱으로 사지를 절단해 놓고 준비해 둔 검은 비닐 자루 여섯 개에 나눠 담았다. 다리와 몸통 등을 모두 절반씩을 가각 나눠 담고 부서진 머리는 모두 쓸어 담아 하나로 팔은 한 번씩 더 잘라 함께 담았다. 그리고 수도를 틀어 모든 혈흔들을 씻어내는 청소를 시작했다. 청소는 상당한 시간이 필요했다. 아무리 닦고 또 닦아도 피 냄새는 끝이 없었다.

B6에서 현장 검증을 끝내고 구치소로 돌아왔을 때는 오후 다섯 시가 넘어서였다. 민검사도 피곤했던지 축 쳐진 어깨로 말없이 승합차에서 내려 임 형사들과 검증 보고서를 정리하고 돌아갔다. 풋내기 관선 이진희 변호사는 재판 날짜가 정해지기 전에 추가할 변론 자료를 마련하느라 나를 기다리고 있었다.

"조석민 씨, 좀 더 얘기를 솔직히 해줘야 변론 준비를 제대로 할 것 아녜요?" 라며 나에게 자꾸 제대로 말을 해 달라고 야단을 쳤다. 이미 현장 검사를 세 번이나 했고 훼손해

유기한 시신 발견지에도 세 번이나 가서 유기작업을 재현했었다. 나는 몇 번이고 똑같이 내가 계획적으로 범행을 저질렀고 나는 법대로 죗값을 치를 작정이라고 대답을 했다.

"그래도 그런 끔찍한 범행을 저지를 때에는 정말 그럴 수밖에 없는 절박한 이유나 계기가 분명 있습니다. 당신은 지금까지 그 사람이 당신에게 준다고 약속한 돈을 주지 않아서 그렇게 죽였다고만 계속 대답했습니다. 아무리 그래도 이런 이유만으로는 그 이 사건의 실제적 이유나 동기가 도무지 석연치 않아요. 함께 살고 있던 사람이 돈 팔십만 원 안 준다고 그렇게 잔인하게 살해 한다는 게 말이 안 돼요. 제대로 솔직하게 여기다 찬찬히 써 주세요. 제가 조금이라도 도움을 드릴 수 있으려면 당신이 협조를 해줘야 해요. 절대 미리 자포자기(自暴自棄) 하지 말아요. 분명 희망이 있습니다." 이진희 변호사는 잘 생각해서 솔직하게 이유를 말하고 잘못을 크게 뉘치고 있다는 표시를 해야 한다며 내일 다시 오겠다며 돌아갔다.

희망? 나는 참으로 생소한 낱말을 들어본 것 같았다. 희망, 하지만 내가 어떻게 이 희망이란 말을 나를 위한 것으로 사용할 수 있을까? 나에게도 희망이란 말이 어울릴까?

하지만 어떻게 그 모든 절망의 내막을 말할 수 있을까? 그건 절대로 불가하다. 난 말 못한다. 갑자기 가슴이 메며 북

받치는 회한에 울음이 터질 것 같아 억지로 모든 걸 망각하려고 감정을 추스른다. 그 자식 때문에 내가 이렇게 완벽하게 파멸을 맞게 될 줄은 정말 꿈에도 몰랐다. 하지만 이미 모든 건 돌이킬 수도 없는 지나간 일이 되었다. 그리고 이제 무슨 이유로 나의 존재를 정당화시키며 나의 앞날에 희망이란 낱말을 결부시킬 수 있을까? 난 말 못한다. 절대 말하지 않으리라!

　아직 식당에서 먹고 자면서 허드레 일을 닥치는 대로 해야 하고 있었다.
　어느 날 그놈이 —다들 그놈을 염사장이라 불렀다— 여자들을 이끌고 식사를 하러 왔다. 식사를 하고나서 그는 손님들의 신발을 꺼내놓는 나를 향해 "어이, 우리 싱싱 노래방으로 한번 놀러 와 봐." 라고 했다. 그는 몇 번인가 내가 힘든 고생을 하고 있는 걸 알고 있다는 듯 식당 일을 그만 두고 자기 노래방에서 지배인으로 일해보지 않겠냐고 했었다. 사실 나의 고교 중퇴 학력이란 말이 중퇴이지 실은 서울 올라와서 야간학교에 입학해 삼 개월도 못 다니고 그만 둔 학력이니 어디 번듯한 직장엔 취직도 할 수 없는 게 내 현실이었다. 그런데 비록 노래방이라 해도 지배인이란 명칭을 나에게 붙여 준다는 게 나로선 여간 반가운 게 아니었다. 놈은 내가 숙식 문제 때문에 어려움이 있다는 걸 알고 우선 자기 집에서 함께 살자고 했다. 이렇게 해서 나는 식당을 그만두고 염덕구 놈과 함께 지내기 시작했다. 노래방에선 노래를 즐기는 각 방 사람들에게 음료수 등을 가져다주고 노래방기계에 볼륨을 맞춰주거나 앰프에서 잡소리가 나지 않게 튠(tune)을 조절하고 앞쪽 벽 스크린에 화면이 잘 뜨도록 하는 것뿐 크게 어려울 게 없었다. 가끔씩 손님들과 엮여서 어울려 놀기도 했다. 차츰 나는 알려지고 인기가 높아갔다. 당연 놀러온 여자들이 나를 부르는 일이 자연스럽게 되었다. 나는 거칠 것 없이 놀고 그들과 즐기는 게 신이 났다. 일 년이 눈 깜빡할 사이에 지나갔다. 나를 정말 좋아한다는 주 여사는 나이에 비해 아직도 가슴이 탱탱했는데 나만 좋다면 이혼도 불사하겠다고 했다. 나는 사실 그녀에게 혼신의 서비스를 했었다. 그건 나도 그냥 그녀가 좋아서였지만 그녀가 나를 다정하게 부를 때면 나의 그것은 쿵쾅거리는 나의 심장과 마찬 가지로 벌떡벌떡 솟구쳐서 어쩔 수가 없었기 때문이다. 주 여사는 내가 그녀의 그곳으로 쳐들어갈 때마다 정말 황홀해서 자지러지는 것이었다. 나는 그녀의 그윽한 그곳을 어루만지고 수없이 빨아마셨다. 오직 그 순간만을 위해서 충실했다. 물론 그녀도 처음에는 불안한지 주뼛주뼛 망설이긴 했다. 하지만 차츰 내가 다른 사심이 없다는 걸 알게 되면서 마음을 열고 모든 걸 나에게 맡기고 내가 하는 대로 함께 하면서 나의 그것을 진정으로 기뻐하는 것이었다. 사실 나도 내가 그렇게까지 할 수 있을 줄은 몰랐다. 그녀는 마치 이젠 나 없이는 못 산다는 것 같았다. 그녀는 나에게 맛있는 음식과 세련된 옷도 사고 늘 내 곁에서 맴돌고 다른 여자들이 나를 가까이 하지 못하도록 신경을 썼다. 그러나 그럴수록 나의 인기는 더욱 높아갔다. 사실 주 여사 이전에도 나는 몇 명인지 모를 여인들과 잠자리를 함께 하고 돈도 받았다. 그건 거의 염덕구가 시키는 대로 했던 성매매이기도 했다. 요즘은 돈 있는 여자들이 정말 많았다. 하지만 그들은 그리 큰돈을 쓰지는 않았다.

나는 서비스 후에 직접 돈을 달라기가 너무 수치스러운 생각이 들어 여자들에게 돈을 달라는 말은 절대 하지 않았다. 그저 그들의 선심과 배려를 바라며 눈치만 보았다. 서비스 후에 받은 돈에서 절반은 모두 염덕구에게 주었다. 나중에 알게 된 것이지만 염덕구는 나에게 특별 서비스를 시킬 때마다 돈을 미리 받아 가로챘다. 그것을 알게 된 것은 언젠가 실컷 서비스를 하고 나서 우연히 한 번 돈을 달라고 하자 여자가,

"아, 염 사장한테 미리 이백 드렸어. 미스터 조! 그이가 먼저 자기한테 서비스 값 미리 내라고 했거든. 액수도 염사장

이 알려주고, 암튼 미스터 조, 나 오랜만에 정말 좋았어. 고마워……." 빨간 매니큐어를 바른 손가락 사이에서 기다란 담배연기가 피어오른다. 여자는 벗었던 속옷을 들고 욕실로 들어간다.

어느 날 나는 염 덕구한테 내 수고비에 대한 돈 애기를 하게 되었다.

"너무 염려 마, 석민아. 네게 줄 돈은 내가 잘 보관하고 있어. 넌 앞으로 암말 말고 내가 시키는 대로만 해. 네가 자립할 목돈은 다 마련해 줄게. 대신 그때그때 필요한 돈은 그냥 달라고 해. 얼마든……."

"그래도 아저씨, 처음에 노래방 월급으로 매달 팔십만 원씩은 그냥 꼭 준다고 했었잖아요? 일 년치 넘게 다 합치면 천만 원도 넘는데……. 그리고 특별 서비스 할 때마다 미리 받은 돈은 하나도 나한테 안 주었잖아요?"

"그건 다 잘 보관하고 있으니까 걱정 말고. 그리고 말야, 노래방이라는 게 일정한 수입이 있는 것이 아닌 걸 너도 알잖냐? 또박 또박 정기적으로 돈이 들어오는 것도 아니고……."

"그래도 약속한 월급을 아직 한 번도 안 주셨잖아요?"

"경기가 좋아지면 노래방도 잘 돌아가지만 요즘은 경기가 딱 멈춘 것 같으니 모든 장사가 다 죽었잖냐? 좀 기다려 봐. 차츰 좋아지겠지. 근데 너, 주 여사 하고 몇 번 잤냐? 그년 남편 새끼가 찾아 왔어. 매일 와서 개지랄 치고 고발한다는 거야. 너를 감방에 처넣고 우리 노래방 문 닫게 하겠다는 거야. 너 당분간 집에 좀 있어. 어디 잠시 피해 있던가. 암튼 수습은 해야 하니까."

이렇게 해서 나는 당분간 집에 있게 된 것이 결국에는 거의 현실 격리의 보이지 않는 감금 상태로 지내게 되었다. 자연 나는 집에 있는 아녀자처럼 그 자식의 식사도 준비해 놓고 여러 가지 뒷수발을 하면서 그 자식이 돌아올 시간만 기다리는 남자 아내가 된 것이다. 물론 처음에는 그렇지 않았다. 하지만 두어 달 지난 다음부터는 이상하게 그 자식이 나에게 본격적으로 남자섹스 파트너를 강요하는 것이었다. 놈은 나에게 내가 주 여사 하고 그거 할 때 어떻게 했었나, 또 주 여사가 너한테 어떻게 했었나를 묻고 또 묻고 한 적이 있었다. 나도 잊고 있었던 그 일을 놈은 나보다 더 생생하게 기억하면서 자기 하고도 그렇게 놀아보자고 졸랐다. 사실 너무 어이없는 짓이라 완강하게 거절을 했지만 그놈도 처음부터 완벽하게 요구하지는 않았다. 놈은 내가 좋다며 조금씩 입도 맞추고 껴안기도 하면서 그 며칠 동안은 그런 행위가 그다지 나쁘다는 느낌을 갖지도 않았다. 하지만 한 달 정도 지나니 그런 일은 아주 당연한 일상처럼 되어 버리고 날이 갈수록 그 정도가 짙어졌다.

"석민아, 난 네가 너무 좋아. 넌 진짜 기지배(계집애)들보다 훨씬 더 깨끗하고 순수해. 기지배들 그것들은 하나같이 앙큼한 년들이거든. 아주 사악한 요귀들이라구!" 사실 놈의 그 말은 진실 같기도 했다. 하지만 그 자식이 나의 그것을 움켜지고 주무르기를 즐긴다거나 잠자리에서 자신의 것을 빨아 달라고 하면 등골이 오싹 했다. 그래도 내가 신세를 지고 있는 처지니까 참고 어쩔 수 없이 부탁을 들어주곤 했는데 ……. 끝내는 내 항문에다 자신의 성기를 박고 사정을 하겠다고 생떼를 쓰기 시작했다. 그런 일은 나에게 절대 즐거움을 주지 못했고 마음속 불안만 커져 갔다. 이렇게 일 년을 보내면서 난 야윌대로 야위고 내 성기는 지극히 시들어 갔다. 항문은 찢어져 피가 나고 내 마음은 만신창이가 되었다. 놈은 그래도 아무렇지 않은 듯 그날그날 웃으며 같은 일을 지시했다. 마침내 나는 이렇게 살아서는 안 될 것 같아 녀석과 헤어지려고 굳게 맘을 먹었다.

그날 아침 나는 그놈이 보관하고 있다는 내 몫의 돈을 달라고 이전보다 더 강력하게 요구했다. 놈은 나의 속마음을 알아챘는지,

"돈은 왜?" 하고 돈을 달라는 이유를 물었다. 아마도 내가 그놈에게서 벗어나고자 하는 눈치를 챈 것 같았다.

"지금 사정 뻔히 알면서 돈 달라냐? 요즘 순경들이 날마다 노래방 드나들면서 성매매조사하고 다니니 손님도 없고…… 좀 더 기다려 봐……"

"그래도 벌써 몇 번째나 기다려 보라고만 했잖아요?"

나는 다시 그러면 되는대로 얼마만이라도 달라고 사정을 했다. 놈은 내 눈을 똑바로 노려보며 무슨 돈 얘기를 하느냐 듯 도리어 역정을 내었다. 나는 그러면 삼 개월 치만이라도 우선 달라고 거듭 사정을 했다. 하지만 놈은 더 이상 나의 말을 들으려고도 하지 않고 나가버렸다.

온종일 눈을 감고 방바닥에 누워 빈둥대니 허리가 뻐근하고 온몸이 무겁다. 무엇을 해야 할지 아무 생각도 나지 않고 그저 막막하기만 하다. 놈에게 속아 철저히 유린되어 완전한 쓰레기가 된 기분이었다. 아아, 이건 아니야. 정말 이대로는 안 돼!

더 이상 이렇게 살아서는 절대 안 돼! 나도 모르게 벌떡 일어나 샤워를 한다. 아무리 씻어도 나는 어딘가 더러운 것 같다. 온몸 구석구석을 닦고 또 닦는다. 골고루 수건질을 한 다음 머리를 말리고 시계를 본다. 반 지하 유리창으로 아직

생생한 햇빛이 스며든다. 나는 바람도 쐴 겸 기분 전환이라도 하려고 외출을 시도 한다. 빛바랜 블랙진에 검은 티셔츠를 걸치고 선글라스도 챙겨 밖으로 나온다.

컴컴한 복도를 지나 후문 계단을 따라 숲으로 오른다. 조붓한 오솔길에 향긋한 솔잎 냄새가 코에 아른거린다. 옛날 부귀리 뒷산에 오를 때처럼 부드러운 바람이 온몸에 스친다. 저녁나절 옅은 그늘을 드리운 소나무에 비스듬히 등을 대고 하늘을 본다. 저 허공 속 어딘가로 내 욕망은 아스라이 사라져 버리고 가슴속 분노도 내 젖은 눈의 눈물도 서서히 잦아든다. 이제 생각하니 부귀리에 살던 그때가 얼마 길지 않은 내 생애지만 그나마 가장 좋은 때였다는 생각이 든다.

아무래도 나한테 주겠다고 약속한 돈을 자꾸 미루고 온갖 핑계를 대는 게 염가 놈이 내게 절대 돈을 주지 않으려고 수작을 부리는 게 틀림없다. 하지만 나는 어떻게 해서라도 그 돈만은 꼭 받아내야 내가 놈과 헤어져 따로 독립을 할 수 있는 것이었다. 그리고 불행하게도 그놈을 기필코 죽일 생각까지 하게 된 것은 바로 다음 날이었다.

그날도 나는 오후 늦게 PC방에서 나와 인근 거리를 배회하며 이곳저곳 시장을 돌아다녔다. 밤이 늦어지면서 허기가 들기 시작했다. 그러고 보니 아침부터 아무것도 먹지 못했다.

나는 돌아오는 길에 마트에 들러 다섯 개 들이 라면 한 팩과 단무지 등 참치 캔 다섯 개를 사들고 B6 복도를 향해 성큼 성큼 걸어 내려갔다. 출입문을 열고 거실로 들어서려는데 안에서 말소리가 들렸다. 염가 놈이 한창 전화로 떠드는 소리였다. 놈은 내가 바로 문 앞에 서 있는 줄 모르고 있었다.

"돈 보냈잖아? 며칠 전 천오백만 원 보냈는데 왜 그래?"

상대 쪽에서 돈을 더 보내라고 하는 소리였는지 놈은 한참 더 듣고 있는 것 같았다. 그렇게 한 오 분은 더 잠잠했는데 마침내 놈의 대답 소리가 또 들렸다.

"알았어. 오백(만 원) 더 해서 보낼 테니까 다음 달까지는 돈 얘기 하지 마."

녀석이 핸드폰을 접어 안주머니에 넣는 지 주위가 조용했다.

무슨 말인지 감이오지 않아 나는 그 자리에 조용히 서 있었는데 듣다보니 염가 놈이 돈을 제 집으로 보내고 또 보내려는 소리였다. 나에겐 그렇게도 돈이 없다고 냉정하게 잡아떼던 놈이 자기 집에는 저렇게 많은 돈을 계속 보내고 있었다는 소리 아닌가?

"어떻게 이럴 수가?" 심장이 멎는 듯 숨을 쉴 수가 없다.

이렇게도 내가 속고 있었다니! 당장 놈에게 뛰어 들어가려다 그만 멈춰 선다. 어떻게 나한테 그럴 수가 있어?

내가 놈에게 요구한 돈은 불과 몇 십만 원 정도였는데……. 석 달 치라야 겨우 이백여 만 원인데! 이럴 수가? 그런데 제 집에는 천오백만 원이나 보내고 또 추가로 오백만 원을 보낸다고? 기가 막혔다. 온몸에 기운이 빠져 나가며 다리가 떨리고 후들거렸다.

나는 도저히 안으로 들어갈 수가 없어 다시 밖으로 뛰어나왔다. 이미 그놈이 그럴 거라고 어렴풋 짐작은 하고 있었지만 이제 그 증거까지 직접 내 귀로 똑똑히 듣고 보니 더이상은 치가 떨려 참을 수가 없었다. 철저하게 나를 유인해서 아무것도 할 수 없는 감금상태의 성노예로 만들고 이젠금전적 기만까지……. 아아! 염덕구 네 놈을 이제 더 이상 그냥 둘 수 없다. 절대 가만두지 않는다. 더러운 악질 개새끼! 너, 꼭 죽인다!

다음 날부터 나는 마치 아무 일도 없었던 것처럼 마음속에 분노를 누르고 놈에게 철저하게 복수할 계획을 세웠다. 처음엔 대판 싸워 볼까 생각도 했지만 그렇다고 그놈이 내게 돈을 순순히 내놓을 것 같지도 않고 그렇게 하면 오히려 복수의 강도만 약해지고 어쩌면 복수계획을 포기하게 될지도 몰랐다. 계획을 실행하기까지 당분간 지내는 데는 싸움이 오히려 불편하고 껄끄러울 뿐 아무런 도움이 되지 않을 게 뻔했다. 그러니까 아무 내색 없이 차분하게 준비해서 되도록 잔인하고 처참하게 복수를 해야 한다는 생각이었다. 그런 방법 이외엔 전혀 복수가 아니다. 나는 인근 철물점에 들러서 쇠망치를 샀다. 그리고 다섯 정거장이나 떨어져 있는 재래시장 철물 가게에서 삽과 소형 쇠톱을 사서 검정 비닐 자루에 넣어 복도 끝 후문 뒤에 숨겨 두었다. 그리고 용의주도하게 차근차근 내 계획을 실천해 갔다. 마침내 모든 계획은 아무 방해도 없이 계획대로 이루어졌고, 나의 계획은 성공이었다.

지금 내가 말한 이 이야기는 나밖에 아무도 모르는 일이다.

전쟁과 소년

—

다음 날 그는 눈을 뜨자마자 오산으로 가면 무슨 차든
차를 탈 수 있을 것이라며 오산으로 가야 한다고 했다.
하지만 그의 부상이 이렇게 심각한 상황에 어떻게 움직인단 말인가!
그러나 살려면 달리 방법이 없었다. 어서 빨리 경찰본부에
접속이 되거나 후방에 가서 치료를 받는 수밖에.

전쟁과 소년

시끄럽고 소란스러운 소리에 잠이 깼다. 난 경찰서 숙직 방 한구석에 쓰러져 있었다. 창밖이 환한 게 한낮이란 걸 알 수 있었다. 눈을 뜨고 사방을 둘러보았을 때는 주위에 아무도 보이지 않았다. 지난밤에 어떻게 잠들었었는지 기억이 나지 않았다. 근 열흘 동안 줄곧 걸어서 서울까지 온 것인데 이 경찰서 숙직 방에 주저앉자마자 곯아떨어진 것이니 얼마를 잤는지도 알 수가 없다. 단지 삼촌은 어떤 순경과 무슨 얘긴지 줄곧 이야기를 하고 있었던 것만 생각이 났다. 아직도 잠은 내 몸속에서 온몸을 지배 하고 움직이지 못하게 내 온몸을 누르고 있었다. 나는 다시 눈을 감았다. 그러나 점점 많은 사람들이 시끄럽게 떠드는 소리에 더 이상 누워 있을 수가 없었다. 아무것도 덮지 못하고 잠이 들었던 때문에 일어나는 것은 누워 있는 것이나 별반 차이가 없다. 그냥 일어서면 되는 것이었다. 방문 밖이 곧바로 경찰서 사무실인데 출입문을 여닫는 시끄러운 소리가 불안하게 들렸다. 누군가가 경찰 사무실 출입문을 걷어차는 지 요란한 소리도 들렸다. 나는 다시 눈을 뜨고 잠시 온몸을 뒤틀었다. 그리고 일어나 눈을 부비고 숙직 방 출입문을 열고 내다보았다. 누군가 사람이 있어야 무얼 어떻게 할 것인지 묻기라도 할 테인데 도무지 아무도 없었다. 답답했다. 삼촌은 어딜 간 것일까? 아무리 기다려도 삼촌은 나타나지 않았다.

꽁꽁 얼어붙은 매서운 추위에도 불구하고 이불 보따리를 지고 아이들을 걸리며 머리에 보따리를 이고서 수많은 피란민들이 아직도 줄달음을 치며 남쪽으로 몰려가고 있었다. 그들이 가는 그 끝은 어디쯤일까? 이젠 더 이상 걷고 싶지 않다. 너무 오래 동안 걸었기 때문에 이젠 발에 물집까지 생겨 쓰라리고 아팠다.

하늘이 서서히 어두워지며 눈발이 날렸다. 이윽고 나이가 든 순경 한 사람이 경찰서 안으로 들어왔다. 그는 모자와 어깨에 쌓인 눈을 툭툭 떨고 나서 자신의 책상으로 가 서랍을 열고 무언가를 뒤적거렸다. 그리고 몇몇 서류철들을 가방에 넣었다. 매우 민첩하고 빠른 동작이었다. 난 사람이 들어왔다는 사실이 반가워 그에게로 곧장 다가가,

"저, 아저씨, 우리 삼촌 어디 있어요?" 하고 물었다.

"음? 뭐라구? 너의 삼촌이 누군지 내가 어찌 아니?" 내 다급한 질문에 그는 아무 관심도 없는 듯 오히려 귀찮고 번거롭다는 눈치였다.

"예? 우리 삼촌, 나하고 어제 여기 같이 왔는데요……."

"흐으? 너는 누군데? 그리고 너의 삼촌이 누군데?" 그는 다짜고짜 삼촌을 묻는 내게 오히려 이상하다는 듯 흘낏 나를 훔쳐보곤 다시 고개만 비딱한 채 황급히 서랍을 뒤지고 벽장에서 무언가를 꺼내 묶고 뒤도 돌아보질 않았다.

밖엔 부슬부슬 내리던 눈발이 굵어지고 차갑게 쌓이기 시작했다.

나는 다시 삼촌의 행방을 물어보려다 그만 두었다. 자초지종을 모르는 사람에게 묻는다는 게 허사라는 생각이 들어 잠시 우두커니 서서 창밖을 바라보았다. 거리엔 뒤늦은 피난민들이 서둘러 서울을 떠나가고 있었다.

잠시 뒤 순경 한 사람이 다시 들어 왔다. 삼십 대 중반쯤 되어 보였다. 그는 흘낏 나를 보더니,

"얌마! 다 갔냐?" 라고 말을 걸었다.

난 대답대신 눈을 껌뻑이다가 삼촌의 행방이 불안해서 "저, 우리 삼촌 어디 있어요?" 라고 물었다. 그는 내 얼굴을 똑바로 내려 보더니 딱하다는 듯 선뜻 대답을 하지 않았다.

"음." 그는 대답을 하지 않고 옷에 묻은 눈을 털며 시선을 늙은 순경에게로 돌렸다.

"어어, 김 순경, 육 지구 상황은 좀 어떤가?" 늙은 순경이 젊은 순경에게 물었다.

"예, 거의 다 피난을 나간 것 같습니다. 몇 군데 노인들이

피난을 가지 않겠다며 움직이지 않으려 해 여태 내쫓다시피 해서 내보냈습니다."

"잘했네. 우리도 다 철수하고 모래 아침에 수원역에서 같이 최종 출발 하는 거 알지? 자네 가족들은 다 떠났나?"

"예, 미리 부산으로 가 있으라고 했어요. 부산에 처가 집이 있어요. 그저께 떠났으니까 지금쯤 거의 다 갔을 겁니다. 경감님은요?"

"음, 난 가족 데리고 같이 가야 하네……. 지금 보따리 싸 놓고 눈 빠지게 기다릴 거야. 빨리 가야 할 텐데……."

"저, 그럼 어서 가십시오. 여긴 제가 다섯 시까지 있다가 문 잠그고 떠나겠습니다."

"그래 주겠나? 그럼, 내일 아침 일곱 시까지 수원역에서 보세. 여긴 대충 다 치웠으니까. 그리고 치안 서류들도 내가 다 썼으니까. 내가 다 가지고 갈 걸세."

나는 젊은 순경에게 대고 다시 삼촌의 행방을 물어보려 했다.

"저어, 아저씨, 우리 삼촌 어딨어요? 어제 아저씨가 우리 삼촌 하고 얘기 했잖아요?"

"음, 네 삼촌은 어제 군대 나갔어. 공산군 쳐부수려고."

사실 삼촌이 공산군을 모조리 때려잡겠다며 벼르고 별러서 내려온 서울이었다. 삼촌은 피난을 온 게 아니라 공산당을 잡으려고 서울에 와서 국군에 입대 한다고 동네 친구들 여러 명이 함께 황해도 고향을 떠나왔다. 그러나 그들 중 많은 수가 느닷없이 쾅쾅 터지는 대포에 희생되기도 하고 피난 군중 속에 뿔뿔이 흩어져 어디로 갔는지 죽었는지 살아 있는지 생사조차 알 수가 없다. 하긴 나 역시 삼촌 하고 줄곧 함께 온 것은 아니었다. 오는 도중 몇 번이나 삼촌을 잃어 버렸다가 다시 찾기도 했고 헤어져 피난민들과 섞여 있다가 어떤 민가에서 기적같이 만나기도 했다. 빗발치는 총알 속에 삼팔선을 넘던 그날도 그랬다. 요란한 소리를 내고 폭격기가 지나가자 곧이어 "쾅!" 하고 천둥보다도 더 큰 소리를 내며 대포가 터지고 그 바람에 공중으로 날라 간 사람들과 논바닥에 쓰러진 사람들이 아비규환의 비명을 질러댔다. 죽지 않은 사람들은 혼비백산으로 북쪽으로 다시 돌아가는 사람도 있었고 그래도 남쪽으로 죽을 각오로 뛰는 사람들도 있었다. 일단 파편을 피해 모두 사방으로 뛰어 달렸다. 파편에 쓰러진 사람들은 한꺼번에 몰려오는 피난민들에 밟혀 죽기도 했다. 아무래도 그날 저녁 어둠 속에서 내가 본 가장 끔찍한 현실은 윗동네 사는 철구 아저씨의 죽음이었다. 틀림없었다. 얼마나 밟혔는지 그는 마치 마른 오징어처럼 납작하게 짓이겨졌다. 얼굴이나 몸으론 알 수 없었지만 그가 입고 있었던 두툼한 솜바지 저고리가 틀림없이 그가 철구 아저씨라는 걸 말해주었다. 그러나 아무도 쓰러진 사람들을 거들떠보지 않았다. 죽느냐 사느냐의 절박한 상황에서 남의 죽음을 살필 그럴 겨를이 있을 리가 없다. 나 역시 잠시도 그 근처에 머물 수가 없었다. 그저 삼촌만 놓치지 않고 따라가야 했으니까. 그것이 삼팔선을 넘어 오는 일이었다. 캄캄한 칠흑 속에서 꽁꽁 언 임진강을 다 건너 왔을 때 새벽빛이 훤했다. 얼굴이 희고 코가 뾰죽한 양키들이 지키고 있었다. 그들은 우리에게 총을 쏘지 않았다. 피난민에게 총을 쏘지 않는다는 것만으로도 우린 그들이 더없이 고맙게 느껴졌다.

그 와중에 제각각 흩어진 삼촌의 친구들은 모두 어찌 되었는지? 과연 몇이나 무사히 서울까지 내려 왔을까? 아무래도 그들이 모두 살아 있을 가능성은 그리 크지 않다.

"글쎄 거기가(군대) 어디냐구요? 어떻게 해야 다시 우리 삼촌을 만날 수 있어요? 난 삼촌을 꼭 만나야 돼요."

"너의 삼촌은 군대 나갔다니까. 전쟁터에 나갔는데 어떻게 만나니? 전쟁 끝날 때까지 아무도 만날 수 없어. 임마."

늙은 순경이 보자기에 싼 서류 보따리를 들고 일어섰다. 그는 젊은 순경에게 "저, 그럼 수원역에서 모레 아침 만나세." 라며 먼저 간다고 황급히 뛰어 나갔다.

"예예. 안녕히 가십시오." 작별인사를 나눈 젊은 순경은 다시 날 바라보더니 "야, 너도 빨리 피난 가라. 조금 있다가 인민군 쳐들어오면 다 죽어. 빨리 가. 어서. 무조건 피난민들 함께 따라가면 돼. 네 삼촌은 나중에 전쟁 끝나면 만나볼 수 있어." 그는 날 밖으로 떠내밀듯 호통을 치며 다그쳤다. 삼촌을 만날 수 없다니 난 하늘이 무너지는 것처럼 가슴이 철렁했다. 이제 어쩐다? 아직 거리엔 뒤늦은 피난민들이 달아나듯 떠나고 있다. 하지만 어쨌든 삼촌의 얼굴이라도 본 사람은 이 젊은 순경밖에 없다는 생각에 한 번 더 떼를 써 보았다. 삼촌이 그 사람과 얘기하는 걸 보았었으니까.

"그럼 군대는 어떻게 가는 거예요? 어디로 가면 되냐구요?" 어쩌면 삼촌을 못 만나게 될지도 모르기 때문에 난 여간 다급하지가 않았다. 그렇게 되면 정말 난 어떻게 되는 건지는 뻔한 것이다. 거지나 비렁뱅이밖엔. 갈 곳도 없고 아무도 아는 사람도 없으니……

"뭐라구?"

"나도 군대에 갈 거예요. 난 삼촌밖에는 아무도 없으니까……. 삼촌 가는 데만 따라가라고 우리 고모가 그랬어요." 그러니까 삼촌이 간 곳으로 찾아 가야 하는 것이다. 삼촌이 군인이면 같이 군인 생활을 하면 되는 것이다. 삼촌을 따라 남쪽으로 떠나온 날 나는 집근처 꽁꽁 언 개울에서 스케이트를 타고 있었다. 갑자기 나를 찾아 나온 고모가 허겁지겁 달려 와선 빨리 삼촌을 따라 남쪽으로 가라고 다급하게 소리쳤다. 이유도 모르면서 고모가 시키는 대로 삼촌만 따라 나섰지만 경황에 고모의 생각은 근 십여 일이 넘도록 한 번도 하지 못했다. 이 전쟁터에선 오직 사느냐 죽느냐 그것만이 가장 다급했으니까.

"글쎄 아이들은 군대에 못가는 거야. 넌 빨리 피난을 가야해. 빨리 사람들 따라 남쪽으로 가라구. 여긴 너무 위험해. 봐, 이 동네 사람들도 다 나갔잖아. 여기도 곧 문 잠그고 나도 피난 가야 하는 거야. 그러니까 너도 삼촌 찾을 생각은 나중에 하고 지금 빨리 떠나라구."

"아니요, 난 우리 삼촌 있는 데로 갈 거예요."

"너의 삼촌이 어느 부대로 갔는지 아무도 몰라. 삼팔선 쪽으로 갔는지 낙동강 쪽으로 갔는지. 강원도 쪽으로 갔는지 아무도 몰라. 아무튼 공산당 쳐부수러 간 것밖에 아무것도 알 수 없어. 군대는 수시로 이동하면서 싸우는 거야. 임마. 전쟁은 장난이 아냐. 술래잡기가 아니라구. 죽는 곳이야. 임마. 너의 삼촌이 언제 어디로 갔는지 어떻게 알고 찾아 가니? 전쟁 끝날 때까진 아무도 못 만나는 거야." 순경은 답답하다는 듯 나를 내려다보았다.

그렇다면 난 어떻게 해야 하지? 절망밖에 도무지 아무 생각이 나지 않았다. 그래도 그 젊은 순경만은 삼촌의 행방을 알 것 같아 자꾸 떼를 써 보았지만 그는 더 이상은 아무 대답을 해 주지 못했다. 난 더 이상 삼촌의 행방을 묻는다는 게 허사란 걸 알았다.

어찌해야 할까? 어디로 가야 할까? 이제 아무도 없는 혼자란 생각에 절망의 흐흑 하는 흐느낌 소리가 속에서 튀어 나왔다.

흐으윽! 응, 으응! 나도 모르게 차츰 울음소리가 터져 나왔다.

"임마, 그렇게 한가하게 울고 있을 겨를이 없어. 빨리 나가. 뛰어가라구! 조금 있으면 피난민도 없어! 빨리 따라가야 돼!"

그는 급기야 내 등을 밖으로 떠밀며 경찰서 내부를 한 바퀴 돌고 선 돌아섰다. 나는 더 이상 뭐라 할 말이 없어 그냥 고개만 꾸뻑하고 경찰서 문을 나섰다. 갈 곳이 없었다. 눈발이 굵어지고 찬바람이 몰아쳤다.

이젠 삼촌도 없는데 구태여 피난민을 따라 가고 싶은 마음이 없었다. 아무래도 다시 집으로 돌아가야 할 것 같았다. 집엔 고모라도 있을 테니까. 그래서 아무리 총소리가 난무해도 난 다시 북쪽으로 걸어 갈 작정이었다. 어쩌면 가다가 죽게 될 지도 모르지만. 그렇지만 왠지 나에겐 죽음 같은 게 일어날 것 같지가 않았다. 가다가 어쩌면 삼촌을 혹 다시 만날지도 모르고 어쩌면 임진강을 다시 건너 무사히 집으로 되돌아갈 수 있을지도 모르니까.

난 사람들과 섞여 떠밀려 내려온 길을 찬찬히 기억해 그 길을 따라 되돌아갈 작정이었다. 어느새 쏟아지던 눈발이 가늘어지고 찬바람에 눈보라가 휘몰아쳤다. 귀가 아리고 뺨이 얼얼했다. 난 털모자의 귀 덮개를 내리고 엊그제 넘어온 고개를 향해 하염없이 터벅터벅 걸었다. 이따금 대포소리가 쿵쿵 들려왔다. 골목마다 쏟아져 나오던 피난민도 이젠 거의 보이지 않았다. 얼마를 걸었는지. 며칠 전부터 걸어 왔던 길을 나는 지금 거꾸로 올라가고 있었다. 어떻게 하든 조금이라도 집 방향 쪽으로 가고 싶었다.

"야, 임마! 너 어디로 가?" 어디선가 악 쓰는 소리가 들렸다.

나는 흘깃 고개를 돌렸다. 조그만 경찰지서(파출소) 앞에서 태극기를 내리던 순경이 나를 향해 다시 악을 썼다.

"야, 이 자식아, 너 지금 어디로 가는 거야? 그리 가면 죽는 거 몰라? 빨리 뒤로 돌아가. 앙? 지금 대포 소리 들리지? 빨리 뒤로 돌아, 어서. 이리로 계속 쭉 가면 서울역 나오고……. 한강 나오는데……. 사람들만 따라가라구. 얼른 한강을 건너야 돼. 알았어?"

그는 태극기를 접어들고 안으로 들어가려다 내가 말없이 고개를 향해 달려가려 하자 화를 내며 쫓아와 내 등짝을 때렸다. "이 새끼가 말 안 듣네. 야, 임마, 빨리 뒤로 안 돌아가? 내가 그럼 쏜다, 앙?" 라며 다시 한 번 내 등짝을 후려쳤다.

난 엉겁결에 으이잉! 이잉! 하다가 엉엉 우는 소리를 냈다.

"갈 곳이 없단 말예요. 여긴 아무도 없어요." 소리를 지르고 나니 더욱 더 슬퍼졌다. 나는 계속 엉엉 소리를 내며 다시 언덕 쪽으로 달렸다. 그러자 그 순경이 달려와 내 목덜미를 잡고 험악한 얼굴로 "이 새끼가 뒈지고 싶은가?" 라며 "야, 이 쪼끄만 놈이, 야, 너 뭐냐? 응? 왜 그리 가냐, 응?" 하고 소리를 질렀다. "집에 갈 거예요."

내가 계속 울음을 그치지 않자 그는 나를 지서 안으로 끌고 들어 왔다.

"너 몇 살이냐?"

"열 살이요." 난 훌쩍거리며 눈물을 닦았다. 그는 내가 열 살밖에 되지 않은 것에 다소 놀랐는지,

"뭐야? 집이 어딘데?" 라며 내가 어디서 왔는지 어째서 다시 북쪽으로 가려는지 등 나의 자초지종을 물었다. 하지만 그의 묻는 어투나 표정에 그다지 진실한 관심이 있어 보이지는 않았다. 난 황해도 안악에서 삼촌하고 같이 서울로 왔으며 내가 잠든 동안 삼촌이 국군에 나갔고 그래서 지금 난 아무도 없는 혼자이고 다시 집으로 돌아가려 한다고 대답했다.

"뭐라구? 야, 임마, 지금 북쪽에서 모두 다 피난 나와 남쪽으로 가는데 넌 혼자 북쪽으로 간다구? 너 스파이냐? 어

딜 가? 가다가 죽을라구⋯⋯." 그의 말소리가 다소 격앙되어 있었다. 멀리서 콰앙! 쾅! 하는 대포 소리가 연신 들려왔다. 어쨌거나 그는 이 상황에 나를 빨리 피난민 속으로 밀어 보내고 자신의 임무로부터 자유로워지고 싶지 않았을까 싶었다. 그는 우리 삼촌보다는 나이가 조금 위일 것 같았다. 삼촌이 열아홉 살이니까 아마 스물이나 아니면 스물 하나나 둘 정도 아닐까? 사실 어른들의 나이는 잘 알 수가 없다. 스무 살이나 서른 살이나 난 그 차이를 알 수가 없다. 그냥 그들이 어른이란 것밖에는.

따르릉! 따르릉! 지서 한가운데 책상에서 전화 벨소리가 들렸다.

순경은 수화기를 들고 "예, 황준수입니다. 예, 준비 다 됐습니다. 오늘 밤 자정까지 있다가 떠나겠습니다. 여차 하면 그 전에라도 떠나겠습니다. 예예, 모레 아침까지 수원역에 집결하라는 명령 받았습니다. 예, 예, 알겠습니다." 라고 했다. 대충 통화 내용은 자정까지 있다가 철수하라는 명령인 것 같았다. 그리고 그의 이름이 황준수란 걸 알게 되었다. 황 순경은 수화기를 내려놓고 불안한 긴장감에 어깨를 움찔하더니 눈을 감았다. 그는 벽시계를 한번 보고 잠시 다시 손목시계를 들여다보았다. 밖엔 제법 눈이 쌓여 온 주위가 하얗게 변해 있었다. 그는 지서 출입문을 닫고 마지막 점검을

하려는 듯 했다. 내가 다시 일어나 언덕으로 올라가려 하자
"야, 임마, 어딜 가?" 그는 버럭 소릴 질렀다.

뒤늦게 피난길에 나선 사람들이 언덕에서 내려 왔다. 몇몇
남자들이 이불 보따리를 지고 여인들은 옷이나 얼마간의 비
상 양식일 듯한 보따리를 머리에 이고 아이들은 종종 걸음
으로 어른을 따라 달음질로 언덕을 내려 왔다. 순경은 다시
밖으로 나가 호루라기를 불고 손짓으로 남쪽 방향을 가려
켰다. 사람들은 필사적으로 달려 서울을 떠나갔다.

눈발이 다소 약해지고 어둠이 내려 왔다.

어둑한 저녁의 한기 속에서 젊은 여자가 하나가 버켓을 들
고 지서로 들어왔다. 여자는 털실로 짠 회색 목도리를 목에
감고 있었다. 그녀는 푸른색 긴 치마를 바짝 여며 간편하게
허리띠를 조여 맨 위에 검은 재킷을 걸쳤는데 눈에 젖어 머
릿결이 약간 축축해 보였다. 얼굴이 갸름한 여자는 우리 고
모 정도의 나이일 것 같았다. 여자는 버켓을 내려놓고 이게
마지막 배달이라며 순경들은 다들 떠났느냐고 물었다. 이어
서 순찰을 돌던 순경 세 명이 함께 들어왔다. 이 지서엔 모
두 여덟 명의 순경들이 있었는데 일차로 네 명은 어제까지
근무를 마치고 떠났고 오늘 마지막 조가 남아서 임시 치안
을 관리 하고 있었다.

여자는 얼른 버켓의 뚜껑을 열어 떡국을 한 대접씩 담아

서 탁자에 올려놓았다. 순경들은 여차 하면 도망이라도 갈 태세로 뜨거운 떡국을 들여 마시듯 거의 씹지도 않고 삼켰다. 그동안 몹시 배가 고팠던 터에 얼떨결에 나도 떡국 한 사발을 얻어먹고 보니 피난길의 공포도 혼자된 슬픔도 아랑곳 없이 졸음이 쏟아졌다. 마지막 파출을 끝낸 순경들은 숙직 담당인 황 순경에게 인사를 하고 먼저 간다며 나섰다. 그리고 이틀 후 수원역에서 만나자고 했다. 그들은 만약 수원에서 못 만나면 부산에서 보자고 했다. 난 수원이 어딘지 부산이 어딘지 도무지 모르는 곳이었다. 사실 알 필요도 없었다. 여태 난 언제나 우리 삼촌만 따라가면 되는 것이었고 삼촌만 있으면 그곳이 어디든 상관이 없었으니까. 식사가 끝나자 여자는 그릇들과 숟가락을 한데 모아 버켓에 담고 일어섰다.

"남옥 씨, 떠날 준비 다 됐어요?" 황 순경이 여자에게 물었다.

"준비야 대충 다 해 두었지만 아무래도 전 피난을 못갈 것 같아요. 아버지가 거동을 못하시는데 어떻게 가요? 전쟁 끝날 때까지 여기 그냥 있어야 할 것 같아요."

"예에? 안돼요. 지금 인민군 하고 중공군이 벽제까지 왔는데……. 빨리 집에 가서 아버님 모시고 당장 떠나요. 큰일 납니다. 오늘 밤까지……. 당장 안 나가면 인민군이 들이 닥칠텐데…….그럼 어떻게 될지 몰라요? 어서 떠나요." 황 순경은 여자가 피난을 못 간다는 말에 기가 막힌다는 듯 다그쳤다.

여자는 황 순경이 떠밀다시피 하자 고개를 끄떡이며 황 순경은 언제 떠나느냐며 돌아섰다. 그는 여긴 자정까지만 지킬 거라며 오늘 밤 안으로 한강을 건너야 한다고 일러 주었다. 사실 모든 행정 부서의 선발대는 일주일 전에 모두 후퇴 절차를 밟고 벌써 떠났다. 지금까지 이곳을 지킨 순경들은 모두 끝까지 치안 명령을 받은 최 후발대였다.

"그럼 황 순경님, 안녕히 가세요. 전 그냥 이 서울에 머물러 있을 거예요. 피난 갔다 돌아오시면 다시 만나 뵐게요."

"하아, 안됩니다. 지금 다 떠났어요. 아버님을 업고서라도 빨리 떠나셔야 합니다." 그는 고함을 치듯 소리를 질렀다.

여자는 버켓을 들고 밖으로 나가 옆 골목으로 사라졌다. 눈발이 그치고 찬바람에 눈가루가 휘날렸다. 황 순경은 난로에 남은 장작과 조개탄을 모두 쓸어 넣었다. 곧 이 난로의 열기도 끝장이 날 것이다. 차가운 어둠이 공포 속에 적막을 몰고 왔다. 밤이 늦어지자 황 순경도 서류를 넣은 손가방과 옷가지를 싼 보따리를 출입문 쪽으로 내놓고 장갑이며 목도리를 꺼내놓았다. 그리고 사복으로 갈아입고 벽에 걸어 두었던 두툼한 외투를 내려놓았다.

그리고 나를 향해 "너. 그럼 우선 나 따라 와. 이제 피난 갔다가 전쟁 끝날 때 돌아오자구. 나도 혼자거든. 그렇게 오래 걸리진 않을 거야. 그때는 삼팔선도 다시 터지게 될 거고. 그러면 그때 넌 너의 집 찾아가라구…… 알았어? 지금은 안 돼. 임마, 나도 집이 황해도 야. 그러니까 내 말 들어. 이따 밤에 나랑 같이 한강 건너가면 돼. 알았어?"

아무래도 황 순경의 말을 따라야 할 것 같았다. 어쩌면 황 순경이 나를 잡아 준 것은 천만다행일지도 몰랐다. 아무도 없는 이 폐허의 서울 바닥에서 나에게 같이 피난을 가자는 사람이 있으니 이렇게 고마운 사람이 어디 더 있을까 싶었다. 더군다나 그는 자기의 집도 황해도라고 하지 않는가? 그의 집이 황해도라고 한 말에 마치 난 가족을 만난 것처럼 안심이 되었다. 그는 업무일지에 무언가 기록을 하고 서류들을 봉투에 담아 검은 철끈으로 함께 묶어 가방 속에 넣었다. 그리고 잠시 뒤 밖으로 나가 골목으로 달려갔다. 집집마다 대문이 잠기고 온 동네가 적막했다. 그는 서너 집을 지나 모퉁이 집 대문을 밀고 들어섰다. 안에서 여자의 말소리가 들렸다.

"아부지! 난 안 가요."

"아, 글쎄, 난 괜찮아. 중공군이든 인민군이든 난 상관없어. 이 병든 늙은 사람을 지들이 어쩌겠어? 난 죽어도 그만 살아도 그만 아니냐? 응? 넌 여자고 젊은데…… 어떤 놈들이 널 그냥 두겠니? 어서 피난 가. 빨리." 기력이 다 된 노인의 허약한 음성이었다. 그러나 그 말소리의 의도만은 아주

또렷하고 분명한 느낌이 들었다. 황 순경이 안에다 대고 소리 질렀다.

"여봐요! 빨리 안 나가고 무엇들 하는 거요? 다 나갔는데 이 집만 사람이 남아 있어요. 빨리 안 떠나면 제가 쏩니다. 지금은 전쟁 중이에요. 이렇게 한가하게 있을 수가 없어요."

여자가 마루로 나와 순경을 바라보고 사정을 하려들었다. 그녀는 아버님 때문에 떠날 수 없다며 그냥 서울에 남아 있게 해 달라며 안타까운 애원을 했다.

"지금 사방에서 폭격이 시작 됐는데……. 금방 서울은 불바다가 될 거예요." 라며 여자를 다그쳤다. 안에서 노인의 힘겨운 거동 소리가 들려왔다. 그는 간신히 반쯤 몸을 일으켜 방문을 열고 황 순경에게 하소연을 했다.

"여보시오, 순경 양반, 내가 부탁하겠는데……. 저 애 좀 데리고 떠나시오. 난 서울에 남아 있을 테니……. 그래도 난 살 만큼 산 사람이요. 지금 죽어도 여한이 없는데……. 어차피 병도 있겠다 이래 죽으나 저래 죽으나 인명이 재천이니 내 걱정은 말고 저애 피난 좀 데리고 가시요. 전쟁 끝나고 그때까지 내가 살아 있으면 우리가 다시 얼굴 보게 되는 것이고 그렇지 못하면 다 전쟁 때문에 그러려니 하고 죽으면 되는 거요."

황 순경은 난감했다. 이 사람들을 어쩔 것인가. 서울에 한 사람도 민간이 남아 있지 못하게 피난을 시키라고 명령을 받았는데 이들을 어쩔 것인지. 이들을 모른 체 그냥 떠날 수도 없고 그렇다고 차량이나 무슨 이동 수단이 있다면 모를까 이들을 함께 데려 가려니 정말 난감했다. 순간적 번민에 그는 대답은커녕 꼼짝도 할 수가 없었다. 숨이 막일 지경이었다.

우여곡절을 다 이야기하자면 군소리가 길겠지만 어쨌거나 황 순경은 젊은 여자와 그녀의 병든 노 부친을 부추겨 큰길로 나왔다. 여기서부터 황 순경은 노인을 등에 업기도 하고 다시 부축해 걷기도 하며 발 빠르게 한강 쪽으로 걸었다. 난황 순경의 가방과 보자기에 싼 옷가지들을 어깨에 메고 그의 곁에서 절대 멀어지지 않도록 주의하며 숨 가쁘게 따라 걸었다. 이미 거리는 텅텅 비었고 얼어붙은 눈길은 미끄러웠다.

자정이 가까워 드디어 한강 철교까지 왔다. 이미 끊어진지 오랜 다리였다. 그 곁에 임시로 놓았던 부교까지도 모두 끊겨 있었다. 사방에서 모여든 피난민들은 한밤중임에도 불구하고 강을 건너는 행렬이 구름떼 같았다. 깊은 겨울 혹한에 귀가 떨어져 나갈듯 손발이 꽁꽁 얼어붙어 아픈 줄도 몰랐다. 다행이라면 강이 굳게 얼어붙어 도보로 건널 수가 있다는 것이었다. 강 가장자리는 얼음이 얇아 걸음을 옮길 때마다 저벅저벅 살얼음이 부서졌다.

강을 건너자 강을 건넜다는 안도감 때문인지 모닥불을 피워놓고 둘러 앉아 꾸벅꾸벅 조는 사람들이 보였다. 우리 일행은 황 순경의 지시대로 안양 쪽으로 철로를 따라 힘들게 걸었다. 아마도 황 순경은 무슨 일이 있어도 수원까지는 우리를 보호해 줄 모양이었다.

얼마나 걸었던 것일까? 어느새 밤의 어두운 빛깔이 서서히 물러가기 시작했다. 동쪽 하늘이 번하니 밝은 기운이 돌았다. 노인을 등에 업고 걸어온 탓에 황 순경도 기진맥진한 상태였고 여자는 황송하고 미안해서 뭐라 입을 열지 못했다.

여자가 좀 쉬었다 가자고 하자 그는 너무 힘이 들었는지 순순히 그러자고 고개를 끄덕이며 노인을 내려놓았다. 정신이 들었는지 노인은 자기 때문에 엄한 사람이 고생한다며 대단히 미안해 하며 안타까워했다.

"세상에 이렇게 고마울 데가 어디 있을까!" 노인은 눈물을 글썽이며 백번이라도 절을 할 심정이었다.

"그래도 여기까지 온 게 얼마나 다행입니까? 이제 조금만 더 가면 안양 이예요. 안양까지만 가면 그래도 기차를 탈 수 있을 겁니다. 안양까지는 기차가 다닌다니까. 조금만 더 참고 견디세요." 순경은 마치 노인이 자신의 친부모인 것처럼 말했다.

그러나 황 순경의 도움으로 서울을 탈출하게 된 고마움은 시간이 지날수록 거의 당연시 되는 기분이 들었다. 나 역시 이젠 황 순경이 삼촌이나 아버지 대신 나의 보호자 같은 기분이 들었다. 여자도 자신의 아버지를 등에 업고 피난을 가 주는 황 순경이 고맙고 고마워 더 이상 뭐라 할 수는 없었지만 그렇다고 해서 그의 도움을 이젠 그만 두라고 할 형편은 못되었다. 병든 노 부친을 아들도 아니고 사위도 아니고 그저 한동네에서 식사 배달로 알게 된 전혀 모르는 남이었는데 이렇게 큰 신세를 지게 되리라고는 전혀 생각하지 못했던 일이었다. 어쩌면 이 전쟁이 끝날 때까지 그는 노인을 모시고 다녀야 할지도 몰랐다. 사실 여기까지 그가 우리를 이끌고 온 것은 어쩌면 예쁘장한 이 젊은 여자 때문일지도 몰랐다. 하지만 그들은 아무 관계도 아니었다. 그래 그런지 이따금씩 황 순경은 담배를 피우면서 안색을 찌푸리는 게 역력했다. 그가 말은 친절하게 했지만 죽기 아니면 살기인 이 전쟁 중에 도대체 무엇 때문에 자기가 이들을 이끌고 다니면서 이렇게 힘든 고생을 사서 하는가 하는 회의와 순경이라는 정의감 내지 자존심에서 나온 자신의 과잉 친절로 자초한 생고생에 대해 자기 스스로 느끼는 모순과 후회가 아니었을까 싶었다.

위이잉 하는 경찰비행기 소리가 들려왔다. 폭격이 있으려나? 먼동이 터오는 이 새벽녘에 그 비행기 소리는 무언가 심상치 않음을 암시하는 것 같았다. 벌써 중공군들이 지척까지 추격해 왔다는 뜻인가? 혹 유엔군과 국군이 이미 중공군에게 꼬리를 물린 터이니 더 이상 남쪽으로 피난을 갈 필요가 없다는 뜻인가? 어쩌면 적의 추격을 확인하고 돌아가는 미군의 비행기인지도 알 수가 없었다. 사람들은 더욱 더 빨리 정거장을 향해 달음질을 쳤다. 그들은 정거장에 도달하자마자 기차가 언제 오느냐며 서로 기차 시간을 묻고 우왕좌왕 떠들었다. 사실 기차가 언제 올 지 정확하게 아는 사람은 아무도 없어 보였다.

역사 건물은 자그마했다. 급행열차는 서지도 않던 조그만 간이역이었다. 역사(驛舍)까지 대략 오십 미터 거리쯤 될 것 같았고 주변엔 창고로 보이는 가건물들이 여러 개 보였다. 사람들은 즉시 기차를 탈 것처럼 작은 역사 안으로 꾸역꾸역 몰려 들어가고 있었다. 뒤에서 앞으로 나가 슬쩍슬쩍 새치기를 하는 사람들도 많았다. 그러다 보니 앞 사람들이 자꾸 뒤로 밀려나고 뒤에선 새치기를 시켜주지 말라는 아우성 소리까지 들려왔다. 우리 일행은 조그만 다리 난간에 잠시 짐을 기대놓고 보따리 옆에 깔개를 놓아 노인을 앉혀드렸다. 그곳에만 잠시 머물 수 있는 공간이 있었기 때문이었다. 그리고 작은 솜이불로 노인을 에둘러 씌웠다. 긴장이 된 탓인지 이상하게도 노인은 정신이 맑아 보였다.

쉬는 틈에 여자는 가지고 가던 보따리를 풀어 속에서 무언가를 꺼냈다. 여자가 내민 것은 깨소금에 굴린 주먹밥 한 덩이씩이었다. 사실 그저께 저녁 떡국을 한 사발 먹은 뒤 간간히 물만 마셨을 뿐 줄곧 아무 것도 먹은 게 없었다. 그러나 이 지경에 식사란 걸 감히 기대할 수는 없었다. 그냥 잠시 요기를 할 수 있는 것만도 얼마나 다행인지 모를 일이었다.

황 순경은 여자가 내민 주먹밥을 마다하며 빨리 수원으로 가야 하는데 정말 기차로 갈 수가 있는지 알아봐야 한다며 우리에게 잠시 기다리라는 시늉을 하곤 역사(驛舍) 쪽으로 먼저 달려갔다. 그가 우리에게로 정말 다시 돌아와 줄지는 알 수 없었다. 그것은 단지 나의 느낌이었지만.

그 주먹밥 한 덩이를 노인은 우물우물 씹어 삼키려다가 가슴을 치며 물을 찾았다. 여자가 급히 보따리 속에서 수통을 꺼내 보더니 물이 없자 난색을 보였다. 그녀는 혹 물을 얻을 수가 있는가 사방을 둘러보았다. 그러나 누가 이 상황에 물 한 방울이라도 내밀 수 있을까? 그녀는 잠시 내 얼굴을 바라보더니 동네에 들어가 물을 좀 구해 오겠느냐 듯 말없이 물었다. 난 얼른 수통을 받아 들고 길을 건너 물을 얻으러 인근 동네로 달려갔다. 모두 빈 집들이었다. 몇 집을 지나쳐 다행히 대문 앞에 우물이 있는 한 집을 발견했다. 문틈으로 부엌문 설주에 걸린 두레박이 보였다. 난 황급히 안으로 들어가 두레박을 꺼내 물을 퍼 올려 수통에 담았다. 그리고 두레박에 남은 물을 한 모금 마시고 돌아서 수통의 뚜껑을 막았다.

순간 비행기가 위잉 하고 낮게 지나더니 잠시 후 불이 번쩍했다. 이어서 "쾅!" 하는 엄청난 굉음이 들려 왔다. 그 굉음과 더불어 나도 모르게 우물가에 벌렁 나자빠졌다. 정신을 잃었던 것 같았다.

얼마나 시간이 지났는지 눈이 떠졌을 때는 온 하늘이 빨갛게 타오르고 역사 주변은 온통 불바다로 변해 있었다. 난 땅바닥에 동댕이쳐진 수통을 집어 들고 길을 건너 역사 쪽으로 가려 길을 건넜다. 하지만 도저히 그 쪽으론 갈 수가 없었다. 시뻘건 불덩어리가 공중에서 펑펑 터져 사방으로 흩어졌다. 아비규환의 비명 소리가 귀를 뚫고 살아 있는 사람들은 피투성이가 되어 뒤돌아 달려 나왔다. 역사 건물은 아예 흔적도 없어지고 온 주변이 화염에 휩싸여 불타고 있었다. 기차를 타려고 역사 안으로 들어 간 사람들과 줄을 서서 기다리던 수많은 사람들이 폭발에 희생 돼 사방에 쓰러졌다. 아수라장이 된 역사 주변에서 살아남은 사람들이 이리 뛰고 저리 뛰고 난리였다. 나와 함께 가던 사람들은 아무도 보이지 않았다. 여자도, 노인도, 황 순경도…… 다리가 후들후들 떨렸다.

공포 속에 난 다시 갈 곳이 없게 되었다. 이제 어떻게 해야 할까?

우왕좌왕하던 사람들은 뿔뿔이 흩어지고 삼삼오오 살아 있다는 것만을 감사하며 발 빠르게 달아났다. 그들이 어디로 가는지 알 수 없었지만 대략 그들이 가는 쪽으로 가는 게 사는 길인 것 같았다. 아직도 시뻘건 불덩어리가 펑펑 소리를 내며 하늘로 솟구쳐 올라가는 게 보였다. 쌀쌀한 바람이 매섭게 휘몰아쳤다. 논두렁길로 접어들자 얼어붙은 눈길이 걸음을 옮길 때마다 빠그작 빠그작 유리 깨지는 소리를 냈다. 미끄러질까봐 땅만 내려다보며 걷고 있었을 때 가까이서 사람소리가 들려왔다.

"이제, 기차 타긴 다 틀린 거 아니우?" 머리에 보따리를 이고 걷던 여자가 남자에게 묻는 소리였다. 그녀는 다시 남자를 향해 말을 이었다.

"그러니까, 그냥 작은 집으로 들어가요. 인민군 들어오면……. 설마 다 죽일까? 가다가 폭탄에 맞아 죽으나 인민군에 죽으나 마찬가지 아니우?"

"그놈들이 우릴 살려 둘 줄 알아? 우린 못살아……. 안 돼……. 가야 해……. 걸어서라도 가야 돼……."

"여보, 저 사람 좀 봐요. 어우! 저 피! 아무래도 저 사람 죽겠다. 어깨에서 다리까지 다 피범벅이야" 논두렁 끝 마을

로 이어지는 둔덕에 비스듬히 쓰러진 남자를 보고 여자가
남편에게 말했다.

"머리도 다 피투성인데……." 여자의 남편이 쓰러진 남자에
게 다가가 말을 걸었다.

"여보시오, 정신 차려요. 걸을 수 있겠소?"

쓰러진 남자는 눈을 감고 힘없이 고개를 흔들었다. 삶을
포기한 듯했다. 남자는 잠시 주춤하다 뒤로 물러서며 고개
를 저었다.

"담배, 좀." 쓰러진 남자가 작게 부르짖었다.

여자의 남편이 성냥에 담배를 붙여 쓰러진 남자에게 건네
주었다. 그는 담배를 입에 물고 한 번 더 깊게 빨았다. 그리
고 길게 한숨을 몰아쉬며 다시 눈을 감았다. 그는 눈을 감
고 몇 번 담배를 빨다가 입에 문 담배를 떨어뜨렸다. 여자는
남편의 얼굴을 한번 쳐다보더니 아무래도 살기 힘든 사람이
라며 돌아섰다. 남편도 여자를 따라 돌아서며 "으잇! 쯧쯧!"
하며 안타까운 듯 혀를 찼다. 내가 그들 가까이 다 달았을
때 그들은 이미 걸음을 옮기고 있었다.

"음, 음! 물!" 쓰러진 남자는 가늘게 신음을 냈다.

"앗! 황 순경 아저씨!" 폭격에 극심한 부상을 입고 쓰러져
신음 하는 남자는 기차를 타려고 나와 여자를 이끌고 여기
까지 왔던 황 순경이었다.

"아니, 아저씨!" 나는 그가 이렇게 심하게 다친 것에 너무 놀라 소릴 질렀다.

"으으! 물!"

다행이도 수통은 아직까지 내 손에 들려 있었다. 나는 그 수통의 뚜껑을 급히 열어 얼른 그의 입에 대어 주었다. 그리고 그가 마실 수 있도록 비스듬히 수통의 뒷부분을 들어 그의 목구멍으로 물이 넘어 가도록 거듭 추켜들었다 내렸다 해 그가 물을 마시게 했다. 아마도 이 물은 그가 마시게 준비 되어 있는 생명의 물이 아닐까 싶은 생각이 문득 들어 물을 마실 사람은 따로 있었던 것이란 느낌이 들었다. 사는 것 죽는 것 그게 다 하늘에 정해진 것인가? "아저씨,(황 순경 님) 대체 어찌 된 거예요?"

그는 목구멍으로 물을 넘기고 눈을 감았다. 나를 알아보지 못한 것 같았다. 나는 그에 곁에 앉아 몇 번이고 그에게 물을 마시게 하며 그가 정신이 들기를 기다렸다. 어쩌면 그가 죽을지도 몰랐다. 그러나 지금 그가 살아 있다는 것만으로도 난 나에게 다시 어떤 연고가 생긴 기분이 들었다.

날이 저물고 사람들은 서서히 보이지 않았다. 어디 빈 집이라도 찾아 들어야 할 것 같아 사방을 둘러보니 멀지 않은 곳에 허름한 창고가 하나가 보였다. 나는 천천히 황 순경을 부축을 해 가까스로 그 창고로 들어가 헌 가마니들을 깔고 황 순경을 눕혔다. 그는 아직도 그의 손가방을 손에 꼭 쥐고 있었다. 틀림없이 그 속엔 그의 신분증과 지서의 근무상황을 기록했던 서류 같은 것들이 들어 있을 것이다. 그가 우리에게 잠시 기다리라며 정거장으로 달려갔을 때 비행기가 낮게 지나가고 잠시 뒤 역사 인근 창고들이 엄청나게 폭발을 했다. 그 순간 그는 공중에 붕 떠서 어딘가로 떨어졌는데 그는 자신이 그토록 부상을 당한 줄 모르고 있었다. 그는 필사적으로 그 현장을 벗어나려고 달리다가 논두렁에 쓰러져 이 장소까지 피를 흘리며 기어오다가 결국 쓰러진 것이었다. 나중에 알게 된 얘기지만 역사 부근의 창고들은 모두 무기창고였다는 세간의 말들이 있었다.

황 순경이 정신이 든 것은 밤이 깊어서였다. 그는 나를 알아보고 옅게 미소를 지었다.

"너, 용케 살았구나. 흠!" 하며 그는 힘없이 웃었다. 그가 여자와 노인에 대해 물었지만 이 절망에 대해 난 아무 말을 하지 않았다. 그 역시 아무 말도 더 이상은 묻지 않았다. 그는 자신의 부상 상태를 살피더니 속에 입고 있던 셔츠를 날더러 찢으라며 무릎에 붕대를 감아대라고 했다. 그리고 손가방 안에서 붉은 옥도정기를 꺼내 머리와 어깨에 바르고 다리에도 바르라고 했다. 그는 더 이상 피가 나지 않도록 내게 셔츠를 잘라 얇은 수건처럼 어깨에 대고 반창고를 잘라 붙

여 막으라고 했다. 그가 얼마나 부상의 고통을 참고 있는지
는 말로 표현이 되지 않았다.

다음 날 그는 눈을 뜨자마자 오산으로 가면 무슨 차든 차
를 탈 수 있을 것이라며 오산으로 가야 한다고 했다. 하지만
그의 부상이 이렇게 심각한 상황에 어떻게 움직인단 말인
가! 그러나 살려면 달리 방법이 없었다. 어서 빨리 경찰본부
에 접속이 되거나 후방에 가서 치료를 받는 수밖에. 과연 그
때까지 그가 살아서 그렇게 치료를 받을 수는 있을까? 아
니, 살 수는 있을지? 그래도 난 지금 그가 살아 있어서 정말
다행이란 생각뿐이었다. 난 황 순경만 따르면 되니까 그의
곁에 있을 작정이었다. 전쟁이 끝날 때까지…….

파주로 간 소녀

—

내가 상희의 앞을 가로막자 그녀는 동행하던 여자에게 먼저 가라는

눈짓을 하며 걸음을 멈췄다. 내가 잠시 할 말이 있다는 뜻을 전하자

그녀는 쌀쌀하게 냉정한 표정을 지었다.

"왜? 나랑 같이 도망이라도 가려고?

오빠 아직 제대로 안 한 쫄병이잖아?"

그녀는 나에게 다소 함부로 대하려 들었다.

파주로 간 소녀

　종점에서 두어 정거장을 시내 쪽으로 나오면 당인리 화력 발전소로 가는 철로의 기차 다리가 길을 가로 지르고 그 다리 밑으로 전차가 다녔다. 전차는 통금이 해제 되는 새벽 네 시부터 다녔다. 전차가 출발할 때는 땅 바닥에 깔린 선로에서 쇠바퀴 미끄러지는 소리가 '끼이이~ 익!' 하며 인근 동네에 퍼지는데 마치 대지가 찢어지는 비명 소리처럼 여간 시끄러운 게 아니었다. 그럼에도 그 소리는 도시가 다시 잠에서 깨어나고 있다는 신호였다. 첫 전차가 출발하면서 내는 힘겨운 소리가 새벽 공기를 가르면 온 동네 사람들은 그 정떨어지는 소리에 저절로 잠이 깨는 것이다. 마치 알람시계가 시간을 알려 주면 오뚝이가 저절로 튀어 오르듯 전차 바퀴 소리에 도시 전체가 저절로 일어나는 것이다. 그 시절 알람시계란 일반인들에겐 존재하지 않았다. 웬만큼 산다는 집이라야 안방이나 대청마루 벽 위에 가구처럼 매달린 괘종시계가 쉬지 않고 톡탁거리다가 매 시간마다 표시된 횟수로 종을 쳐 시간을 알려 주었을 뿐이다. 그러니 새벽에 들리는 첫 전차 소리는 바로 온 마을에 시작을 알리는 자연 알람이 되는 것이었다.

휴전협정으로 전쟁이 끝나고도 이 거리에 오랫동안 전차는 다니지 않았는데 마침내 다시 전차가 다니게 되자 사람들은 전찻길에 전차 다닌다고 춤을 추기도 했다. 그건 이 동네가 전쟁으로 죽었다가 다시 살아난 증표였으니까. 전쟁 이후로 휴전선에 막혀 임진강 쪽에서 한강으로 들어오던 배들이 끊기니 예전에 전찻길 양쪽에서 성황을 이루던 새우젓 시장이나 수산물 가게들은 거의 다 없어지고 세월 따라 이 길에 버스와 자동차가 홍수를 이루게 되었다. 학교 갈 때는 이십오 원짜리 전차표를 내고 승객이 꽉꽉 들어 찬 만원 전차에 올라탄다. 감색 정복에 반듯한 기사모를 쓴 운전기사가 줄을 당겨 치는 땡땡 출발 신호를 들으며 교복을 입고 아침마다 학교 가는 기분은 어딘가 남달리 내가 돋보이는 기분이었고 그 기분은 대단히 중요한 일을 하고 있다는 듯 자아의 긍지를 느끼게 해주는 것이었다.

전차를 기다리다 보면 가끔 상희가 눈에 띄는 날이 있었는데 무슨 여자애가 남자애처럼 거무잡잡 비쩍 마른데다가 얼굴이 밉상은 아니지만 사뭇 궁끼가 배어있었다. 게다가 목은 길게 쑥 빼어 올라 또래 애들보다는 한 뼘쯤 키가 컸다. 사실 나는 그 애한테 별 관심이 있었던 건 아니었다. 하지만 전차를 기다리는 중 가까이서 그 애가 자주 눈에 띄다 보니까 저절로 그 애의 존재감이 익숙해지는 것이었다. 그 시절은 전차를 타려는 사람들이 너무 많아 이미 종점에서부터 꽉꽉 들어차 만원이 되어 달려온 전차는 내가 기다리는 정거장에서는 승객을 태우려고 섰다가 문도 채 열지 못하고 다시 출발하는 때가 셀 수도 없이 많았다. 그래서 전차를 타는 것만도 그날의 첫 번 시험에 합격하는 일이었다. 그러다 보니 전차에 올라타면 나도 모르게 상희도 무사히 탔는지를 살피게 되는 것이었다. 어느 구석에라도 그 애가 끼어 있으면 저절로 안심이 되고 웃음이 났다. 이런 말이 다소 과장된 표현이라고 할지는 모르겠지만 그건 어떤 어려운 처지에서 함께 살아난 기분이었고 저절로 같은 배에 탔다는 심정이 되는 것이었다. 물론 나의 이런 기분을 상희가 전혀 알 리는 없겠지만.

우리 집은 큰 우물 거리에 작은 골목을 끼고 두부공장을 했는데 두부 공장에서 보면 상희네 집은 기찻길 너머 배추밭 사이 외길로 십여 분 쯤 걸어가야 했다. 실은 그 집이 그 애네 외가 집이었다. 그 애네 집은 원래 기찻길 이쪽 큰 우물 옆에 있었지만 넓은 기와집 본채가 6·25 때 폭격으로 절반 이상 거의 다 무너졌다. 그 애네 집은 마당이 무척 넓고 온갖 나무들이 심겨진 큰 기와집이었지만 아무도 무너진 집을 고치거나 누가 손봐 줄 사람이 없어 폭격에 무너진 상태 그대로 남은 뒤쪽 방에서 온가족이 다 같이 지냈었다. 그러나 거기 살기가 너무 불편해 그 애네 어머니 상희네가 아이들과 시동생을 데리고 친정으로 들어간 것이다. 상희 아버지 여인국이 실종된 것은 전쟁 터지기 반년 전이었다. 어쩌면 실종이 아니라 자진 월북을 했을지도 몰랐다. 드디어 휴전이 되고 나자 동네는 차츰 안정이 되고 피난 갔던 사람들이 한 집 두 집 피난처에서 돌아왔다. 우리 집은 부산으로 피난을 갔었는데 돌아와서 아버지와 어머니, 삼촌, 모두 정신없이 집 안팎을 수리하며 여기저기 부서진 곳을 고치고 깨진 대청 유리를 갈아 끼웠다. 두부공장도 다시 시작했다.

아직 상희네가 기찻길 너머 외가로 가기 전이었다.
3번지 5통 통장 집에서 미국에서 온 구제품을 나눠 준다고 통장 집 아주머니가 아침부터 동네방네에 알려 주었다. 그 통장 집 아주머니란 바로 우리 어머니였다.
그날 저녁 5통 6반에 있는 통장 집에서 실시하는 구제품 나누기 행사엔 5통 6반 사람들뿐 아니라 이 동네 모든 아낙네들이 다 모여 대청마루 바닥에 산더미처럼 쌓아 놓은 옷가지들이며 잡다한 생활 물품들을 서로서로 뒤적거리며 뭐 반반한 거라도 걸릴까 하고 난리 법석들이었다. 구제품들에

는 기장이 몹시 긴 스커트도 있었고 품이 넓은 재킷이나 점
퍼도 있었고 알록달록 화려한 꽃무늬의 블라우스들도 눈에
띄었다. 신품은 아니어도 멀쩡한 구두도 밑바닥에서 뒹굴었
다. 헌 바지나 스웨터 등 당시로선 좀처럼 구하기도 어려운
미제 옷들인데 주로 여자 옷들이 많았다. 모두 제비뽑기로
일일이 번호를 붙여 놓았다. 일단 그런 것들 중 입을 만한
게 제비뽑기에 당첨이 되면 무슨 횡재라도 한 것처럼 동네
아낙들은 기뻐했다.

　하기야 하루하루 먹고 사는 양식거리 마련하는 일도 힘든
형편인데 감히 옷이나 신발을 살 여유가 없는 건 모두 마찬
가지였다. 단발머리 상희가 이 행사에 엄마를 따라왔는데
그 애는 바닥에서 백구두 한 켤레를 집어 들고 "아아! 이 신
발 참 예쁘다! 엄마, 이거 나왔으면 좋겠다!" 라며 그 애 엄
마 상희네를 쳐다보았다. 모양도 예쁘고 뒤축은 상당히 높
은 게 보통 멋쟁이 신발이 아니었다.

　"쳇! 이걸 어떻게 신니? 옷 같으면 줄여서라도 입지만 신발
은 신지도 못해. 고무신 한 켤레만도 못한 거야. 이 바보야!"
라며 상희에게 면박을 주며 다른 물건들에 눈독을 들였다.
하긴 막노동 몸빼바지에 뒤축이 뾰족한 하얀 하이힐 신발은
어울릴 리가 없다. 게다가 발에 맞지도 않는 큰 치수의 남의
신이란 정말이지 아무짝에도 쓸 데가 없는 게 사실이다. 상

희네는 자신이 골라 뽑은 제비를 만지작거리며 번호를 기다렸다. 공교롭게도 그날 상희네가 뽑은 제비에 낙첨이 된 것은 바로 상희가 바라던 대로 하얀 그 백구두 한 켤레였다.

"쳇, 에이고야! 재수 옴 붙었네! 이걸 어디다 신는담?" 모처럼 행운을 바라던 상희네는 상희의 말이 씨가 먹혔다고 상희가 재수 없게 미리 입방정을 떨었기 때문이라고 몹시 불만스러워 했다. "에이그, 옜다! 이년아, 너나 갖다 신든지 말든지 맘대로 해라!" 하고 상희 앞에다 하얀 백구두를 팽개친다. 그리고 남들이 뽑아 받은 물건들을 이것저것 기웃거리다가 "애잇! 뭐하나 제대로 되는 게 있어야지. 그러면 그렇지 내 팔자에 무슨 공짜가 있겠어? 에이그, 으으!"라며 먼저 자리를 박차고 일어섰다. "후후웃! 크크 호홋!" 상희네가 잘못 뽑은 제비에 실망한 나머지 화를 내며 먼저 자리를 떠난 게 재미가 난 듯 아낙들은 손바닥을 치며 깔깔 댄다. 졸지에 엄마가 내던진 하얀 백구두 두 짝을 들고 상희는 어찌해야 할지 몰라 엉거주춤이다. 엄마가 화를 내며 먼저 나가버린 게 여간 당황스러운 게 아니다. 상희는 자신이 멋도 모르고 속내를 말했던 게 크게 잘못한 일이란 느낌이 들었다. 다른 사람들은 아직도 자기 차례에 어떤 물건이 뽑힐까 기대를 가지고 남들이 받은 물건들을 서로 살피면서 왁자지껄 수다를 떨며 기다린다.

"그래도 참 이쁜 신발인데!"

상희는 엄마가 저주한 그 백구두를 어찌해야 할지 몰라 양손에 한 짝씩 들고 집으로 돌아왔다. 구제품 나눠준다는 소식에 장사도 일찍 접고 통장 집으로 갔던 엄마가 집에 먼저 돌아와 있었다. 상희는 엄마 눈치를 살피느라 쭈뼛쭈뼛하며 고개를 수그리고 죄라도 지은 듯 건너 방으로 들어간다. 상희가 들어오는 소리를 듣자 방문을 열고 아직도 반반한 공짜 이익의 기회가 사라진 것을 아쉬워하는 상희네가 한번 더 쓴 소리를 한다.

"으이그! 이런 멍추 같으니! 어째 그렇게 뭐가 소용이 있는지 없는 질 몰라?" 라고 한탄스런 야단을 쳐 지른다.

물론 상희는 새하얀 그 구두가 엄마에게 소용이 있는지 없는지 거기까지는 미처 생각하지 못했다. 그저 예쁘고 고운 신발이 생기면 틀림없이 엄마가 좋아할 거라고만 생각했다. 그 신발이 엄마 발에 맞을지 안 맞을 지는 생각하지 못했던 것이다. 하기야 엄마들은 모두 흰색이나 검정색 고무신을 신었으니까 이런 낯선 서양 신발을 신어 볼 수 있는 절호의 기회가 마침 될 것 같아서 저절로 하얀 구두가 당첨 되었으면 좋겠다고 했던 것인데 그리고 엄마도 틀림없이 좋아할 거라고 생각하며 동의라도 얻을 생각으로 엄마를 쳐다보았던 것이었다. 그런데 엄마는 좋아 하기는커녕 오히려 생각할 틈도 없이 면박을 주는 것이었다. 당황한 상희는 순간 자신이 크게 잘못했다고 느꼈다. 무엇이 잘못 되었는지는 아직 잘 몰랐다. 하지만 엄마가 화를 낸다는 것은 그것만으로도 분명 자신이 크게 잘못했기 때문이란 생각이었다. 집에 돌아와서까지 한 번 더 원망 섞인 야단을 맞은 상희는 혼자서 울먹이다 잠이 들었다.

큰 우물 거리에 있는 두부공장에 상희네는 새벽에 나오는 두부를 받으러 가려고 일찍부터 부산을 떤다. 그녀는 아직 잠이 덜 깬 얼굴을 쓱쓱 손으로 부비고 나서 건둥건둥 세수를 한다. 흐트러진 머리채를 손으로 쓰다듬어 뒤로 핀을 꽂아 올린다. 아직 어둑한 이른 새벽이지만 집을 나선다. 어쩌면 박 사장이 오늘도 나올지 모른다는 생각에 설레면서도 지금 고달픈 자신의 현실이 자존감을 흐려놓는다. 번번이 도움을 받고 보니 이젠 분명 하위에 있다는 생각뿐 어렵게 사는 현실이 창피하고 부끄러운 느낌까지도 고달픔 속으로 빨려든다.

상희네가 공장으로 들어오는 걸 보고 반가운 듯 박 사장이 인사를 건다.

"어우, 벌써 나왔어요?"

상희네도 가볍게 고개를 끄덕이며 미소를 짓는다.

"그런데 이젠 공장 일을 직접 하시려나 봐요? 매일 나오시기에?"

"그래요, 며칠 전 일꾼이 나가고 아직 사람을 못 구했어요. 그래 일도 좀 하고 늘 일찍 두부 가지러 오는 상희네도 좀 볼 겸 나왔죠. 그런데 두부가 아직 다 굳지 않았는데……."

"네. 좀 기다려야죠, 뭐." 라며 상희네가 출입문 옆 툇마루에 걸터앉는다.

잠시 앉아 있으려니 느닷없이 눈가에 졸음이 서리고 하품이 나왔다.

"몹시 피곤해 보여요. 상희 어머니!"

"흐음, 잠을 설쳤어요."

"왜요?" 더 이상 대답이 나오지 않는다. 박 사장은 모든 걸 다 알면서 묻는 질문이기 때문이다.

"너무 무리 하지 말아요." 박 사장의 따뜻한 한마디에 상희네는 눈물이 날 것만 같다.

그녀는 박 사장이 맘속으로 자신을 보고 싶어 한다는 것과 무리하지 말라고 하는 고맙고 흐뭇한 그 한마디 말에 가슴이 떨린다.

상큼한 대기 속에 아침 햇빛이 대문 안으로 쏟아지고 다시 또 다른 하루가 시작되었다.

상희네는 새벽에 공장에서 모판 째 받아온 두부를 커다란 양은 대야에 옮겨 담고 컴컴한 콩나물 움에서 받아온 콩나물과 숙주나물 자루를 햇볕이 들지 않게 검정 보자기로 꼭꼭 덮어 놓는다. 광목 보자기를 덮어 둔 두부 모판에서 아직도 뜨거운 김이 모락모락 올라오고 있다. 전찻길 건너 공덕 시장에 나가 오늘 하루 동안 팔 물건들이다.

"상희, 일어났냐? 밥해 놨으니 빨리 일어나 준식이 도시락도 싸고, 빨리 밥 먹고 학교 가. 얼른!" 상희네는 상희에게 성화를 부리지만 상희가 때 맞춰 일어났는지까지는 확인할 겨를이 없다. 그저 두부 모판을 다섯 판이나 담은 양은 대야를 머리에 이고 한손에 묵직한 나물자루들을 바짝 움켜쥐고 대문을 나선다. 예전엔 아낙네가 이런 일을 한다는 게 창피하고 부끄러워 상상도 못하던 힘든 일들이다. 시장엔 모퉁이 자리라도 남보다 일찍 나가야 노점바닥이라도 좀 나은 자리를 맡게 된다.

사실 상희가 중학교라도 다닐 수 있게 된 것은 동네 통장을 맡고 있던 우리 아버지가 입학금 면제와 극빈자 학비 지원금 등을 서류상으로 적극 주선해 주었기 때문이다.

상희가 어렵게 입학해 중학교엔 다니고 있지만 매달 내는 월사금이니 사친회비, 통학하는 전차 차비까지를 대야 하는 일이 상희네로선 사실 여간 버거운 게 아니다. 그래서 학교가 파하고 집에 돌아올 때면 아홉 정거장이나 되는 거리를 거의 매일같이 걸어서 집에 오는 게 늘 상희가 하는 일이다.

자세히 이유를 알 수는 없지만 어렴풋이나마 느껴지는 게 우리 아버지가 상희 엄마에 대해선 어쩐 일인지 항상 각별하다는 느낌이 들었다. 그것은 상희 아버지 여인국 씨와 우리 아버지 박상기 씨는 일본 사람들이 가르치던 국민학교에서 같은 반 친구였다고 했다. 그러니까 상희 엄마가 친구의 아내로 우리 아버지로선 남다른 사람일 것 같기는 했다. 당시 상희네는 인근에서는 제법 잘 사는 집이라 상희 아버지 여인국도 일본으로 유학을 간 것이다. 그는 방학이 돼야만 가끔 집에 왔지만 곧바로 다시 일본으로 돌아갔고 6·25 전쟁 나기 바로 직전에 집에 왔다가 어느 날 외출하고 돌아오지 않았다.

여름방학이 지나고 개학이 되자 다시 전차 간엔 교복을 입은 학생들이 꽉꽉 들어찼다.

종점서부터 만원이 된 전차는 서대문을 지나 광화문을 거쳐 동대문까지 가면서 학생들과 일반 승객들을 태워주고 내려주며 다시 종점으로 돌아온다.

어찌된 일인지 요즘은 전차를 기다리거나 전차 안에 타고 있는 상희가 눈에 띄지 않는다. 실은 그 애가 전차에 탔는지 못 탔는지 별 생각이 없었는데 상희와 똑같은 교복을 입은 여자애들이 눈에 띄면 나도 모르게 상희를 찾게 되었고 상희가 보이지 않는 것이 궁금해지는 것이었다. 하굣길에서도 가끔 걸어가는 게 눈에 띄던 애가 요즘은 도무지 보이지 않는 게 어쩌면 예삿일이 아닐지도 몰랐다. 그건 자칫 나쁜 일일 수도 있었다.

언제부터였는지 상희는 차츰 상희네에게 대들기 시작했다. 엊그제는 준식에게 학교에 아침밥을 먹여 보내지 않았다고 상희네한테 한바탕 야단을 맞았는데 오늘은 학교에 안 가는 날이니 시장에 나와서 엄마 좀 도우라고 했다가 온통 난리가 난 것이다.

"엄마! 나 어제 학교서 걸어와 다리 아파 죽겠는데도 날더러 준식이만 챙기라더니! 오늘은 시장에 나와 두부까지 팔라고? 어우, 그까짓 두부장수 같은 거 난 죽으면 죽었지 안 해!" 상희는 쌀쌀맞게 소리치며 돌아섰다. 거의 고함소리였다. 하긴 상희네가 상희에게 시장에 나와 도우라고 한 그건 그저 한번 해본 소리였다. 단지 누군가 곁에 좀 있었으면 해서였다. 그런데 상희가 그렇게 소리치며 완강하게 대들 줄은 정말 몰랐다. 하지만 상희네도 덩달아 언성이 높아진다.

"싫으면 그만 둬! 에미 좀 도와주는 게 그렇게도 싫어? 누군 좋아서 시장 바닥에 앉아 이 고생하는 줄 아냐? 니 애비만 있어도 이렇게 살진 않아? 다 애비 없는 너희들 먹여 살리려 하는 일인데 그게 그렇게도 싫어, 앙? 천하에 못된 년 같으니라구!"

"에이그! 또 그 소리! 그렇게 아버지 타령하려면 아버지 다시 만들면 되잖아?" 상희는 차마 입에 담지 못할 말을 내뱉는다.

"뭐야? 저년 저 주둥아리를 짓찧어 놔야지. 그게 에미한테 할 소리야?"

"어때 뭐, 우리도 아버지 생기면 좋으니까. 난 엄마처럼은 절대 안 살아! 그따위 고무신도 절대 안 신고 살 거라 구. 몸뻬바지도 난 절대 안 입을 거야. 두고 봐." 마치 마음속에 억눌려 있던 분노가 때를 만났다는 듯 터져 나오는 것 같다.

상희는 가끔 할머니가 은연중에 내뱉는 한탄 소리가 떠오른다.

"에그, 저것들만 아니면 상희 에미 당장 팔자 고치라고 등 떠밀어 보내련만, 에이그! 한창 지금 좋은 나이건만, 여 서방 놈은 어디가 되졌나? 쯧쯧!" 할머니는 처자식을 버리고 집 나간 사위가 괘씸해 자기도 모르게 혀를 찬다. 하긴 여 서방이 집을 나간 후 생사도 모르는 지가 언제부터인지 이젠 기억조차 나지 않는다. 그 험난한 피난살이를 홀로 다하고 돌아와서도 딸은 온갖 고생을 혼자 다하며 외롭게 지내고 있지 않은가?

"에그, 불쌍한 것! 니 팔자나, 내 팔자나!" 할머니는 당신의 딸 상희네가 아이들과 먹고 살기 위해 새벽부터 시장에 나가 고생하는 게 너무 딱하고 안쓰러워 걸핏하면 푸념이다. 상희네도 사는 게 너무 힘들거나 어려울 때 걸핏하면 상희 아버지를 들먹이곤 하는데 그런 일이 반복되다 보니 이젠 습관같이 되어 간다. 그럴 때마다 상희는 또다시 아버지가 원망스러워 진다. 아버지가 빨갱이였다느니 딴 여자가 있었다느니 집안의 재산을 전부 빼내다가 어쨌다느니 하는 모든 나쁜 소문의 장본인이 아버지이다. 그러나 상희는 아버지에 대한 기억이 전혀 없다. 가장 참기 힘든 소문은 상희 아버지가 빨갱이였다는 소문이었다. 그 소문은 진실 여하 간에 저절로 상희네 가족에겐 기가 죽는 일이었고 아버지란 기억 자체가 멍에 같은 것이었다. 그래서 그저 죽은 듯이 살아야만 하는 게 상희네 가족이었다.

용산 쪽에서 기적 소리가 뻐억뻐억 들려왔다. 곧이어 석탄을 잔뜩 실은 기차가 서쪽으로 달려간다. 석탄을 실은 기차는 당인리 화력 발전소로 간다고 했다. 오후에 들어오는 기차는 거대한 목재를 가득가득 싣고 들어와 인근 통나무 야적장으로 들어가는 것이다. 통나무 야적장에는 굉장한 제재소가 있고 제재소에선 언제나 야적장에 산더미처럼 쌓인 통나무를 잘라 얇게 켜서 건축 자재나 가구용 목재를 만드는 기계톱 소리가 밤낮으로 쌔애앵! 쌩쌔앵! 들려왔다.

이 기찻길을 따라 계속 걸어가면 일산이 나오고 더 가면 파주가 되는데 지금은 삼팔선 때문에 더 이상은 못 간다고 했다. 옛날에는 이 길로 개성을 지나 해주도 가고 평양으로 해서 만주까지도 갔다고 했다. 6·25 때 할머닌 옷가지를 싸들고 이 길을 계속 걸어서 양식을 바꾸러 일산까지 갔었다고 했다.

"매일 준다던 배급은 한 번도 안주고 어디서든 먹을 양식 구할 데가 전혀 없어 시골로 갔었지. 에이그! 그 고생이라니! 거길 쫄쫄 굶고 사흘이나 꼬박 걸어서 갔었단다!"

상희는 계속 기찻길을 걸어갔다. 아직도 할머니의 말소리가 귀에서 들리는 듯 계속 걸어가면 거긴 틀림없이 무언가가 있을 것 같았다. 어쩌면 얼굴도 본 적이 없는 아버지가 거기 있을 지도 몰랐다. 아무튼 가보는 것이다. 십여 년 전에 할머니가 갔었다는 그 길을 상희는 하염없이 걸어갔다.

아치형으로 되어있는 육군 ×2×2 보병 부대의 정문 위로 새가 날 듯 나팔꽃 넝쿨이 줄 장미와 어울려 하늘을 향해 살랑살랑 바람을 일군다. 햇볕은 맑고 바람은 훈훈해 갓 피어나기 시작한 장미 향기가 사방으로 퍼진다. 보초병들이 총을 메고 서 있지만 않다면 군부대가 아니라 공원으로 들어가는 출입구일 것만 같다. 지나간 전흔의 상처를 조금이라도 희석시켜 주려는가 전선에 피어난 장미꽃은 아이러니하게도 이 지역의 아물지 않은 상처와 고요하고도 묵직한 긴장을 상쇄라도 하려는 듯 한층 더 싱그럽다. 오른쪽 어깨에 M16 장총을 메고 부동자세로 정문 앞에 서서 꼬박 이틀간을 부대에 드나드는 차량이나 모든 부대 군인들의 입출을 검문하면서 서있으려니 다리가 뻣뻣해지며 머리가 띵하니 나른한 봄기운에 눈이 감겼다. 인근의 미군 부대에서도 사격소리가 끊겨 총소리가 들리지 않는다.

행군 나갔다 해질 무렵에 돌아온 사병들이 저마다 배낭과 땀에 젖은 전투복을 벗어들고 들고 몸을 씻으러 개울로 달려간다. 거기서 목욕을 하고 땀에 전 양말이며 속옷 세탁을 한다.

"어이, 이 상(병)! 빨리 씻고 식사하러 가자. 늦게 가면 반찬커녕 국물도 없잖아?" 그리고,

"야, 좋은 일 하나 있어. 선임이 우리 이인 일조로 토요일 특별 외박 소대장한테 허락 받아줬어. 그런데 조건이 나는 너 감시하고 너는 나 감시해야 돼?"

"뭐라구? 우으이, 외박? 야, 무슨 빽으로 외박을 받았냐, 박 병(장)?"

이주호와 나는 같은 대학 동기생이지만 내가 일 년 먼저 입대를 했기 때문에 내무반에선 선임 빼곤 내가 최고참 상관이며 선배이다. 하지만 우리는 서로가 친구인 것을 감안해서 우리끼리 부를 때엔 계급 호칭이 거북해 편의상 이주호 상병을 내가 '이 상'이라고 부르기 시작해 병장인 나 박희상은 자연 '박 병'이 된 것이다.

"흠, 지난번 선임 대신 이틀 동안 부대 정문 보초 섰잖아. 그 보상이야. 내가 주말에 애인이 면회 온다고 했거든. 위수가 반경 10킬로 안에서만 내일 오후 6시까지야."

"하지만 반경 10킬로라면 요기 연풍면 안에서만 놀아야 되네. 근데 정말 애인 오냐?"

"그으럼, 탈영만 안 하면 위수는 조금 안 지켜도 상관없어."

이렇게 해서 이주호와 나는 일요일 저녁 6시까지 부대로 돌아오는 조건으로 토요일 특별 외박의 기회를 얻었다.

내무반에 있으면 자다가도 갑자기 비상이 떨어지면 총알처럼 후다닥 뛰어 나가야 하는데 그런 긴장과 공포에 비하면 비록 짧은 시간 동안이나마 토요일 외박이란 너무나 달콤한 특전 중의 특전이 아닐 수가 없다.

새장 안에 갇힌 새는 어디든 상관없이 새장 밖이면 되는 것처럼 군대 내 사병들은 부대 밖이면 지옥이라도 상관없다. 잠시만이라도 이 감금과 억압 같은 군영을 벗어나는 것보다 더 신나는 게 또 어디에 있을까?

파주는 휴전선 접경지역으로 미 8군의 7사단 기지가 있어 주말이면 인근에 미군클럽이 성황을 이룬다. 휴전이 되고 십여 년이 지나니 전쟁 당시보다는 긴장도 많이 풀리고 헤이 해졌다고 할까 모든 상황이 느슨해진 분위기다. 미군들이 즐기는 곳은 언제나 휘황하게 불을 밝혀두고 색소폰이나 나 팔소리가 요란하게 들려왔다. 그들은 술과 춤, 여자를 닥치는 대로 향유하고 즐긴다.

그런데 미군 클럽에는 국군 병사는 드나들 수 없다. 그러니까 국군 사병들은 기회가 되면 용주골 기지촌으로 가서 노는 것이다. 거긴 미군부대 밖이지만 양공주들이 득시글득시글 하다. 말이 그렇지 그 공주들이야말로 어쩌면 전쟁의 참담함이나 무서운 공포를 순간이나마 잊게 해주는 신선한 천사들이기도 하다. 하지만 그들을 사람들은 너나없이 천대하고 무시했다. 아무리 그들에게 함부로 대해도 아무런 문제가 생기지도 안 커니와 물건처럼 실컷 가지고 놀다 버린다해도 그 어떤 책임을 지지 않아도 상관이 없다. 오직 온갖 멸시와 천대가 함께 붙어 다니는 양갈보들이다.

그날 이주호와 나는 기분을 내느라 파주읍으로 나와 인근

세탁소에서 삼백 원씩 주고 양복을 한 벌씩 빌려 입었다. 사복 차림을 해야 미군 애들 노는 클럽에 들어갈 수 있었기 때문이었다. 어설픈 우리들의 옷차림이지만 그래도 우리가 민간인이란 표시는 그 빌려 입은 사복만으로도 충분했다. 우리가 스탠턴 클럽을 기웃거렸을 때는 저녁 여덟 시가 다 되어서였다. 환락이 무르익어가는 시간답게 안에서 번쩍번쩍 전깃불이 켜졌다가 꺼지기도 하고 밝은 헤드라이트가 빙빙 도는가 하면 "삐이, 빠빠, 룰라, 룰라! 쉬스 마이 베이베! 우우, 으으윽크!" 영어로 부르는 여자들의 노래에 맞춰 트럼펫 소리도 요란하게 들려왔다. 우리는 스탠튼 클럽 안으로 들어가 카운터에 입장료를 지불하고 무대 오른쪽 아래 테이블에 안내를 받았다. 그리고 다소 태연을 가장하며 느긋이 테이블에 앉았다. 우리 테이블로 흑인 병사 하나가 다가와 맥주를 마시겠느냐고 했다. 이주호와 나는 거의 동시에 "예스, 플리즈!" 라며 한껏 분위기에 어울리려 애썼다. 잠시 후 그가 가져온 버팔로가 그려진 캔 맥주를 마시며 노래에 맞춰 어깨를 흔들고 박수를 쳤다. 저절로 기분이 좋아졌다.

"헤이, 헤이! 음! 유 키스 미, 키스 미 스윗 퀵. 키스 미, 어겐, 어겐," 흑인 가수의 걸쭉한 노랫소리가 홀 안에 작렬한다. 무대 아래선 수십 명의 미군들이 여자들과 껴안고 빙빙 돌며 춤을 추고 있었다. 이어서 색소폰 소리와 흑인 가수의 얼큰한 허스키 소리에 홀이 온통 광란이다.

"헤이, 달링! 오우, 키스 미 퀵. 암 크레이지, 베에베!"

계급장이 반짝거리는 카키색 개리슨 캡을 빼꼼하게 비껴 쓴 흑인장교는 춤을 추며 걸음을 옮길 때마다 짙은 가죽 벨 트에 권총이 채워진 지갑이 건들거렸다.

"삐이, 빠 빠, 룰라, 룰라! 쉬스 마이 베이베! 우우, 으으윽 크!"

나는 맥주 캔을 내려놓고 이주호와 함께 춤추는 무리 속 으로 들어가 밴드소리에 발을 맞춰 상대를 바꿔 돌아가면서 스텝을 밟았다. 분명 그렇고 그런 여자들과 어울리데 그녀들 의 손길이나 옷자락이 스칠 때마다 기분이 짜릿짜릿 너무도 즐거웠다.

무대 위에선 여자 두 명과 남자 한 명이 춤을 추며 박수 치고 미친 듯 마이크를 잡고 몸을 비틀며 광란의 몸짓으로 뛰어다녔다. 웃음소리와 박수 소리가 발광하듯 터져 나왔 다. 검정색 초미니 짧은 드레스에다 하얀 가슴을 거의 다 내 놓은 여자가 노래를 끝내고 무대 아래로 내려왔다. 그녀는 무대에 올라가기 전부터 술을 마신 듯 아직도 몸을 흔들며 계속 노래를 부르고 객석을 돌아다녔다.

여자는 목이 마른 듯 우리 맞은 편 테이블에서 맥주를 받 아 마시며 미군 애들과 시시덕거렸다. 테이블마다 마시는 소리와 웃는 소리로 떠나갈 것 같았다. "Why! What a shock! oh, gim me, gim me, your sweet lips, baby! you crazy me! Oh! Kill me, kill me again, Ohm, sexy, sexy dance!"

무대에서 노래를 끝내고 내려온 여자는 흰색 높은 하이힐을 신고 있었다. 짧은 미니스커트의 옆트임 속으로 하얀 허벅지가 걸을 때마다 살짝살짝 드러났다. 짙은 눈 화장에 가슴이 드러나는 얇은 드레스를 입고 있었는데 내가 놀라는 걸 보고 고개를 돌렸다. 그리고 다시 노래를 부르려 무대로 올라갔다. 분명 나를 알아본 시선이었다. 얼마나 시간이 지났을까 밤이 무르익었는지 요란한 음악이 꺼지며 클럽은 조용해지고 밖으로 나온 그녀를 흑인 장교가 기다렸다가 함께 어디론가 빠른 걸음으로 걸어갔다.

아아, 그랬구나! 상희 그 애는!

나는 한참 넋을 잃고 있다가 나도 모르게 그들의 뒤를 따라 걸었다.

물론 그들이 알아보지 못하게 거리를 두고 걸었지만 나도 모르게 가슴이 두근거렸다. 이런 일은 해서는 안 될 것 같은 기분이었지만 그래도 상희의 현실은 내가 반드시 알아야 할 것 같았다. 정신없이 그들을 따라가는 나를 보고 이주호가 우리가 어디로 가는 거냐고 물었다.

"으음? 아하, 우리도 한잔 더 하러 가야지!" 나는 얼렁뚱땅 이주호의 말을 되받았지만 그보다는 상희의 현실이 너무도 중요했다.

상희와 함께 흑인장교가 들어간 건물은 건물 뒤쪽에 철책으로 된 출입문이 있고 문에는 아무런 문패나 간판도 보이지 않았다. 하지만 건물 앞쪽에는 벽 전체가 통유리로 된 넓은 창에 붉은 페인트로 'ROSE MAM'S SHOP'이라는 붉은 페인트로 난해하게 휘갈겨 쓴 간판이 이 지역에 거주하는 미군 상대의 생활 잡화를 파는 드럭스토어인 듯했다. 건물 한 가운데에 좁다란 통로를 두고 〈JONNY BIG'S BAR〉에서 술과 커피 등 음식도 늦게까지 팔았다. 건물 뒤쪽에 또 다른 별채 건물에 여자들이 셋씩이나 넷씩 공동 하숙을 하는 듯 했다.

얼마 뒤 상희와 흑인 장교가 들어간 철문으로 개리슨 캡을 쓰고 춤추던 흑인 장교도 여자를 데리고 위층으로 올라가는 게 보였다.

다음 주 일요일에 나는 혼자서 상희를 찾아갔다. 늦잠을 잤는지 얼굴에 화장기가 없는 민낯이었지만 예전처럼 검은 느낌은 들지 않았다. 오히려 갓 피어난 꽃처럼 싱그러운 피부가 조금은 관능적 호기심을 부르고 있었다.

"희상 오빠, 왜 또 왔어?"

나는 대답 하지 않았다. 이유가 없었기 때문이었다. 그냥 네가 여기 있다는 것이 나를 오게 만든 거라고 말없이 웃고 말았다. 나는 상희와 함께 뒷길로 걷다가 언덕너머 구릉으로 올라갔다. 한눈에 멀리 휴전선 철망이 들어왔다. 어제 훈련 했던 사격장도 나무에 가려진채 시야에 들어왔다. 휴전선 너머 북쪽에는 나무라든가 풀숲이 전혀 보이지 않는 민둥산이 멀리멀리 이어진다. 유유히 펼쳐진 임진강 수면 위에 때 늦은 황혼 빛이 어린다. 하염없이 먼 들판을 응시하고 있으려니 해가 완전히 저물고 어두워지기 시작했다.

"오빠, 지금 무슨 생각 해?"

"글쎄." 나는 얼른 속을 털어놓고 싶지는 않아 어떻게 얘기를 하는 게 좋을까 하다가 그냥,

"널 집에 데려다 주고 싶어." 라고 대답했다. 그러자 상희는 잠시 머뭇하다가,

"……음, 그건 내가 원하는 게 아닌데……" 라며 말을 흐렸다.

내가 상희에게 언제까지 여기서 이렇게 살 거냐고 물었을 때였다. 그녀는 오히려 정색을 하며 "피이! 이게 어때서?" 라며 내게 항의하듯 도도하게 코웃음을 쳤다.

"오빠, 나 여기서 이렇게 사는 거…… 난 너무 좋아. 괜히

쓸데없이 내 일에 간섭하는 건 절대 거절이에요." 그리고,

"나, 싸진 제대하면 결혼하고 함께 미국에 가기로 했어."
라고 했다.

"뭐야?" 나는 어이가 없어 더 이상 할 말이 생각나지 않았다.

그 깜둥이 놈하고 미국으로 간다구? 그건 정말 일어나선 안 되는 일이다.

사실 내가 상희를 만나려는 이유도 그녀가 분명 그 깜둥이 자식한테서 헤어나지 못하는 게 안타까워서였다. 하긴 내가 상희에게 정말 그럴 필요가 있는지는 모르겠다. 혹시 그녀에게 있어 나는 이미 모르는 사람으로 되어 있는 건 아닐까? 완전히 자신의 과거를 지우고 여상희가 아닌 다른 사람으로 살고 있는 건 아닌지? 하지만 그렇다 하더라도 상희가 그런 깜둥이 자식한테 더 이상 메어 있어서는 절대 안 되는 것이다.

전역을 한 달 앞두고 나는 비교적 여유로운 시간을 보내게 되었다.

내가 맡았던 선임 임무까지 이제는 병장이 된 이주호에게 넘겨주고 나니 할 일없는 하루하루가 나에겐 너무나 지루하고 시간은 아예 멈춰버린 기분이었다.

여섯 시가 되자 용주골엔 여기저기 집집마다 전기불이 켜지기 시작했다.

밤의 불빛으로 보면 이 지역이 휘황한 유흥가처럼 전선이란 기분은 전혀 들지 않았다. 나는 워커 끈을 조금 느슨하게 매고 외출 시에 입는 게릴라 전투복 차림으로 용주골 쪽으로 걸어갔다. 물론 오늘은 클럽에 들어갈 생각은 아니었다. 그냥 상희를 좀 보고만 올 작정이었다.

클럽 여는 시간이 가까워지자 예상대로 상희는 파란 철책 출입문을 열고 나왔다. 같은 또래로 보이는 다른 여자와 함께였다. 그새 파마를 했던지 상희의 검은 머릿결이 스잔 헤이워드처럼 긴 목덜미 위에서 곱슬거렸다. 아직 화장을 하지 않아 맨 얼굴이지만 싱싱한 생기를 피어내는 앳된 얼굴이다.

내가 상희의 앞을 가로막자 그녀는 동행하던 여자에게 먼저 가라는 눈짓을 하며 걸음을 멈췄다. 내가 잠시 할 말이 있다는 뜻을 전하자 그녀는 쌀쌀하게 냉정한 표정을 지었다.

"왜? 나랑 같이 도망이라도 가려고? 오빤 아직 제대로 안 한 쫄병이잖아?" 그녀는 나에게 다소 함부로 대하려 들었다.

"너희 집에서 널 얼마나 기다리고 있는데……."

"흠, 우리 집? 난 안 가. 희상 오빠, 그 말 하려 나 기다리는 거야?" 그녀는 여전히 나를 비웃듯 고개를 흔들었다.

"왜 안 가려는데?"

"흠……" 그녀는 대답하고 싶지 않다 듯 내 질문에 콧방귀를 흘리며 고개를 돌렸다. 그리고 잠시 숨을 돌리더니 "남이사 집엘 가든 안 가든 희상 오빠가 무슨 상관이지?" 하고 혼자 말로 웅얼거렸다. 그리고 무엇 때문에 그토록 남의 일에 간섭이냐며 제발 남의 걱정 그만하고 내 자신의 일이나 하라는 듯 냉랭한 표정이었다. 우린 별로 할 말을 잊은 채 골목을 나와 조금씩 걸었다.

이윽고 스탠튼 클럽이 저만치 가까워졌다. 아직도 할 말을 찾지 못하고 계속 버티고 있는 나에게 상희는 무슨 말이라도 해야 한다는 생각을 했던지 머뭇거리다 입을 열었다.

"오빠, 사실 이런 말은 절대 하지 않으려 했는데……. 나 절대 집에 안 가. 나만 없으면 우리 엄마도 고생 끝나고. 나만 없으면 우리 엄마 시집도 갈 거야. 어차피 내 동생 준식이는 엄마가 데려갈 거고. 그러면 오빠, 그 앤 박준식이야! 원래 그런 거 나 다 알아." 라고 했다.

마치 어쩔 수 없이 나에게 선심이라도 쓴다는 듯 내뱉은 토설이었다. 그것은 그녀가 오래 참았던 분노 같기도 하고 나를 향해 던진 뜨거운 절규 같기도 했다.

그리고 다시는 자기를 찾아오지 말라며 뒤도 돌아보지 않고 클럽 쪽으로 걸어갔다.

클럽에서 요란한 밴드 소리가 들려왔다.

그러나 아무리 생각해도 방금 전 그녀가 뱉고 간 말이 도무지 이해가 되지 않았다. 단지 그녀의 차가운 냉소만이 귓전에서 계속 맴을 돌았다.

"오빠, 그 앤 박준식이야! 원래 그런 거 나 알아, 나만 없으면 우리 엄마도 고생 끝나고."

평범과 비범

—

전원을 켜자 바탕화면에 각종 아이콘이 반짝거렸다.

커서를 끌어 작은 아이콘들을 누르자

여기저기서 형의 절규들이 떠올랐다.

'그럴 거면 왜 갔니? 아니지. 가서 잘 살라고 내가 떠밀어 보낸 거지.

그래 미안. 내가 잘못했어. 붙잡지 않아서 정말 미안해.'

낙서장에도 유경을 곁에 두고 말하듯 절절한 탄식이 적혀있었다.

평범과 비범

그가 또 나갔다. 그는 언제나 예고도 없이 떠났다가 예고
도 없이 돌아온다. 이번에도 또 그렇게 돌아오지 않을까?

그날 저녁은 유난히 하늘이 맑고 바람이 부드러웠다. 은
은한 달빛이 어둠을 밀어내는 골목 입구에서 두런두런 작고
낮은 소리가 들려왔다. 가끔 높아지기도 했다가 낮아지기도
하고 잠잠해지다가 다시 가느다랗게 이어지는 형과 유경이
의 심상치 않은 말소리였다. 나는 일부러 그들을 못 본 척하
고 그들의 눈에 띄지 않게 멀리 돌아서 빌라 뒤쪽 작은 문으
로 계단을 걸어 올라왔다. 분위기로 보아 뭔가 둘이서 실랑
이를 하는 것 같았다. 잠시 뒤 그들은 우리가 사는 이 빌라
돌담길을 끼고 걸어가다가 차도가 끊긴 지점에 멈춰 등받이
가 없는 긴 벤치에 앉았다. 그들은 말없이 한동안 어두운
하늘을 바라보았다. 형은 그녀가 무슨 생각을 하건 관심이
없다는 것을 애써 보여주려는 듯 일어났다 앉았다 하며 간
간히 손가락 사이에 끼인 담뱃재를 떨거나 다시 깊게 빠는
일을 되풀이 했다. 의연한 척 겉으로 내색은 하지 않지만 실
은 포장된 냉정을 품고 있는 것 아닐까 하는 생각이 들었다.

긴 침묵 속에 유경의 어렴풋한 음성이 흘러 왔다.

"나도 어쩔 수 없었다구. 날 너무 나무라지 마. 학영 오빠도 우리 집에는 너무나 고마운 사람이야. 아버지 계실 때부터……." 변명 같기도 하고 하소연 같기도 한 유경의 말소리였다. 잠시 뒤 그 말에 대꾸랄까 비난이랄까 형의 담담한 낮은 소리도 들려왔다.

"절대 널 나무라거나 책하고 싶은 생각은 없어. 절대. 널 이해해. 하지만 우리는 이미 끝난 거 아냐? 그런데 왜 자꾸 찾아 오냐? 귀찮게."

그는 다시 한 번 담배를 깊게 빨고 나서 남은 꽁초를 허공에 내던졌다. 형은 그녀가 이제 자신과 아무 상관이 없는 존재라는 것을 의도적으로 각인을 시키려는 느낌이 들었다.

"나 용준 씨한테 그거 밖에 안 되는 거야? 나 용준 씨한테 그렇게 아무것도 아니었어? 날 못 가게 잡으면 안 돼?"

"네가 지금까지 내게 어떤 존재였던 지는 지금 이 순간 아무 의미가 없어. 다 지나간 얘기일 뿐, 정말이지 나는 진실을 가장한 계산은 정말 경멸해. 네가 누구를 만나건 안 만나건 그건 나와는 아무 상관없어. 단지 내가 여태 모르고 있었다는 게 정말 참기 힘들 뿐이야. 그러나 그 또한 시간이 가면 다 잊히겠지. 억지 순애보는 존재하지 않아. 다신 찾아오지 마!"

나는 계단을 천천히 올라와 이층 현관문을 열고 다시 바깥쪽을 내다보았다. 더 이상 그들은 보이지 않았다. 그들이 사라졌다 생각하니 이 빌라 동 언저리가 갑자기 모든 것이 정지된 것처럼 아득했다.

겨울방학을 며칠 앞두고 유경이 다시 형을 찾아 왔다. 마침 형은 출타 중이었다. 그러나 아무리 기다려도 형은 나타나질 않았다. 유경은 형이 이제나 올까 저제나 올까 하며 얼마나 기다렸던지 막상 돌아가려 하다가도 오기가 나서 밖에서도 한참을 더 기다렸던 것 같았다. 솔직히 나는 그토록 형을 기다리는 유경이 안됐다는 생각보다는 변심한 형을 나는 더 혐오하고 있는지도 몰랐다. 그도 그럴 것이 애초부터 형이 유경에게 그리 냉담했던 것이 아니었으니까. 내가 보기에 형과 유경은 같은 고향 출신으로 순수하게 서로 사랑하는 사이 같았었다. 나는 그게 너무 좋았다. 그런데 언제부터인지 형이 달라져 가고 있다는 느낌이 들었다. 공교롭게도 그건 형이 사법고시에 합격한 이후 아니었을까 싶다. 지금까지 공부밖에 모르고 유경이 밖에 모르던 형이 그 어렵다는 사법고시에 합격하자 이젠 마치 다른 세계로 훨훨 날아가려는 것만 같았다. 어쩌면 이제부터는 신분 상승이라는 잠재 욕망을 형 스스로 얼마든지 성취할 수 있다는 자신감 때문 아닐까 하는 생각도 들었다. 나는 유경을 보게 되면 은연중 형 같은 치사한 인간에게 그렇게 목을 맬 필요가 뭐 있느냐고 묵언의 암시를 주었다. 하지만 유경은 나의 그런 암시를 전혀 못 알아차린 것인지 아니면 일부러 모르는 척 하는 건지 여전히 형을 대하는 게 마치 불가역한 믿음의 연인이라도 대하듯 했다. 오늘만 해도 그토록 기다렸으면 분명 형이 얼마나 원망스러울까 하는 생각이 드는데 유경에게는 전혀 그런 기색이 보이지 않았다. 도대체 여자는 무엇 때문에 그토록 자신에게 무심한 남자를 기다리는 걸까?

사실 그녀가 겉으론 아무렇지 않은 척 했지만 일단 형을 만나기만 하면 단단히 벼르고 별렀던 앙갚음을 쏟아내지 않을까?

"그렇게도 내 마음을 몰라?" 아니면 "용준 씨, 정말 그런 사람이었어?"라며 어쩌면 그녀가 형을 고발할 수도 있을 것이다.

사실 난 그녀가 그래 주길 은근히 바라고 있었다. 그건 형 같은 변절자에 대한 응징은 너무나 당연하다는 나의 잠재의식 때문이었다. 물론 지금까지 형이 유경이하고 어디까지 함께 했는지 확실치 않지만 왠지 유경이 그토록 애타 하는 걸 보면 분명 형과 같이 잠을 자기도 했을 거란 생각이 들었다.

형은 그날 집에 끝내 돌아오지 않았다. 그날만 돌아오지 않은 게 아니다. 그날 이후 형은 일주일이 지나도 돌아오지 않았다. 형도 돌아오지 않았지만 유경도 그 이후론 한 번도 나타나지 않았다. 혹시 나 모르게 그들이 어디선가 만나 대판 싸움이라도 하고 완전히 헤어지기라도 한 걸까? 하긴 난 차라리 그런 일이 일어나길 바라고 있었는지도 몰랐다. 그것은 내가 그들의 거북한 관계를 더 이상 바라보고 싶지 않아서였다.

근 두 주일 만에 느닷없이 나타난 형은 턱밑 언저리에 수염이 거슬거슬하게 자라 무척이나 초췌하고 얼굴이 야위어 보였다. 그동안 어디서 무얼 하다 온 거냐고 묻고 싶었지만 난 묻지 않았다. 내가 그를 기다리거나 걱정하고 있었다는 사실을 보여주면 마치 잘난 형에게 의존해 후광이나 얻으려 드는 듯한 오해를 받을지도 몰라 그런 건 절대 묻지 않는다.

초겨울 싸늘한 냉기가 코에 묻어 가슴으로 밀려든다. 햇빛은 병든 얼굴처럼 노랗게 시들어 어두운 계절을 미리 예고하려는 듯 우울하다. 그 대단한 S법대의 졸업과 사법연수원 입소를 두 달이나 앞두고 요즘 그는 이상하게 외출도 하지 않는다. 어인 까닭인지 요즘 그는 그저 빈둥거리는 것처럼 보이기도 하고 때론 내심 무언가 깊은 생각에 빠져 아무것에도 전혀 의욕이 없는 것 같다. 도서관이니 어학원이니

하며 '죽어도 공부! 살아도 공부!' 하며 도망이라도 가듯 집을 나가 버려 꼭두새벽부터 밤늦도록 얼굴 한 번도 볼 수 없던 게 형인 걸 생각하면 지금의 한가롭기 그지없는 나태한 행보란 전혀 그에게 어울리지 않는다는 생각까지 든다. 아직은 권태란 말도 그에게 어울리지 않는 낱말이니까. 그는 멀거니 허공을 바라보다가 느닷없이 책상을 두드리기도 한다.

솔직히 말해 형은 그야말로 자타가 인정하는 비범한 엘리트라는 것이다. 게다가 외모도 빠지는 게 아니다. 오히려 준수해 보이기까지 하지 않은가? 키는 나보다 십 센티나 더 크고 가슴팍도 넓다. 그러니까 고등학교 때부터 교복 입은 여자애들이 형을 만나려고 안달하는 애들이 상당히 많았다. 학력으로 보나 신체적 외형적으로 보나 어디 빠지는 게 없다. 그래 그런가 형은 스스로도 기고만장할 자격이 있다는 듯 오만한 태도가 몸에 배어 있다. 그렇게 잘난 인간이 바로 내 형이다. 솔직히 '형만 한 아우가 없다'는 옛말처럼 나는 형의 우월을 인정하지 않을 수가 없다. 그러나 그건 형이니까 동생보다는 당연히 나아야 하는 것이다. 그렇다 해도 그의 오만은 정말 역겹도록 싫다. 싫다 뿐 아니라 솔직히 경멸하고 싶은 심정이다. 그래서 나는 그 잘난 형을 자랑스러워하거나 고마워하기보다는 오히려 그의 취약점을 찾아내느라 비굴한 음모까지 꾸며내려 든다. 유감스런 일이지만 모든 것을 창조한 신이 정말 존재한다면 이건 너무나 불공평한 것 아닌가? 그와 나를 비교할 때 그는 가진 게 너무 많고 나는 가진 게 너무 없다.

샤워를 마치고 수건질을 할 때 스마트폰 벨소리가 들려왔다. 형이 전화를 받는 소리가 들려왔다.

"그야, 만나서 얘기 해보고. 우리 클럽에 정말 맞는 사람인지 자세히 알아 봐야지, 안 그래?" 형의 말소리는 대단히 엄중하고 냉정한 소리로 제법 카리스마가 느껴졌다.

말투로 봐서 저쪽에선 누군가를 데려 오겠다는 뜻 같이 여겨졌다. 하지만 형의 목소리는 누군가 함부로 다가오는 것을 경계하고자 하는 어투 같았다. 어쩌면 피하려 드는 것 같기도 했다. 그 소리는 진공을 메우는 맑은 울림처럼 우리의 공간을 가득 채웠다가 서서히 사라졌다. 형은 다시 누군가와 저녁때 만나자는 약속을 하는 것 같았다. 그러곤 아무 일도 없었던 것처럼 아침시간이 조용해졌다.

기말고사가 끝나고 어느덧 겨울 방학이 시작되었다. 나는 되도록 내가 다니는 학교에서 거리가 좀 먼 곳에 아르바이트 자리를 알아보았는데 마침 홍대 앞 어떤 분식집에 홀 서빙

자리가 하나 있었다. 밤 열 시까지 영업을 하는데 오전 열한 시까지 출근하는 것이어서 방학 동안 짭짤한 수입을 얻는 비교적 괜찮은 일이었다.

분식집 주인은 주방에서 직접 국수도 삼고 각종 메뉴를 만들어 내기도 했다. 카운터엔 부인인 듯한 젊은 여자가 모니터를 들여다보며 드나드는 손님들의 음식 값을 받거나 손님이 주문하는 대로 체크를 하는 등 홀과 주방을 연신 돌아보고 있었다. 주인 남자는 얼굴에 광대뼈가 살짝 드러난 길쭉한 인상이었는데 키가 멀쑥 크고 유순해 보였다.

내가 유리문을 밀고 들어가 아르바이트생을 구하느냐며 물었을 때 남자가 주방 안에서 나를 흘깃 내다보더니 그렇다고 고개를 끄덕였다. 주방에는 두어 사람이 더 있는 것 같았다.

주인남자는 주방에서 나와 나를 위아래로 찬찬히 훑어보더니 알바 일자리 구하느냐며 학생이냐고 물었다. 내가 고개를 끄덕여 그렇다고 대답하자 어느 학교에 다니느냐 뿐 내게 더 이상은 묻질 않았다. 이름도 묻질 않았다. 학생증을 보자고 하지도 않았다.

나는 K전문대 산업디자인과 2학년이라고 대답했다. 그때서야 주인은 다시 위아래로 나를 한번 유심히 살펴보고 이름을 물었다. 내가 내 이름을 말하는 게 왠지 좀 쑥스러워 작은 소리로 이름을 말하자 "음, 지용현이라 구?" 라며 흐릿한 미소로 환영의 표정을 지었다. 참으로 싱거운 면접이었다. 이력서를 가져오라고도 하지 않았다. 그렇게 나는 어렵지 않게 알바 일자리를 얻어 즉석에서 바로 업무를 파악하고 다음 날 오전 열한 시까지 출근하기로 했다. 시간당 사천오백 원씩으로 원래는 가장 바쁜 시간인 오전 열한 시부터 네 시까지 다섯 시간과 다섯 시부터 열 시까지 다섯 시간짜리의 홀 서비스를 두 명이 번갈아 교대하기로 된 시간제 알바자리다. 오전에 다섯 시간 오후에 다섯 시간을 두 사람이 번갈아 하기로 했지만 먼저 하던 알바생들이 한꺼번에 그만 두었기 때문에 한 사람을 더 구할 때까지는 혼자하기로 했다.

내가 이 분식집에서 홀 서빙을 시작한 지 일주일 쯤 지나자 손님이 이전보다 조금씩 늘어나는 게 느껴졌다. 동시에 홀 서빙이 점점 더 바쁘게 느껴졌다. 내가 이 업소에 들어온 후부터 손님이 늘어난다는 것은 내가 여기서 잘 하고 있다는 뜻이라서 바쁘긴 해도 기분이 나쁘진 않았다.

오후 한 시가 되자 여자애들―분명 대학생들이다― 다섯이 우르르 몰려들어 왔다. 아직 고삐리 티가 가시지 않은 게 신입생들이거나 이 학년 정도 되는 애들이었다. 앞머리를 일자로 커트한 애가 메뉴판을 뒤적이며 다른 애들과 무엇을 먹을까 서로 메뉴 주문을 의논했다. 머리를 길게 기른 애도 있었고 중간쯤으로 화장기 없이 수수해 보이는 애도 있었다.

"떡볶이 삼 인분 하고 순대 삼 인분, 그리고 모둠튀김 삼 인분 우선 주세요. 나중에 필요하면 더 시킬 거예요." 이마에 일 자 커트를 한 애가 신바람 나게 주문을 했다.

"예, 예." 나는 메뉴판을 되받아 카운터에 가져다 놓고 큰 소리로 주방에 주문 메뉴를 알렸다.

"얘, 얘, 제 봐! 맞아, 제 정말 케빈 강 같이 생겼다, 그치? 키도 꼭 케빈 만해." 분명 여자애들은 나를 두고 저희들끼리 수다를 떠는 중이었다.

"얘, 저 모자 영화에서 양키들이 쓰던 해군 개리슨 KK캡인데 제한테 너무 잘 어울린다, 거기 배지도 붙었어. 군대 계급장 같애, 그치?" 여자애들은 힐끔힐끔 나를 훔쳐보며 저희들끼리 수군거렸다.

사실 내가 쓰고 있는 이 카키색 개리슨 캡은 지난여름 남대문 도깨비시장에서 우연히 눈에 띄어 바로 써보고 느낌이 좋아서 즉시 구입한 모자이다. 심심할 때 한 번씩 써보기도 하고 동아리 배지와 보이스카우트 배지를 계급장처럼 붙여서 친구들과 어울릴 때 쓰고 나가면 곧잘 주목을 끌고 신기해하며 재미있어 하는 모자다. 이 모자를 쓰면 왠지 즐거운 일이 생기는 것 같아서 아르바이트를 할 때도 괜찮을 것 같아서 쓰기 시작했더니 예상대로 모두 재미있어 하는 것이었다. 남들이 재미있어 하니까 나 자신도 기분이 좋았다. 그러고 보니 홀 서비스란 게 그런대로 즐거운 일이었다.

여자애들의 시끄러운 잡담과 수다는 떡볶이며 순대가 그들의 입속으로 들어가 오물오물 씹힐 때 한결 수그러드는 것이었다. 그들은 먹고 또 먹고 실컷 먹고 떠들다 우르르 몰려 나갔다. 그들은 밀물같이 몰려 들어오고 나갈 때도 썰물처럼 몰려 나갔다.

"어우, 아자씨, 안녕! 케빈 오빠, 안녕! 또 봐요!" 일 자 헤어 커트를 한 여자애가 장난스럽게 나에게 별명을 붙여준다. 나는 졸지에 케빈 오빠가 되어 버렸다. 별로 기분이 나쁘진 않았다.

"예, 맛있게 드셨습니까? 또 오십시오." 나는 한껏 친절을 표시하며 인사했다.

바쁜 점심시간이 지나자 사뭇 한가한 기분이 들었다. 주방에선 접시며 수저를 씻는 소리가 달그닥거렸다.

유리문을 밀고 들어오는 소리가 들려 나는 마치 자극을 받고 움찔거리는 조건반사처럼 "어서 오십시오!"를 외쳤다.

방금 들어온 여자가 구석 쪽으로 다가가 앉을 자리를 찾고 있었다. 여자는 손으로 뜬 검은색 클로쉐 모자를 깊숙이 눌러 쓰고 있었는데 커다란 회색 자루 가방에 무언가를 잔뜩 넣어 메고 바퀴 달린 여행가방의 손잡이를 속으로 밀어 넣어서 들고 있었다. 가방이며 이젤이며 그녀가 가진 물건이 꽤 무거울 것 같았다. 그녀는 가방을 옆자리에 내려놓고 앉았다. 나는 별 필요도 없는 메뉴판을 들고 그녀가 앉은 곳으로 다가갔다. 그녀는 그 자루 가방 속에서 지갑을 꺼내며 벽에 붙어 있는 메뉴 목록을 훑어보고 나서 내 쪽으로 고개를 돌렸다. 어우! 유경이었다. 어두운 홀의 분위기 때문인가 그녀는 얼굴이 해쓱해진 게 다소 여위어 보였다. 그녀는 나를 보자 대단히 놀란 듯,

"어우, 용현 씨! 용현 씨가 어떻게 여기 있어요?" 라고 물었다. 그녀의 시선이 나의 복장이며 개리슨 KK 캡 등 위아래를 샅샅이 훑어 내렸다. 그리고 단번에 내 입장을 간파한 듯 빙긋 미소를 짓더니 더 이상 아무 말을 하지 않았다. 그저 고개만 조금 끄덕일 뿐.

"저어, 지난달부터 여기서 알바 뛰고 있어요. 그런데 유경 누나는 여기 웬일이에요?"

"난 지금 강진 내려가요. 고속버스 타기 전에 뭣 좀 먹어야 할 것 같아서 우연히 여기 들어왔는데 용현 씨가 여기 있네요."

"예에? 강진요?" 그녀가 강진에 내려간다는 말이 놀랍기도 했지만 이미 오래도록 잊고 있었던 강진이란 낱말에 나는 그

녀가 사뭇 멀게 느껴졌다. 어느새 꺼냈는지 그녀는 손가락 사이에 가느다란 담배를 깊숙이 빨았다. 그녀가 담배를 피우다니 참으로 낯설다. 그녀는 참으로 단정하고 반듯한 누나였는데 담배를 피우다니! 물론 담배를 피우는 게 별일은 아니다. 누구도 피울 수 있는 것 아닌가. 하지만 다른 여자도 아니고 유경 누나가 담배를 피우다니 난 그게 너무 이상스럽고 그녀가 많이 망가진 것처럼 안타까운 느낌이 들었다. 여태 내가 알고 있던 고고하고 순결한 유경에 대한 이미지가 무엇엔가 더럽혀진 것 같아 알 수 없는 분노가 속에서 끓어오르는 것이었다.

그녀의 검은 클로쉐 모자의 비꾸러질 듯한 채양 옆으로 가물가물 피어오르는 담배연기를 바라보며 마치 모르는 사람의 안부를 묻는 것처럼 물었다. "대체 강진엔 왜 내려가요? 방학도 거의 끝나 가는데……."

그녀는 내 질문이 그저 아무 의미 없는 말소리일 뿐이란 생각이었는지 피식 웃고는 대답을 하지 않았다.

사실 그녀의 강진은 형과 내가 떠나온 같은 고향이다. 그런데 그녀가 말하는 그곳은 우리의 고향이 아니라 먼 다른 곳 같은 기분이 들었다. 그 먼 곳. 그 옛날 우리 형제가 눈물로 떠나올 수밖에 없었던 그곳 강진 말이다.

강진이라구? 그 먼 곳 강진이란 소리에 기억도 가물가물

254

한 지난 시절 고모가 우리를 앉혀 놓고 들려주던 소리가 떠올랐다.

"용준아, 어디 가든 넌 동생 잘 보살피고 공부 열심히 해. 네가 성공해야지. 그래야 너희 엄마, 아빠도 천당에서 웃으실 거야." 사실 그렇게 우리를 살뜰히 챙겨주던 고모가 돌아가고 난 후 우리가 떠나온 강진은 오래 전에 나의 기억에서 잊힌 슬픔이며 막연한 그리움이었다. 그곳에 엄마 아빠가 우리와 함께 있었던 옛 기억에 아련히 젖어 들다가 순간 무언가 깜빡 잊고 있었다는 생각이 들었다. 강진으로 간다고 하는 유경은 지금 이 순간 이 분식집에 들어온 한 사람의 손님이란 사실이었다.

나는 황급히 카운터에 비치된 메뉴판을 가져다가 어서 먹을 것을 시키라고 메뉴판을 그녀의 면전으로 들이밀었다. 그녀가 잠시 메뉴판을 뒤적거리는 동안 난 그녀가 많이 달라져 있다는 걸 알았다. 물론 형과 관계를 끊었다는 것은 이미 어렴풋이 눈치를 챘지만 남녀 문제란 그리 쉽게 끝나는 게 아니니 어쩌면 유경이도 내심으론 아직 형을 기다리는 지도 모르는 일이었다. 하지만 지금의 유경의 모습은 형을 찾아오고 한없이 형을 기다리던 그때의 애타하던 순애의 심기가 전혀 보이지 않았다.

"그냥 좀 쉴까 하고." 그녀는 메뉴판을 내게 도로 내밀며 오뎅 두 꼬치와 김밥 일 인분을 달라면서 옆자리에 놓은 가방과 접은 이젤을 좀 더 안쪽으로 밀어 놓고 바깥쪽으로 앉았다. 그녀는 의자 깊숙이 들어앉으며 나에게 별일 없으면 맞은편 자리에 좀 앉으라는 눈짓을 했다.

그녀가 그렇게 한가하게 쉬러 간다는 말이 이해가 되지 않았지만 혹시 어떤 다른 이유가 있을지도 몰라 "정말 단순히 쉬러 가는 거요?" 하고 의자에 슬쩍 걸쳐 앉으며 다시 되물었다. 내 목소리엔 비난의 어감이 분명 들어 있었다. 그건 그녀에게도 강진이란 그곳이 정말 쉴 수 있는 곳일까 하는 의구심 때문이기도 했다. 솔직히 그럴 리가 없는 곳 강진 아닌가?

"그래요. 그냥 좀 쉬는 거……" 그녀는 뭔가 말을 아끼고 있지만 분명 무언가에 지친 느낌을 주었다.

난 지난 번 그 이후 형과는 만났느냐고 조심스럽게 물었다. 그녀는 잠시 볼 언저리에 보조개가 파일 만큼 입을 꽉 다물었다. 그리고 대답대신 고개를 끄덕였다. 그러고는 더 이상 아무 말도 하려 하지 않았다. 주방에서 어묵 꼬치와 김밥을 담은 쟁반을 내밀며 주문한 것 가져가라고 소리쳤다. 내가 김밥과 어묵 쟁반을 가져다 그녀 앞에 내려놓자 그녀는 깊숙한 사기 숟가락으로 국물을 떠서 후후 식혀 조금씩 홀짝 홀짝 마시고 나서 김밥을 먹기 시작했다. 무척 허기졌던 것 같았다.

나는 형과 유경에게 그동안 어떤 일이 있었는지 궁금했지만 차마 그런 사적인 걸 물어 볼 수가 없어 강진 내려가면 언제 올라오는 거냐고 물었다. 그녀는 우선 내려가 쉬면서 생각해 볼 거라며 어쩌면 아주 안 올라올지도 모른다고 했다.

"그럼 학교는? 졸업은 해야 하는 거 아녜요?"

"흠! 그렇겠죠?" 쓴 웃음 어린 대답과 함께 유경은 더 이상은 얘기 하고 싶지 않아 보였다.

"정말 형은 만났어요?" 드디어 나도 모르게 내 속에 있던 말이 튀어나간 것이었다. 그녀는 접시에 남아 있는 마지막 김밥 한 조각을 젓가락으로 집어 들며 고개를 끄덕였다. 하지만 너무도 태연하게 아무 일도 아니라 듯 덤덤한 표정이었다.

나는 더 이상 무엇을 물어야 할지 생각이 나지 않았다. 그러자 유경이 마치 내가 무엇을 묻고자 하는지 알았다는 듯 잠시 고개를 숙이다가 말을 꺼냈다.

"우린 이제 그만 만나기로 했어요."

"예에? 왜요?" 내가 놀라서 정색을 하며 묻자 그녀는 다시 고개를 흔들며 "우리 헤어지기로 했어요." 라고 했다.

"왜요?"

"그냥 그렇게 됐어요." 그녀는 더 이상 묻지 말아 달라는 듯 말을 잘랐다.

사실 형의 그간 행동으로 보면 이렇게 될게 뻔한 일이었지만 그래도 유경이 이렇게 담담하게 헤어졌다는 말을 하는 게 몹시 안타까웠다.

"아니, 왜 헤어져요. 이유가 뭔데요?"

나는 그래도 여태까지 정황으로 봐서 그들이 정말 헤어질 거라고는 생각하지 않았었다. 연인들은 언제나 티격태격 싸우면서도 서로에게 적응해 가는 법이니까.

그녀는 내 질문에 끝내 대답을 하지 않았다. 그녀는 그릇을 들어 국물을 한 번 더 마시고 일어섰다. 옆자리에 두었던 회색빛 자루 가방을 어깨에 걸치고 접혀진 이젤도 집어 들었다.

그녀가 카운터에서 지갑을 열어 오천 원짜리 지폐를 내는 게 보였다. 의자에 앉았던 주인 여자가 오백 원짜리 동전을 내어 주며 유리문으로 나가는 유경에게 "안녕히 가세요." 라고 인사하는 소리가 들렸다. 나는 주방에 접시와 사발을 가져다주고 재빨리 유경의 뒤를 따라 나왔다.

터미널 건널목에서 보행 신호를 기다리는 동안 그녀 대신 내가 들고 있던 이젤을 건네주었다. 그녀는 가볍게 손을 흔들며 얇은 미소를 지어 보였다. 드디어 보행 신호로 신호가 바뀌자 그녀는 다시 내게 고개를 비끗 끄덕이고 나서 총총히 길을 건너갔다.

　겨울이 깊어지고 방학이 계속되니 분식집엔 학생손님이
손님이 많이 줄었다. 몰려들어 오던 여자애들도 발길이 끊어
졌다. 그래도 인근에선 저렴한 한 끼 식사를 바라는 비정규
직 회사원들이나 일당 잡부 또는 잡상인들이 저녁 늦게까지
소홀치 않게 드나든다.

　나는 정해진 알바 시간을 거의 한 시간 넘게 남아 있다가
입고 있던 검정색 종업원 셔츠를 벗고 분식집을 나왔다. 아
직 열한 시도 채 안 되었는데 이미 내부 전등을 끄고 문을
닫기 시작하는 가게들이 보였다. 거리마다 썰렁한 건물들이
음울하게 엎드려 어두운 골목을 차갑게 비웃는다.

　합정역에서 6호선 전철로 갈아타고 증산역에서 내렸다.
늦은 저녁시간을 말해주듯 에스컬레이터에는 올라가는 사
람이나 내려오는 사람이 별로 보이지 않았다. 나는 3번 출
구로 나와 어두운 건물들을 바라보았다. 인근은 불과 몇 년
사이에 불광천을 가운데 두고 양 옆으로 고층건물이 우뚝
우뚝 솟아나 처음 우리가 이곳에 왔을 때와는 전혀 다른 지
역으로 동네가 바뀌었다. 희미한 가로등 사이로 차량들의
질주가 한결 느슨해지고 행인도 거의 보이지 않았다. 형과
내가 사는 빌라 이층엔 암흑 속 검은 유리창에 저만치 늘어

선 파스텔 톤의 수은등 불빛이 은은히 되비칠 뿐이다. 온종
일 우리 빌라 집에 들어온 사람이 아무도 없다는 표시가 역
력하다.

터덜터덜 빌라로 향해 걷는다. 아직도 손님을 기다리는 길
가 포장마차에서 두런두런 말소리가 들렸다.

흐릿한 불빛이 약하게 새어나오는 노란 포장 안에 학생으
로 보이는 청년 서너 명이 작은 탁자에 마주 앉아 닭꼬치며
돼지껍데기를 놓고 막걸리를 마시고 있다. 병을 들었다 놓았
다 하며 종이컵에 딸아 서로 주거니 받거니 마셔댔다. 요즘
유행하는 깍두기 형으로 머리를 짧게 깎은 학생이 고개를
휘둘러 내리며 불만스런 어조로 말을 꺼냈다. 그는 청바지에
체크 셔츠를 입고 있었는데 겉에 걸친 울 콤비 재킷이 제법
비싼 옷이란 이미지가 풍겼다.

그는 마주 앉은 청년에게 "형, 왜 제 친구를 대표님한테
소개시키지 않는 거죠?"라며 자기가 데려온 친구가 그래 뵈
도 기운도 좋고 정의감도 있는 친구인데 클럽에 받아들여주
지 않는 것을 이상하다며 불만스러워 한다.

"대표님이 강진에 조카 결혼식 갔다가 간 김에 지역 주민
들 만나보고 온다 했는데……. 서울 오시면 다시 보자."

"용준 형은 요즘 얼굴도 안 내밀고." 푸념소리 같은 낮은
음성이 이어졌다.

으음? 순간 용준이라는 소리가 내 귀에 번쩍 들어왔다. 나도 모르게 지나치려던 발걸음이 저절로 멈춰졌다. 용준 형? 그렇다면 이들은 모두 형과 아는 사람들이 아닌가?

"글쎄? 우리 '푸른 세상 저스티스 연구회'의 미래에 대해 확신이 서지 않아서 아닐까?" 막걸리 잔을 들고 마주 대작하는 한 학생의 말소리가 다시 이어졌다.

"그렇지는 않아, 하지만……." 선배로 보이는 청년의 대답 소리가 들려왔다.

선배인 듯한 사람은 잠시 무언가 생각하는 듯 지그시 눈을 감았다가 떴다. 탁자에 젓가락을 세워 안주를 찾다가 꼬치 한 점을 잡아 빼 입으로 가져갔다. 그리고 다시 종이컵에 막걸리를 딸아 옆자리에 채양을 거꾸로 돌려 쓴 후배에게 내밀었다.

"지난번에도 형이 미적 거리지만 않았어도 최소 두 명은 더 데려올 수 있었는데……."

그런 다음에는 아무 말소리도 들리지 않았다.

"형들이 그러면 우리는 뭐냐구? 우린 형들만 믿고 여기까지 온 건데……. 설마 우리 클럽이 해체 되는 건 아니지요?"

"해체는 무슨 소리? 절대 그럴 일은 없어. 하지만 지금 대표님과 우린 생각이 좀 달라. 지난번에 용준이하고도 얘기를 많이 했는데 더 이상 이런 방법은 그만두자고 했어. 아무리 목적이 옳아도 방법이 잘못된 지금의 우리 방법은 너무 과격해서 학생운동으로선 너무 지나치다는 의견이었거든."

"그럼 앞으로 어떻게 해요?"

"우선 지금의 정치 투쟁 같은 학생운동이 아니라 우리사회에 진정 도움이 되고 공익을 더해주는 순수한 학생활동으로 방향을 바꾸자는 거야. 용준이가 실무회장으로 지금 새로운 조직의 회칙 초안을 다시 만들고 있어. 다음 회의 때 다 같이 심의해서 결정되면 결의안에 넣어 선언을 하도록 구상 중이야. 지금의 대표님은 우리 조직의 목적과 목표를 정의로운 사회건설이라며 표현이나 투쟁을 되도록 과격하게 표시하라고 늘 우리한테 요구해 왔어. 그래서 지난번처럼 노사문제나 각종 파업이 있을 때마다 우리가 함께 나가서 거들었잖아? 아니, 거든 게 아니라 대리 투쟁을 한 게 더 맞는 말이지. 그건 민주사회에 대한 지나친 학생들의 월권행위라구. 그래서 국민들이 바라보는 우리의 이미지도 나빠지고……. 과거 일제 강점기 때는 학생들이 국민의 가장 앞선 지식층이고 엘리트였으므로 학생들의 저항 운동은 잃어버린 나라를 찾기 위한 투쟁이라는 명분이 섰지만 지금의 파업이나 정치 투쟁은 대한민국의 민주주의 법치에 위배 되어 국가를 위태롭게 하는 일이지. 지식과 교양을 쌓고 학문에 열중해야 하는 시기에 학생들이 학업을 뒤로하고 직접 정치투쟁을 하는 건 순수한 학생 운동이 아니라는 거야."

"그건 안이한 보수적 시각이잖아요? 부패한 보수가 정말 정의를 위해 혁신을 할 수 있다고 생각하세요? 보수는 대개 약삭빠르게 기득권으로 이익만 추구하고 무책임한 적폐의 계층이잖아요?"

"물론 안정을 추구하려드는 보수에 그런 면이 전혀 없는 건 아니지만 일부 예외를 제외하면 그래도 대부분의 보수층은 성실하게 일하며 국가에 충성하는 긍지로 살아가는 사람들이야. 그들이 진정 애국자야. 솔직히 지금까지 학생운동은 주최집단이 지나치게 반체제로 과격하게 투쟁으로 유도해왔지. 물론 그렇게 해서 마침내 그들이 권력을 얻은 것도 사실이야. 그런데 권력을 얻자 그들의 볼 따귀엔 어느새 살이 투실투실 오르고 얼굴에 기름기가 번들거리게 되었지. 나라에 정의가 서고 국민이 행복해야 하는데 이전과 비교해 달라진 건 없어. 그들은 이전 정권의 실세들처럼 살이 쪄서 배가 나오고 걸음걸이도 기우뚱거린다구!"

"어찌 그런 말을 할 수 있어, 형? 여태 우리가 얼마나 대표님의 뜻을 따르느라 애썼는데…… 앞으로 우리의 모든 목표가 이루어지면 우리도 더없이 융숭한 보상을 받을 건데……"

"너희들 그런 떡고물이나 바라고 '푸른 세상 저스티스 연구회'에 나오냐? 불결하다, 임마!"

"그야 노력한 대가를 얻는 건데 당연하지 않습니까? 그런데 요즘 형들이 우리 클럽에 열정을 보이지 않으니 우리의 정의실현 개혁은 그냥 말뿐인 거였어요?"

"그럴리가. 그보다 비폭력 쪽으로 우리 클럽의 방향 전환을 생각하고 있었던 거야. 그래서 순수한 학생운동답게 '푸른 세상 저스티스 연구회'로 이름도 바꾼 거고."

자정이 지나고 텔레비전의 종영을 알리는 애국가가 들려왔다. 리모컨으로 TV를 끄고 불을 껐다. 고요가 방 안으로 밀려든다. 졸음이 천리 밖으로 달아나고 정신은 말갛게 기억의 흐름을 따라 흘러 다닌다. 어둠 속에서 더욱더 또렷하게 드러나는 긴 하루의 고독과 서러움을 뒤로하며 자리에 눕는다.

"으윽! 크윽! 으악!" 비명과 인기척 소리가 들렸다. 필시 누군가가 피습을 당하는 듯한 불길한 소리였다. 욕설과 비난의 소리도 함께 들려왔다.

"야잇! 배신자새끼! 너 쓴맛 좀 볼래? 시키는 대로 하랬지? 새끼야!" 누군가에게 욕을 하고 달아나는 것 같았다. 나는 마치 조건 반사에 펄떡이는 실험대 위의 개구리처럼 나도 모르게 벌떡 일어나 밖으로 뛰어나갔다. 빌라 출입문 앞에 형이 쓰러져 있었다. 입 언저리에서 피가 흐르고 정신을 잃고 늘어져 있었다. "어어! 형, 형! 정신 차려!" 난 나도 모르게 소리를 치며 형을 흔들어 일으켰다. 우선 형의 다친 상태를 알아보려 병원으로 가려고 서둘러 구급차를 부르려는데 형이 눈을 뜨고 그만 두라고 말렸다. 그러나 그럴 수가 없었다. 난 급히 형을 업어 안으로 들이고 괴한에게 피습 폭행을 당했다고 112에 전화를 했다. 신고를 한 지 이십여 분 후에 경찰 두 명이 순찰차를 타고 와선 자신들의 명찰을 보여주며 이것저것 묻고 조사를 시작했다. 그들은 차츰 수사를 본격적으로 하려 들었다. 그러나 형은 피습을 당했음에도 별 것 아니라며 수사에 별달리 협조하려는 것 같지가 않았다. 형은 극구 괜찮다며 경찰을 돌려보냈다.

며칠 쉬는 동안 형은 차츰 회복이 되어 안정을 찾고 표정이 밝아지는 것 같았다. 나는 어렵게 '쓴맛'이 무어냐고 물었다. 형은 피싯 콧방귀를 뿌리더니 아무 것도 아니란 듯 잠시 천정을 올려 보며 "그냥 그런 게 있어. 별일 아니고……." 말은 그렇게 했지만 표정은 어두웠다. 그 말이 정말 진실 같지는 않았다. 그러자 문득 유경이 생각이 떠올라 나는 형의 눈치를 슬슬 살펴가며 왜 유경과는 헤어진 거냐고 추가해서 물었다.

그는 한동안 침묵을 지키다가 입을 열었다.

"유경이를 위해서 내가 할 수 있는 일은 헤어져 주는 것이야. 그뿐이야."

"뭐라구? 형이 유경이를 더 좋아했잖아? 아아, 앞으로 신분이 더 높아질 거라서…… 그런 거야? 비겁하게 그렇게……?"

"흠!" 형은 아연하다는 듯 고개를 돌리고 만다.

솔직히 나는 유경일 위해서 헤어지는 거라는 형의 대답에 분노가 일어났다. 그건 말도 안 되는 소리다. 그렇게 오래도록 형이 사랑해 왔던 여자 아닌가? 그런 유경을 일부러 모질게 헤어지려는 것이나 아직도 귓가에서 맴도는 '쓴맛'이나 '시키는 대로' 등 모두 다 나로선 도무지 알 수 없는 일들이다. 그러나 형은 여전히 아무 말을 하지 않는다.

"앞으로 유경이 얘긴 하지 마!" 형의 얼굴에 긴장된 분노와 싸늘한 어둠이 스쳤다.

입춘이 지나자 매서운 겨울바람 속에 철 이른 봄기운이 어른거리기 시작했다. 겨울이 슬금슬금 뒷걸음질을 시작하는 듯 창밖 풍광엔 환한 밝음이 역력하다. 음식점 출입문이나 유리창에 벌써 '立春大吉'이란 문구가 간간이 눈에 들어온다. 새해에는 좋은 행운이 있기를 바라는 마음이란 냉혹한 겨울을 견뎌내고 새로이 피어나는 풀잎처럼 따뜻하고 향기로운 마음이리라.

신문을 끊은 지 석 달이나 되었는데 계속 신문이 들어온다. 인터넷이나 스마트폰에서 뉴스는 넘치도록 접하니 신문을 넣지 말라고 몇 번이나 전화를 했건만 끈질기게 집어넣는다. 물론 종이 신문 읽는 맛이 영상이나 스크린의 문자보다 훨씬 낫다는 건 사실이라서 이젠 그저 못이기는 체 할 수 없이 종이 위에 떠 있는 기사를 읽는다.

아이러니하게도 입춘대길에 만난 소식이 강진에서 모 시의원이 지역 기업인을 청부살해한 것이 밝혀져 구속이 되었다는 뉴스였다. 그 청부 살해엔 그의 부인이 깊이 연루됐다는 게 드러나 그녀가 바다에 투신했다는 기사가 대서특필이 되어 있었다. 그 시의원이란 바로 양학영이었다.

"아니! 그럼, 유경이가?" 양학영의 처 김유경의 투신 기사를 본 형은 거의 실성에 가까웠다. 지역 기업인들이 양학영에게 이권을 제공했던 비리가 드러나면서 양학영의 시의원 자격유지가 어렵게 되는 것을 막기 위해 은밀히 벌어진 사건이었다.

"어우, 어떻게 이런 일이? 허호오…… 그런데 죽긴 왜 죽어? 왜? 바보 병신!"

그토록 매몰차게 유경에게 절교를 선언할 때의 형을 생각하면 지금이 순간에 형은 도무지 이해가 되지 않았다. "이럴 거였으면 뭐 하러 갔어? …… 나쁜 새끼!" 형의 탄식은 유경의 죽음에 대한 자책으로 후회와 절망이 뒤엉긴 몸부림 같았다.

양학영! 과거 친일 야쿠자 양봉근의 아들이 아닌가! 그 고약한 건달 놈 아들이 어느새 시의원이었다니! 그 아비에 그 자식이었다는 말이 아닌가?

오늘도 나는 평소처럼 고단한 분식집 알바를 끝내고 밤늦게 돌아와 아무도 없는 어두운 거실에 등을 켰다. 방 안은 두서없는 낙서가 제멋대로 휘갈겨진 종잇장들이며 커피를 마시던 머그잔들과 잡동사니들이 옷가지들과 정신없이 널려 어지러웠다. 책상 위 컴퓨터엔 전원이 꺼져 있었다.

전원을 켜자 바탕화면에 각종 아이콘이 반짝거렸다. 커서를 끌어 작은 아이콘들을 누르자 여기저기서 형의 절규들이 떠올랐다.

'그럴 거면 왜 갔니? 아니지. 가서 잘 살라고 내가 떠밀어 보낸 거지. 그래 미안. 내가 잘못했어. 붙잡지 않아서 정말 미안해.'

낙서장에도 유경을 곁에 두고 말하듯 절절한 탄식이 적혀 있었다.

〈우우으, 김유경. 그래, 널 미치도록 사랑했지. 너는 언제나 내 것이었어. 알아, 너무 보고 싶다.〉

〈……밤마다 유경이가 찾아오는 이유를 난 알아. 그건 내가 부르기 때문이지. 난 언제나 유경이를 안고 속삭이지. 그녀의 입술 그녀의 몸. 너무 예뻐, 우리 절대 헤어진 게 아니야. 유경이가 기뻐하면 나도 행복해진다구! 아아, 꿈이 아니야.〉

〈난 유경이와 영원히 함께 하는 길을 다시 찾아야 해. 더 이상 유경이가 기다리지 않게. 반드시 그 방법을 찾을 거야.〉

난 다시 낙서장을 닫고 전원을 끈다.

아무튼 사랑도 이상하게 하는 별난 형이다.

변심(變心)

—

난 13호 병실로 다가가며 혼란에 빠졌다.

무엇을 어찌해야 할지 저절로 어리둥절해진다.

사실 처음 생각은 가숙을 따로 만나서 어쨌든 그녀가

나에게 했던 그따위 무경우에 대한 분풀이만은 꼭 해야

한다는 생각과 기필코 아이를 다시 데려다줄 생각이었지만,

그러나 지금 상황은 도저히 그럴 수가 없는 상황 아닌가.

변심(變心)

이 여관은 골목의 끝자락 외진 곳에 있어 큰길이나 대로변에 있는 모텔이나 찜질방 같은 숙박업소와는 달리 사람들의 왕래가 드물어 조용하고 한적하다. 칠십 세 가까운 영감이 또래의 마나님 하고 같이 운영하고 있는데 주인영감은 내가 이곳에 그토록 오래 물러 지내는 것에 대해 별달리 말을 하지 않는다. 그건 비록 내가 떠돌이인 줄은 알고 있겠지만 숙박비를 한 번도 거르거나 밀려 놓지 않기 때문일 것이다. 그뿐 아니라 장기 투숙이 되고 보니 주인 영감이 일반 숙박비의 절반 값으로 편의를 봐준 것도 나에게는 아주 매력적인 것이고 그 정도의 비용은 지금 형편으로도 충분히 감당할 만하다. 물론 이 여관은 전에 가숙이 하고 같이 살던 빌라 집과는 비교도 할 수 없는 악조건이다. 그래도 허구한 날 틀어대는 잡상인들의 마이크 소리나 여편네들의 시끄러운 싸움박질 소리 아니면 주정뱅이들의 쌍욕질 같은 소리는 듣지 않아도 되니 나로선 이곳이 여간 지내기가 좋은 곳이 아닐 수 없다.

난 어제도 이 거리 저 거리를 떠돌다 혼자서 낮술을 한잔 하고 밤늦게 돌아와 잠이 들었는데 깨어 보니 어느 틈에 오후였다. 어쩐 일인지 머리도 띵하고 갈증이 나 목이 타고 답답해 냉장고에 넣어둔 생수를 있는 대로 다 마시고 밖으로 나왔다. 또다시 이유 없이 존재하는 덧없는 하루가 이어지고 있다. 거리는 뿌옇게 흐린 하늘을 잔뜩 떠받들고 있다. 울퉁불퉁 큰길로 이어진 골목길에 멋대로 늘어선 건물들도 무기력하게 납죽 엎드린 늙은 사자처럼 달아나는 차량들을 맥없이 바라만 보고 있다.

저녁 무렵 이층 계단에서 내려오던 주인영감이 나를 보자 마침 잘 돌아 왔다 듯 말을 걸었다. 아마 내가 저 아래서 올라오는 것을 미리 보고 내려온 것 같았다. 무언가 좀 염려스러워 하는 것 같기도 하고 뭐라 딱히 말할 수 없다는 듯 조금은 난처해 보이는 표정이었다.

"저. 어떤 여자 분이 어린애를 데려다 놓고 갔어요. 날더러 애 아빠 올 때까지 좀 봐 달라며 급한 일이 있어 기다리지 않고 간다고 합디다." 영감의 예리한 시선이 나에게 아내와 아이가 있었느냐는 듯 왜 이렇게 따로 나와 있느냐는 듯 나를 위 아래로 샅샅이 훑고 있었다.

사실 갑작스런 소식에 가슴이 철렁했다. 그러나 겉으로 그런 내색을 할 수가 없어 그저 담담히 듣고만 있었는데 주인영감은 내 표정을 찬찬히 살피며 "아이 엄마가 나가고 나서 아이가 처음엔 낯이 서니까 울먹거리더니 전에 우리 손주애들이 갖고 놀던 장난감을 꺼내다 주니까 잘 가지고 놀다지금은 그림책 보고 있어요." 라며 내 얼굴을 빤히 내려다보고 자초지종을 설명했다. 난 점잖게 "그렇습니까? 감사합니다." 라며 마치 진심으로 고마움을 표시하듯 고개를 몇 번끄덕여 가볍게 미소를 흘렸다. 영감은 별일 아니라는 듯 태연한 내 표정을 살피더니 더 이상 아무 말도 하지 않고 아래층으로 내려갔다. 그의 얼굴에 나의 한심한 처지가 완전히 간파라도 되었는지 동정어린 멸시의 그림자가 얼핏 스쳐갔다. 나는 남의 시선쯤엔 전혀 상관하지 않는 척 담담한표정으로 내가 묵고 있는 이층 끝 방으로 천천히 다가갔다. 솔직히 말해 주인영감 앞에선 태연한 체 의연함을 보여주었지만 사실 갑작스럽게 아이를 데려다 넘기고 간 가숙의 소행을 생각하면 얼마나 괘씸한지 분노가 속에서 부글부글끓어올랐다.

내가 방문을 열고 들어섰을 때 아이는 내가 들어온 줄도모르고 그림책을 들여다보고 있었다. 난 아이 이름을 불러보려다 갑자기 어색해서 그만 두었다. 실은 좀 반가운 것 같기도 했다. 그러나 좀처럼 내 입에서 아이 이름이 나오지 않았다. 언제부터 내가 이 아이에게 그리 다정한 애비였다고!그건 순간적으로 뭐라 설명할 수 없지만 여태 아이에게 무

관심해 왔던 것에 대한 미안한 마음과 갑자기 아이에게 다
정스럽게 다가가는 일이 오히려 내 스스로 여간 가증스러운
게 아니란 느낌 때문이었다. 물론 아이가 어른들의 이기심
이나 비굴함에 대해 알 리야 없겠지만 내가 내 속에 품고 있
는 비정한 무관심을 한낱 다정한 목소리로 감춰 버리는 셈
이니까.

"……어차피 성욱이는 당신 아이니까 당신 핏줄을 당신이
책임지는 건 당연한 거야. 나도 이젠 사정이 달라져 어쩔 수
없게 되었어."

내가 여기서 이렇게 죽은 듯이 지내고 있는 걸 어찌 알았
는지 가숙은 아이를 데려다 놓곤 그렇게 달랑 편지 한 장을
써놓고 가버렸다. 물론 연락처나 자초지종 이유 사연도 남기
지 않고 달아나 버린 것이었다.

이제 아이를 데리고 내가 어떻게 해야 할지 솔직히 앞이
캄캄하다. 헤어지면서 같이 살던 빌라 집은 물론 아이까지
가숙에게 위자료 조건으로 다 주어 빈 손이 된 나는 카메라
밖에 없는 트렁크 하나만 달랑 들고 떠나와 혈혈단신으로
떠돌이 생활을 해왔다. 모든 것을 빼앗긴 나는 분하긴 했어
도 아이를 위해서였으니 가숙에게 모든 걸 주었어도 아깝지
는 않았다. 돈이야 앞으로 다시 벌면 되는 것이고 그 동안

아무 것에도 책임을 지지 않아도 되는 일에 솔직히 편한 점도 있긴 했다. 하지만 헤어진 지 오 년이 지난 지금 와서 제 마음대로 아이를 덥석 내던져 놓고 달아나니 그건 나같은 것쯤은 제 맘대로 아무 짓을 해도 상관없다는 식의 철저한 무시가 아닌가! 갑자기 무거운 짐 하나를 가슴에 얹어 놓고 아물어가는 상처를 다시 뒤 쑤셔대는 게 나로선 여간 분한 게 아니다.

사실 헤어질 당시 아이는 엄마가 키워야 한다며 모성을 내세워 양육권을 가져가려고 온갖 술수를 다 들먹이던 그녀였다. 내가 아이를 빼앗기라도 할까봐 얼마나 못된 모략을 감행했던 그녀였던가! 생각할수록 그녀의 소행은 분통이 터진다. 난 당장 그녀를 찾아 요절을 내던지 쥐도 새도 모르게 없애 버리고 싶은 충동이 불뚝불뚝 솟구쳤다.

솔직히 나도 그렇게 헤어진 뒤 다니던 기획사를 그만 두고 아직까지 변변한 직장 없이 떠돌이 생활하고 있으니 아이를 돌보거나 책임질 형편은 못된다. 아이는커녕 내 자신의 생존마저 주체하기 힘든 게 솔직한 고백이다. 그러니 일단 그녀의 행방이나 소재지를 알아내서 단단히 혼찌검을 내 놓고 반드시 성욱이를 다시 데려다 주고 말리라. 이젠 어떤 비열한 복수라도 가숙에게 갚는 일이라면 상관이 없다는 생각이었다.

우리가 헤어질 당시 나는 설마 이혼까지야 하게 될까 생각했지만 가숙은 나와는 절대 생각이 달랐던 것을 나는 간과하고 있었다. 어리석게도 난 어쨌거나 우리가 결혼한 부부니까 절대 헤어지지는 않을 거라고 막연한 믿음을 갖고 있었던 게 사실이다. 하지만 가숙은 무슨 일이 있어도 나와 헤어지려 하는 의지가 꺾이지 않았다. 난 그때까지도 가숙에게 누군가 다른 놈이 있을 거라고는 전혀 생각하질 못했다.

"내가 무슨 생각을 하고, 무엇을 원하는지 네가 알려고나 했냐? 사진작가? 웃기네, 병신, 카메라 메고 다니면 개나 소나 다 작가냐?"

사실 가숙은 사진에 대해선 별 관심이 없었다. 처음엔 물론 호기심을 보이기도 했지만 차츰 사진이라면 고개를 절레절레 흔들며 나의 모든 작업을 우습게 보려 들었다.

어쩌면 사이비 예술인들의 사기성을 훤히 들여다보기라도 하듯 가숙은 내가 그런 부류의 대변인이라도 되는 듯 나를 비하하고 내 자존심을 건드리는 게 시간이 갈수록 점점 일상이 되어 버렸다. 하긴 사진을 제대로 안다면야 감히 그렇게까지 함부로 내게다 모욕적 말을 내뱉지는 않았겠지만 사진을 통한 나의 자존감도 그 모욕감과 비례해서 점점 소멸되고 이미 잃어버린 자존심은 다시 회복할 자신이 영영 사라져 버렸다. 그러나 사진 밖에 모르던 내가 이제 무엇을 할 수 있을지 앞이 보이지 않았다. 난 이미 죽은 거나 다름없었다. 나를 힘들게 하려 멋대로 지껄이던 가숙의 그 폭언 속엔 허울 좋은 예술인들의 가식을 꼬집는 독기가 서려 있다. 그 독설에 난 이미 잔뜩 물린 것이나 다름없었다. 내 몸속으로 퍼진 그녀의 독기 때문에 견디기 힘든 긴 시간을 보내면서 나는 모든 걸 참고 잊으려고 필사적 노력을 했다. 니콘 DSLR 카메라와 캐논 카메라가 하나둘 씩 차례로 박살이 나고 급기야 나는 나의 인생까지 집어치울 작정이었다.

전엔 사진이 희망을 주고 명예도 주었었다. 카메라로 피사체의 특별한 순간적 드러남을 잡노라면 마치 나의 내부에서 솟아나는 강력한 힘의 분출이 느껴지고 밝음과 어둠의 대비로 생겨나는 빛의 반사나 굴절을 포착해 더없는 순간적 아름다움을 잡아낼 때의 기분은 그 누구도 알 수 없는 커다란 기쁨과 희열을 주었다. 거기엔 살아 있는 것들이 차차 사라지거나 소멸 되가는 데 대한 아쉬움으로 그것들의 절대적 존재를 영원히 잡아 두어야 한다는 자연에 대한 사명감 같은 게 존재해 있었다고 말할 수도 있다. 아마도 그게 사진을 찍는 자들의 자긍적 우월감이라고 한다면 얼마쯤은 정직하다는 평을 듣게 될지도 모른다. 난 여태 쓰던 1,010만 화소짜리 캐논1 Ds Mark3를 두고 다시 펜탁스 645D 4,000만 화소짜리로 바꿨는데 이로써 카메라만 들어도 행복했었고 내가 잡아낸 빛과 그림자의 영상은 나를 더욱 환상의 세계로 끌어들였다. 나는 항상 더 나은 빛의 순간을 포착하려 피사체를 향해 카메라의 앵글을 줌의 거리와 셔터의 속도로 빛의 양을 조절하거나 아니면 상하 역비례로 앵글을 돌리기도 하여 세상의 영원한 소리를 영상으로 보여 주려고 보이지 않는 정신의 세계까지 카메라로 잡아내려 온갖 애를 썼다. 그러나 어느 순간부터 그건 아마도 가숙의 멸시어린 비아냥거림이 나를 향해 시작되면서였을지도 모르지만 내가 담아내는 사진은 내가 아무리 잘 찍어낸다 해도 또 카메라가 아무리 성능이 좋은 것이라 해도 그건 다 카피(복사)라는 것 즉, 나 자신이 만든 작품은 아니란 생각이 들기 시작했다. 말하자면 창조자의 심부름만이 내가 하는 일이란 생각이 들었다. 사진을 찍는 것은 순간이나 찰나의 변화를 잡아 정지시켜 버리는 말하자면 실체와는 아무 상관없는 오직 표피의 순간적 현상일 뿐 그건 절대 내가 무슨 대단한 일을 한 것은 아니란 생각이 들기 시작한 것이다. 사실 사진의 내용은 피사체인데 그건 이미 존재해 있어 왔고 자연으로 존재하는 것(being) 들을 새삼스럽게 끄집어 드러낸 현상이라는 생각이었다. 정직하게 말하자면 이미 그것들은 이전부터 존재해 있었던 것들이고 난 겨우 이제야 그것들의 겉모양을 내 시각으로 잡아내어 누군가에게 보여주려고 "나 좀 봐요!" 라든가

"여기 좀 봐요!" 하고 타인들의 시선을 끌기 위해 내밀고 있는 카드 같은 것이었다. 이미 신이 만들어 놓은 절대적 아름다움의 실체는 남겨 두고 그 겉모양만을 인간의 욕망에 맞게 틀을 만들어 거기에 맞춰서 떠내고 잘라낼 뿐이다. 그 프레임의 앵글을 돌려 비틀기도 하고 직선이나 곡선으로 회전을 시키다보면 창조물의 그림이 흔들거리기도 하고 명암이 뒤바꾸면서 기이한 양상으로 부각되기도 한다. 거기엔 착시 현상까지도 동원될 때가 많다. 순간적 형상을 그 프레임에 잘 끼웠다고 인간이 거기에 의미를 부여하며 우쭐거리고 있는 것 아닌가. 그리스의 철학자 아리스토텔레스는 '예술은 자연의 모방'이라고 했다. 모방과 복사는 전혀 다른 것이다. 그렇다고 사진 무용론을 말하고 싶지는 않다 사진은 사진이 할 일이 엄연하고도 위대하게 존재하는 거니까.

저녁 햇살이 창가에 어른거리더니 스멀스멀 어둠이 내리기 시작했다. 나는 다시 밖으로 나와 빵과 우유를 사다가 냉장고에 넣었다. 어쨌든 아이가 먹을 것은 넉넉히 있어야 하겠기에 최소한의 준비라도 해두려 한 것이다. 내일은 과일도 좀 사다 넣고 아이에게 밥을 해 먹여야겠다는 생각이 들었다. 물론 여기서 밥을 해 먹이기는 곤란하지만 방법이 아주 없는 것은 아니다. 야영 때 쓰는 코펠과 휴대용 버너 부르스

타가 있지 않은가.

　나의 눈치를 흘깃거리는 아이에게 난 방금 사온 빵과 우유를 주며,

　"성욱아! 배고프지? 자, 이거 먹어." 하고 내가 이름을 부르자 아이는 움찔했다. 낯설었든지 아니면 엄마의 부재를 느낀 때문인지 훌쩍거렸다. 가엾다. 난 아이가 우는 걸 보는 게 너무 힘들어 나도 모르게 "울지 마!" 라고 윽박지르듯 소릴 질렀다. 아이는 공포에 질려 한동안 숨을 죽이고 내 얼굴을 보지도 않고 흐느꼈다. 순간 난 아이에게 크게 잘못 하고 있다는 것을 알았지만 이미 돌이킬 수 없는 일이 되었다. 난 다시 아이에게 "아! 미안해. 성욱아, 미안해. 아빠가 잘못했어. 아빠가 잘못했어." 라며 처음으로 난 아이에게 내가 아빠라는 사실을 되풀이 하며 아이에게 팔을 벌려 안아주려 했다. 아이는 주춤거리며 선뜻 내 품으로 들어오려 하지 않았다. 이윽고 아이는 으아앙! 하고 울음을 터뜨렸다. 그 울음은 참으로 오래 걸렸다.

　그 해는 작업을 하느라 몇 달째 집에 들어가지 못하는 날이 많았다. 광고 사진을 찍거나 취재 사진을 찍으러 밤낮 없이 뛰어 다녔으니까. 필리핀이나 하와이 호주까지 해외 촬영까지 다녔으니까. 사진이라는 게 셔터만 누른다고 되는 것은

아니니까. 수많은 사진 중에 목적에 맞고 효과를 낼만한 것을 고르고 편집을 하다보면 어느새 자정이 되곤 했으니까. 내가 작업 때문에 늦는다는 것을 아무리 변명을 해도 가숙은 믿지를 않았었다. 오히려 내가 나가서 무슨 짓을 하고 돌아다니는지 알게 뭐냐는 듯 앙탈과 비난을 일삼기 시작하더니 결국은 내가 가정에 무관심하다며 자신이 무슨 일을 하든 그건 다 나의 책임이라며, 헤어질 때는 내가 외지에 나가 있던 것을 나의 고의적 유책 비행으로 간주하려 들었다. 그것 때문에 내가 수없이 성질을 부렸던 것은 사실이다. 사실 그것까지는 그래도 이해를 구할 수가 있었다. 하지만 내가 집에 돌아오는 날 가숙은 집에 없는 때가 많았다. 내가 돌아와 기다리고 있는데도 아예 집에 들어오지 않는 때도 있었다. 급기야 내가 가장 두려워하던 일이 내 눈에 들어온 것이다. 집 앞에서 어떤 자식이 차에서 내려 가숙을 차에서 내려 주곤 손을 흔들었다. 가숙은 놈이 다시 차에 올라 떠날 때까지 웃으며 손을 흔들었다. 순간 그들이 얼마나 가까운 사이인지 짐작이 되었다. 그건 가숙의 말을 듣고서가 아니라 내 눈과 내 육감이 감지해 준 것이었다. 하늘이 무너지는 기분이었다. 내가 그 자식이 누구냐고 캐물었을 때 가숙은 어떤 양심의 가책이랄까 미안함 같은 표정은 전혀 보이지 않았다. 오히려 적반하장으로,

"흥, 누구면 어쩔 건데? 꼴에 질투는?" 적반하장도 분수가 있는데 가숙은 아주 뻔뻔하게 나를 무시하고 있었다. 이미 그녀는 나를 떠나 있었던 것 같았다. 그날 밤 난 주먹을 휘두르고 폭력을 썼다. 사정없이 가재도구며 살림을 부수고 다시는 가숙을 보지 않을 것처럼 거리로 뛰어나왔다.

그러나 이후로 출근을 해서 취재를 하고 작업실에서 영상물을 선택해 편집을 하는 일이 도무지 손에 잡히지 않았다. 혹시 이 대낮에 가숙이 그놈하고 함께 있지 않을까 노심초사 견딜 수가 없었다. 난 하루에도 몇 번씩 전화를 걸어 가숙이 집에 있는지를 확인했다. 만약 전화를 받지 않으면 난 하던 일을 내버려두고 득달 같이 집으로 달려갔다. 그러나 그렇게 집으로 달려 왔어도 가숙은 나의 의심이나 분노 같은 것엔 조금도 흔들리지 않고 태연했다.

"그런다고 내가 달라질 것 같아? 이미 끝난 건데……."

"우린 서로 사랑하지 않잖아? 넌 카메라만 있으면 되고……."

아무튼 헤어지면서 내 모든 것과 아이를 빼앗아간 가숙이 이제 와서 무엇 때문에 나에게 아이를 떠넘기는 건지 그 비양심이 전혀 납득 되지 않았다. 그토록 내놓지 않으려 했던 아이와 내 모든 것을 빼앗고 돌아섰으면 보란 듯이 잘 살고 있어야 하는 것 아닌가?

다음날 나는 우선 아이를 맡길 곳을 찾아다니다 인근에 어린이 집이 하나 있는 것을 알았다. '꿈나라 동산'이라는 보육시설인데 인근 복지관에서 부설로 운영하는 곳이었다. 우선 한 달만 맡기기로 했다. 오전 일곱 시부터 저녁 6시까지 종일 맡길 수 있는 곳이어서 나로선 이런 곳이 있다는 게 천만 다행이었다. 난 아이를 맡겨 두고 일자리를 알아볼 생각이었지만 그보다 먼저 가숙이 있는 곳을 알아내기 위해 전에 살던 곳을 찾아 가기로 했다. 어디든 있는 곳을 알아내기만 하면 당장 쫓아가 가만 두지 않을 작정이다.

이젠 이 여관방에서 나가야 할 것 같다. 그간 언제라도 쉽게 떠날 수 있다는 생각에 이곳에서 몇 달을 지냈지만 이제 아이가 있으니 여관생활은 정말 마땅치가 않다. 드나드는 인간들이나 이곳 환경으로 볼 때 이곳은 사람들이 남의 일에 전혀 관심을 갖지 않고 여차하면 나도 미련 없이 다른 곳으로 떠날 수 있는 곳이라 여겨져 편했지만 이런 곳에 아이를 두고 아무데나 돌아다닐 수는 없으니까.

온종일 가숙의 소재와 적당한 시간제 일자리라도 알아보려 돌아다니다 보니 어느새 여섯시가 다되어 갔다. 나는 거듭 시계를 들여다보며 '꿈나라 동산'으로 성욱이를 데리러 갔다. 이미 다른 아이들은 모두 다 돌아가고 성욱이 외에는 어린아이가 아무도 보이지가 않았다. 보육시설 안 장난감 같이 조그만 아이들의 탁자와 의자들을 정리하면서 청소하는 아줌마가 힐끗 나를 돌아보았다. 그녀는 내게 이제야 오느냐듯 몹시 언짢아하는 표정이었다. 그러나 뭐라 말은 하지 않았다. 간 막이 유리창 안에서 누군가와 전화로 통화를 하던 원장이 나를 보고 고개를 끄덕여 아는 체를 했다.

아이는 나를 보자 반가운 표정이었지만 조금 겁을 먹는 듯 했다. 아마 내가 제 아빠라는 사실을 가숙이 자주 알려주었던지 아이도 알고는 있는 것 같았다. 하지만 아직도 나와 성욱의 사이에는 서먹한 게 남아있다. 지난 오 년 간 한 번도 아이를 만나본 적이 없었으니 내가 아이에게 믿음을 주지 못하는 게 당연한 것이고, 아이가 나에게 쉽게 친근감을 느끼리라고 기대하는 것은 섣부른 나의 이기심이리라. 내가 다시 아이의 이름을 부르자 아이는 훌쩍거리며 다가왔다. 그게 다 나 때문이라는 생각에 가슴이 미어졌다. 낯선 시설에서 나를 기다리고 있던 아이는 분명 오늘 하루가 얼마나 힘든 하루였을까? 여섯 살짜리 아이라면 어미 곁에서 보호를 받고 응석을 부리며 또래 아이들과 놀다 말다 하면서 지내야 하는 것일 텐데 모르는 사람들뿐인 보육원 안에서 누군가 자기를 데리러 올 때까지 기다려야 하는 일이니 얼마나 힘들고 서러웠을까? 그런 생각은 또다시 나로 하여금 가숙에 대한 분노로 이어진다. 만나기만 하면 절대 가만

두지 않을 것이다.

창밖으로 희미한 새벽의 그림자가 드리운다. 아직 아이는
자고 있다. 새근새근 곤하게 잠든 얼굴에 고요한 평화가 살
아 숨 쉰다. 호흡이 간간히 끊기고 가끔 '흐흐윽' 하고 흐느
끼기도 한다.

아침에 '꿈나라 동산'에 성욱이를 데려다 주고 돌아오는데
문을 열어 놓고 있는 부동산 중개소가 눈에 들어왔다. 난 잠
시 주저하다가 그 중개소 안으로 들어갔다. 중개사인 듯한
여자가 무척 상기된 표정으로 일어나며 나에게 자리를 권했
다. 여자는 아침부터 손님이 찾아 왔다는데 몹시 기대가 되
는 듯 기쁜 얼굴로 활짝 웃었다. 마흔 살쯤으로 보이는 여자
였는데 그러고 보니 제법 멋을 낸 차림이었다. 내가 자리에
앉자 여자는 "차 한 잔 하세요." 라며 "커피 드릴까요, 녹차
드릴까요?" 하고 내 얼굴을 찬찬히 뚫어 보았다. 그리고 탁
자 위에 놓인 커피포트에 물을 끓이려고 전원 버튼을 눌렀
다. 내가 차는 안 주어도 괜찮다는 듯 아무 차나 상관없다
는 표정을 짓자 "집 구하시려고요?" 라며 자연스럽게 말을
시작한다. 내가 고개를 끄덕여 지금 현재 가진 액수로 원하
는 집을 얘기하자 여자는 얼굴에 희색을 띠며,

"마침 비워있는 물건들이 몇 개 있는데 아주 깨끗하고 볕

이 잘 드는 집들이라 마음에 꼭 드실 거예요." 라며 내가 마음에 결정도 하기 전에 집을 보여 주려고 일어섰다. 생각할 겨를도 없이 일이 결정되는 건 아닌가 하여 내가 다소 머뭇 거리는 걸 보고 여자는 늘 있는 손님들의 버릇이라 여겼던 지 능숙하게 내 속생각을 넘겨 짚고 내친김에 계약이라도 할 듯이 밖으로 나와 나를 이끌고 앞장을 섰다.

여자가 소개한 첫 번째 집은 십이 층 빌딩의 원룸이었는데 건물 외형은 깨끗하고 번듯했지만 실제 주거 공간이 작고 주변이 여건이 시끄럽게 느껴졌다. 두 번째 집은 방이 두 개인 소형 빌라였는데 건물이 좀 오래된 것이었는데 비교적 마음에 들었다. 제일 좋은 점은 성욱이의 '꿈나라 동산'에서 거리가 지금보다 훨씬 가깝고 비교적 한적한 느낌이드는 곳이었다. 이곳으로 이사를 하면 성욱에게 내가 최초로 좋은 일을 한 가지 하게 되는 일일 것 같았다. 중개사 여자는 내가 아직 이 집으로 계약을 하겠다고 결정하지도 않았는데 이런 가격으로 이렇게 좋은 집을 구하게 된 것은 대단히 운이 좋은 거라며, 이런 집을 구하게 되는 행운을 거듭 축하해 댔다. 선수를 쳐서 계약을 성사 시키려는 적극성을 나무라고 싶은 마음은 없지만 왠지 타인의 의지대로 결정을 짓는 것 같은 기분이 별로 유쾌하지 않았지만 어쨌거나 그건 내가 가지고 있는 돈으로 구할 수 있는 집이라는 점이 가장 마음에

와 닿았다.

난 다음 주에 이사를 하겠다며 우선 도배를 부탁해 놓고 부동산 중개소를 나왔다.

저녁 때 다시 '꿈나라 동산'으로 성욱이를 데리러 갔다. 불과 며칠 동안이었지만 아이는 나와 같이 지내는 것이 조금 익숙해 진 탓인지 표정이 좀 밝아진 것 같기도 했다. 이상하게도 아이와 함께 하는 모든 일이 점점 더 즐거움으로 변해 가는 걸 느끼게 된다. 사실 지난 오 년 간 애써 외면하던 아이와의 친밀감이다. 처음 아이를 대했을 때 서먹서먹하던 감정이 조금씩 사라지면서 이젠 처음부터 그랬었던 것처럼 내 온몸의 일부처럼 아이는 가깝게 느껴진다. 아이는 내가 며칠만 있으면 이사 갈 거라고 하자 눈을 반짝이며 그럼 엄마도 오는 거냐고 물었다. 그 눈빛은 가장 순수하고 선한 천사의 마음을 전하고 있다. 순간 또다시 가슴이 철렁했다. 그리고 아이에게 어떻게 대답을 해야 할지 난감했다. 엄마는 안 온다고 대답하면 아이는 무척 실망할 것이고, 온다고 대답하면 그건 거짓말이 될 터이니 선뜻 대답할 수가 없었다. 얼마나 엄마가 그리우면 그럴까! 난 잠시 머뭇거리다 대답대신 고개를 끄덕여 아이에게 희망을 주었다. 아이는 상기된 표정으로 손가락을 모두 펴며 엄마가 열 밤씩 열 번 자면 오겠다고 했다면서 내 얼굴을 빤히 쳐다보았다. 정말 백 밤만 자면

가숙이 와 줄까? 사실 믿을 수 없는 일이다. 난 아예 그럴
리가 없다고 단정한다. 분명 그것은 아이를 떼어놓고 가며
아이를 위해 가숙이 즉흥적으로 꾸며낸 거짓말일 가능성이
크기 때문이다.

하지만 그보다 다시 시간을 되돌린다면 내가 가숙을 용서
할 수 있을까? 그리고 다시 옛날로 돌아 갈 수 있을까? 다
시 시작해서 지금과는 다른 방법으로 살 수 있을까? 마음
속에선 몹시 그러고도 싶지만 아니 절대 그럴 수는 없다. 아
니, 절대 용서 하지 않을 것이다.

집을 구한 지 열흘 만에 여관에서 나와 이사를 했다. 원래
는 트렁크 하나 뿐인 나의 짐이었다. 그런데 성욱이 내게로
온 뒤로 이것저것 짐이 점점 늘어났다. 그러고 보니 무언가
할 일이 자꾸 생겨나고 그와 동시에 무언가가 점점 더 많아
지는 것 같았다. 그것이 바로 산다는 것의 엄중한 명령 같기
도 했다. 그래도 그리 기분이 나쁘진 않았다.

이부자리와 매트리스를 들여 놓고 텔레비전과 냉장고를
들여 놓고 보니 제법 번듯한 살림살이가 느껴지기 시작한
다. 새로 산 전기밥솥에서 모락모락 김이 새어 나오고 밥 냄
새가 향기롭게 흘러나온다. 아이에게 손발을 씻기고 세수를
시켰다. 아이는 제법 상기된 표정으로 내가 하는 일들을 보

고 있다. 그래도 밥 냄새가 나는 이 공간이 편안한 안식을
주는 모양이었다.

밤이 깊어 가고 창밖에서 추적추적 빗소리가 들려왔다. 성
욱이 내 곁에서 새근새근 곤한 잠을 잔다. 그는 이따금 흐
흑! 하고 가볍게 흐느끼기도 한다. 잠자는 아이의 얼굴이 그
리도 평안한 걸 처음으로 알았다. 난 아이의 머리를 쓰다듬
고 귀 언저리의 흐트러진 머리카락도 귀 뒤로 빗어 넘겨준
다. 아이가 꾸는 꿈은 무엇일까? 그의 감고 있는 실눈 속에
서 눈물도 글썽이는 것 같다. 어찌 이렇게도 가엾단 말인가.
가슴이 메어진다.

도대체 이 야릇한 감정을 무어라 해야 할까? 난 바로 며칠
전만해도 어떻게 하든지 이 아이를 다시 가숙에게 돌려보내
야 한다는 생각을 하고 있지 않았나? 그런데 지금 나는
이 아이를 슬프게 하면 안 된다는 것 이외의 다른 일을 생
각할 겨를이 없다. 어두운 창밖에서 빗소리가 멀어져 간다.
이런 저런 생각에 젖다가 눈을 감고 뒤척인다.

느닷없이 아침나절에 현수에게서 전화가 왔다. 점심이나
같이 하자는 얘기였다. 현수에게도 이력서를 맡기긴 했으니
까 녀석을 만나면 무언가 희망이 있지 않을까 하는 기대도
있다. 어쩌면 한 가닥 좋은 소식 하나쯤은 얻어 들을 수도
있지 않을까 하며 나의 한심한 처지를 가리고 태연을 가장

한다.

"웬일이야, 전활 다 하고?" 뜬금없이 웬 전화질이냐 듯 난 건방지게 현수의 전화를 받았다. 마침 성욱이를 꿈나무 동산에 맡기고 온 뒤라 시간은 충분히 있었지만 그래도 '글쎄, 시간이 될까?' 하며 한번 바쁜 척 튕겨 본다.

"임마, 너 백수인 거 다 아는데 괜히 척하지 마."

"쩨에끼, 안 속네!"

속에서 터져 나오는 코웃음을 킥킥 누르고 한시 쯤 그의 사무실 가까운 카페 식 휴전 식당에 약속을 잡았다. U.J(우진) 기획에서 광고 섭외를 맡고 있는 놈이 만나자는 거니까 어쩌면 만나도 헛일은 아닐 것 같기도 하다. 약속시간은 분명 한 시였다. 하지만 현수는 두 시가 넘었는데도 나타나질 않았다. 난 약속 시간이 혹 잘못된 것인가 하면서 혼자 커피를 마시고 연신 시계를 들여다보았다.

"너 백수인 거 다 아는 데 괜히 척하지 마!" 라던 녀석의 말소리가 자꾸 거슬린다. 그의 척하지 말라는 말의 뜻은 할 일도 없는데 바쁜 척 하지 말라는 뜻뿐 아니라 수입 없이 떠도는 놈이 배고픈데 배부른 척 하지 말라는 뜻과 절박한 상황에서 여유 있는 척 가짜 거드름을 피워 보았자 빤한 내 속이 훤히 드러난다는 뜻 같았다. 그게 사실이라 해도 난 그런 면에선 절대 체면을 구기고 싶지는 않다. 솔직히 백수가 바람 맞는 기분은 한마디로 참담하고 쓰라리다. 그것은 철저하게 무시당하는 것이고 한층 더 소외되었음을 강조하는 일이며 그야 말로 가냘픈 자존심마저 짓밟히는 것이다. 나는 마침내 종업원이 따라놓은 엽차를 단번에 훌떡 마시고 식당을 나왔다. 물론 현수에게 전화를 다시 걸어볼 수도 있었다. 그러나 그 또한 별일이 아닌 일에 마치 내가 목이라도 거는 듯한 인상을 줄까 하여 그만 두기로 하였다. 카페를 나와 몇 걸음 걸어가자 뒤에서 "야, 너 그만큼도 나 못 기다려? 나하고 약속 했는데도?" 현수는 다소 성이 난 듯 목소리가 거칠다. 늦게 와서 미안하다고 하지는 못할지언정 오히려 성을 내고 있었다.

"에에?" 현수가 나타나 줘서 사실 속으로 얼마나 다행인가 싶었지만 그래도 내색은 하지 않고 "난 또 내일 약속을 내가 오늘로 착각한 줄 알고 일어섰지." 하고 말을 돌려버렸다. 솔직히 그 또한 나로선 어쩔 수 없이 피워본 위선이었다.

"이런! 이런! 둘러대긴, 오후에 점심 먹자고 아침에 한 약속을 내일이라니!" 그는 다소 퉁명스럽게 나를 다그치려 했다. 난 현수와 다시 식당 안으로 들어가 둘이서 돈가스 정식을 시켰다. 오랜만에 그나마 나이프로 썰고 포크로 찍어 먹는 세련된 식사를 하는 셈이었다. 현수는 두툼한 돈가스 튀김에 소스를 이리저리 바르고 나서 한꺼번에 여러 조각으로 잘라 포크로 연신 찍어 입에 넣고 씹는다. 그는 얼핏얼핏 내 얼굴을 보며 분명 무언가 고심하면서 말을 아끼는 것 같았다. 그리고 나에게 아직 카메라가 있느냐고 묻는다. 내가 얼른 대답을 하지 않는 걸 보고 역시 그렇군 하면서 눈을 껌벅거리며 포크에 돈가스 조각을 찍어 입으로 가져간다. 식사가 거의 끝날 때 그는 내일부터 기획사에 임시로 나올 수 있느냐고 물었다. 그동안 비디오 사진 찍던 기사가 개인 사정으로 그만두게 되어 대표한테 얼른 내 얘기를 했다는 얘기였다. 사실 전 같으면 임시직이라도 그나마 얼마나 반가운 일자리일까 싶다. 하지만 다시 일정한 출퇴근도 없이 전 같은 그런 일을 할 수는 없는 것이다. 지금은 성욱이가 있지 않은가. 나는 이제 아이를 돌보면서 할 수 있는 일자리를 찾아야 하는 것이다. 난 나를 생각해 줘서 고맙지만 사진 찍는 일은 다시는 하지 않을 거라며 일어섰다. 배부른 흥정이랄까 어차피 하지 못할 일이니까 한번 거만이라도 떨어볼 심사였지만 실은 위선이었다. 그는 내게 일자리를 찾아준 것에 내가 고마워하는 것 같지도 않고 단번에 거절하는 내 대답을 듣고 흠칫 놀라는 것 같았다. 그는 사진 일을 하지 않겠다는 단호한 나의 대답에 그러면 대표에게 다른 사람 알아보라고 하겠다면서 그 일자리 기회를 나보다 더 아쉬워하는 표정으로 내 뒤를 따라 일어섰다. 그는 출입문 옆 자판기에서 커피를 받아 나에게 건네주며 자신의 커피도 받으려고 버튼을 눌렀다. 그리고 뭔가 다시 할 얘기가 더 있는지 식당 밖 대기자용 벤치에 잠시 앉았다. 그리고 나를 향해,

"참, 그런데 말야. 나 지난번 S병원에 신체검사 하러 갔다가 네 엑스와이프(가숙) 봤다. 어떤 환자의 휠체어를 밀고 들어오더라구! 그런데 가숙 씨 많이 말랐더라!" 하고 말을 이었다.

"뭐어?" 또다시 녀석은 나의 아픈 구석을 찌르고 있다. 이혼한 나의 전 와이프 얘기라면 나로선 결코 당당하다거나 마음 편한 얘기는 아닌 것이다. 그것은 한층 더 나를 위축시키려드는 화두인 것이다. 하지만 현수는 나를 도와주고 이해해 주는 사람은 자기밖에 없다는 생각인지 그런 말도 스스럼없이 해댄다. 고약한 놈이다. 그는 내 표정을 흘깃 거리며 계속 지껄인다.

"아는 척 하려다 그만 두었어. 아마 가숙씨도 분명 나를 알아보았을 거야." 그는 내 표정을 살펴가며 좀 더 그녀에 대해 아는 것을 말해 주고 싶어 했다. 사실 난 가숙을 찾기만 하면 가만두지 않을 작정이었지만 느닷없이 현수에게서 가숙의 소식을 듣게 될 줄은 꿈에도 생각지 못했다. 하지만 가숙에 대한 어떤 말도 그다음엔 듣고 싶지 않아서 태연한 척 속생각과는 다른 대꾸를 했다.

"잘했다. 아무 상관없는 남인데 뭘."

그는 찬찬히 내 표정을 살피더니 체념어린 나의 대답을 듣고 고개를 두어 번 작게 끄덕였다. 난 현수가 가숙을 보았다는 S병원을 잊지 않으려고 머릿속에 S병원을 한 번 더 되뇌었다. 그리고 휠체어 환자라는 말을 더욱 세게 머릿속에 각인시켰다. 내 스스로 S병원을 찾아가 기어코 가숙을 만나볼 작정이었다. 그러고 보니 엉겁결에 현수가 가숙의 소재를 알려준 셈이어서 내가 애써 찾으러 다니지 않아도 현수가 나에게 또 한 가지 고마운 일을 해 준 셈이다. 하지만 아무것도 모르는 현수에게 고맙다고 하기엔 내 입장이 너무도 참담해 묵묵히 하늘만 바라보다 돌아섰다. 멋쩍게 사무실로 들어가는 현수를 못 본 체 나는 터덜터덜 지하철 계단을 내려 왔다.

다음날부터 현수에게서 들은 대로 S대 병원 중환실과 재활 병실을 번갈아가며 잠복을 하다시피 서성거렸다. 드디어 어느 날 휠체어를 밀고 들어오는 가숙을 멀리서 목격하게 되었다. 사실 그동안의 내 작심은 가숙을 보기만 하면 절대 가만 두지 않을 작정이었다. 어떤 해코지라도 부리고 욕지거리라도 퍼부을 생각이었지만 막상 눈앞에 그녀를 본 순간 그리되지는 않았다. 실은 가숙의 현실이 어딘가 너무 낯설었기 때문이다. 그녀는 머리에 꽃이 달린 하얀 뜨게 모자를 쓰고 있었다. 그런 모자는 그녀가 한 번도 쓴 것을 본 적이 없었다. 긴 머리도 보이지 않았다. 그 모자 아래로 말쑥한 그녀의 가느다란 목 위에서 창백한 민낯이 선명하게 드러나 보였다. 그녀는 현수 말대로 전보다 많이 여위어 있었다. 그녀가 현관 유리문을 통해 들어올 때 휠체어에 앉은 환자는 눈을 감고 있었는데 오른쪽 입 언저리가 아래로 쳐져 얼굴이 다소 일그러져 보였다. 그녀는 환자에게 무언가 소곤거려 묻는 듯했다. 그러나 환자는 힘겹게 그녀를 한 번 치켜 보고는 무언의 대답을 하는 듯 하더니 고개를 흔들며 기력이 없었던지 다시 눈을 감았다. 그녀는 휠체어를 엘리베이터 안으로 밀어 넣고 6층 버튼을 눌렀다. 6층을 누른 것을 보니 재활 센터가 아니라 일반 병실로 들어가는 모양이었다. 나는 우선 가숙을 만나서 어쩔 것인가를 다시 정리해야 할 것 같다. 느닷없이 다가가 구타를 하거나 내 멋대로 폭행을 할 수도 없는 일이지만 어쨌든 그녀를 가만 둘 수는 없는 것이니까. 난 한참을 병원 로비에서 기다렸다가 내려오는 엘리베이터를 타고 6층으로 올라갔다. 복도엔 아무도 보이지 않았다. 난 천천히 간호사들이 지키고 있는 6층 병실 관리 센터로 다가가 보호자의 이름이 윤 가숙이란 이름인 병실을 물었다. 수간호사인 듯한 여자가 나를 위아래로 한번 훑어보더니 "아아, 윤형택 환자분요? 저기 13호실인데요." 라고 대답했다.

"예? 윤형택이라구요?" 난 나도 모르게 큰소리로 되묻고 있었다.

"환자가 그 여자 남편 아닌가요?" 나는 다시 확인을 위해 물었다.

"그분은 윤가숙 씨 오빠세요. 두 달 전 뇌출혈로 입원해 수술 받은 분이예요."

순간 가숙이 돌보는 환자가 예전 그놈이 아니란 말에 사뭇 당황스러웠다. 그렇다면 그녀가 돌보는 환자가 바로 그때 그놈이 아니라 옛 처남이었다는 사실이다. 따라서 그런 상황은 내가 갚아야 할 복수의 의지를 사뭇 삭감시키는 일이어서 대단히 난감해진다.

"윤가숙 씨도 실은 건강이 좋지 않으세요. 현재 위암 말기 세요. 너무 늦게 발견해서 치료가 힘든 분이예요." 간호사는 묻지도 않았는데 가숙의 근황을 주절주절 들려준다. 그리고,

"오빠분이 가족 없이 혼자신데 돌볼 사람이 없어서 하는 수 없이 윤가숙씨가 돌보고 계세요." 라며 무척 안타까워하는 표정이었다.

"예에?" 난 갑자기 숨이 막히는 듯 정신이 혼미해지는 기분이었다. 이럴 수가!

아아! 어쩔 거나? 난 아무런 말도 대꾸도 할 수가 없었다.

결국 그래서 가숙이 성욱이를 내게 데려다놓고 간 것이었구나! 난 13호 병실로 다가가며 혼란에 빠졌다. 무엇을 어찌해야 할지 저절로 혼란스러워진다. 사실 처음 생각은 가숙을 따로 만나서 어쨌든 그녀가 나에게 했던 그따위 무경우에 대한 분풀이만은 꼭 해야 한다는 생각과 기필코 아이를 다시 데려다줄 생각이었지만, 그러나 지금 상황은 도저히 그럴 수가 없는 상황 아닌가. 어떻게 내 의지대로 그럴 수가 있을까? 난 13호 병실 앞에 서서 그들을 만나러 안으로 들어갈까 말까 하며 한참을 망설이다 다시 복도를 되돌아 계단을 내려왔다.

여태 가숙을 만나기만 하면 절대 그냥 두지 않으려던 내 속에 쌓인 울분과 응어리진 앙심이 빛을 잃고 사그라진다. 막막한 오후다.

이방 여자들

—

그녀가 탄 택시가 시야에서 사라지고

나는 다시 아파트 현관문을 닫고 안으로 든다.

또다시 내 좁은 공간엔 아득한 허무가 밀려들고

나의 내부에 깊게 가라앉은 작은 밝음마저 썰물처럼 빠져나간다.

허전하고 서글픈 상실감이 힘들게 젖어 든다.

이방 여자들

저녁이 이슥해지는데 느닷없이 현관 벨소리가 들렸다. 혼자 사는 나에게 이런 시간에 벨이 울린다는 것은 매우 이례적인 사건이다. 더욱이 오늘은 일요일 아닌가? 지금 시간에 나를 찾아올 사람이 아무도 없거니와 지금은 주문이나 배달 물품을 받을 일도 없기 때문이다. 나는 사뭇 긴장한 채 현관으로 다가 간다. '누구세요?' 라며 내가 무거운 현관문을 열자 최순영이 마치 자신의 집으로 들어오듯 아주 자연스럽게 나를 제치고 안으로 들어온다. 이제는 기억도 가물가물 해진 최순영이 내가 들어와도 좋다는 하는 허락을 생각하기도 전에 벌써 안으로 들이닥친 것이다. 세상에! 이건 완전히 무단 가택 침입이 아닌가! 아무리 좋게 생각하려 해도 이건 너무나 괘씸하고 분노가 치미는 일이다. 사전에 미리 연락을 하고 온 것도 아니고 그렇다고 그녀가 이곳을 떠나간 뒤 단 한 번이라도 나를 찾아온 적이 있었다면 모를까 자신의 근황 정도라도 알려 주면서 일말의 작은 소통이라도 하면서 지냈더라면 그녀가 이렇게 갑자기 나타났다고 해서 내가 이렇게까지 당황스럽지는 않을 것이다. 여태 아무런 소식도 없다가 이렇게 불쑥 쳐들어오니 놀라운 건 그렇다 쳐도 도저히 이 무례를 용납할 수가 없는 것이다. 여전히 순영은 우아하고 생기 넘치는 화사한 차림이다. 예전에도 그랬지만 그 당찬 순영의 기질은 변함없이 여전해 보인다. 사실 과거 최순영과 나의 관계를 생각해보면 내 집은 얼마든지 그녀가 쉽게 드나들 수 있다는 암묵적 관습으로 굳어진 때문일지도 모르겠다. 하지만 이 아파트에서 그녀가 떠나간 이후 이 거처가 확실하고 당연하게 나만의 것이 되었다. 우선 자연스럽게 내 소유 공간은 넓어지고 아무도 나를 간섭하는 사람이 없어진 것이 사실이지만 그보다도 내가 더 좋았던 것은 이 도도하고 건방진 최순영을 더 이상 대하지 않아도 되는 게 나로선 얼마나 다행스러운 일이었던가. 유감스럽게도 순영은 나에게만은 언제나 무엇이든 거칠 것이 없다. 아무런 주저도 없이 내게 저지르는 그녀의 무례한 짓들은 더 없이 괘씸하고 역겹지만 언제나 그 분노는 늘 내 안에서 사그라진다. 필시 순영이 생각하는 '나' 라는 존재에겐 뭐든 거리낌 없이 욕심을 내거나 탐심을 부려도 절대 싫다고 거절 하는 일은 없을 것이며 불만스러운 내색조차도 하지 않을 것이며 나는 남에게 어떤 요구나 원망 같은 것을 절대 하지 않는 사람이다. 나란 사람은 그래서 무슨 말이든 마구 지껄여도 절대 아무 일도 일어나지 않는다는 그야말로 절대 안전한 존재란 인식이 그 머릿속에 깊이 굳어져 있는 게 아닐까 싶다. 아무 예고도 없이 불쑥 나타나 사람을 놀라게 한 지금 이 상황도 절대 별일은 아니라 듯 조금도 나한테 미안하게 생각하는 표정도 무례에 대한 용서를 청하는 인사도 없다. 이 얼마나 괘씸하고 몰지각한 짓인가? 어쨌든 이렇게 갑자기 그녀가 나를 찾아온 것은 분명 좋은 일은 아닐 거란 생각이 든다.

그녀는 바퀴가 달린 소형 캐리어의 손잡이를 아래로 눌러 거실 안으로 들여 놓고 굽이 높은 하얀색 샌들의 홀더를 풀어 발을 벗고 있었다.

"웬일이야? 연락도 없이⋯⋯" 나는 마지못해 한마디 꺼낸다. 그건 아주 인색하고 어색한 문전 박대나 다름없었다.

그녀가 신들린 듯 미국으로 떠난 지가 십여 년인데 그간 아무런 소식도 없다가 불쑥 나타나 내 집으로 찾아온 게 이상하지 않을 수가 있을까?

그렇긴 해도 난 그녀를 냉정하게 거절하거나 피할 생각은 여전히 나지 않는다. 이상하게도 그녀가 들어오자 마치 이런 일은 오래 전부터 있어왔던 거처럼 익숙해진다. 그건 오래 전부터 나의 어머니와 순영의 어머니가 한 가족처럼 한 집에 살았었기 때문 아닐까 싶다. 대학 다닐 때는 내가 순영이보다 일년 먼저 입학을 했기 때문에 나중에 입학한 그녀가 내 처소로 들어와 나에게 얹혀살면서 나의 공간은 그녀와 공동의 거처가 된 셈이었다. 하긴 내 대학 입학금은 물론 이 아파트까지 순영의 어머니가 마련해 주었기 때문인데 비록 내 이름의 집이긴 했지만 그건 순영 어머니의 온갖 수발시중을 드는 사람으로 내 어머니가 평생을 지냈기 때문에 그 보상 겸 내 의과대학 입학 선물로 마련해준 게 이 아파트이다. 이렇게 해서 이 아파트는 비록 내 이름으로 된 것이지만 나만의 것이 아니라 순영과 함께 지내는 공동의 주거 공간이 되었다. 지금 느닷없이 순영이 나를 찾아온 이유도 실은 자기는 그럴 권리가 있다고 내심 잠재적으로 생각하고 있기 때문일 것 같다. 물론 그녀가 자신의 근황을 사전에 조금이라도 알려 주었다거나 온다는 연락을 하고 왔다 하더라도 그녀에 대한 내 생각이 별로 달라질 일은 아니지만 도대체 여태 아무런 소식도 없다가 불현듯 나타난 그녀의 출현은 조금도 반갑다거나 즐거움이 느껴지지 않는다. 하긴 내가 이것저것 물어본다 하더라도 그녀가 정말 자신의 진실을 말해 주지도 않을 거라는 생각이 든다. 걸핏하면 자신의 자랑이나 늘어놓고 입만 열면 무엇이든 과시하고 싶어 안달 하던 그녀니까 자신의 약점이나 현실의 심각한 문제들은 철저하게 가리고 자신의 알량한 자존심을 지키려는 성격이니까 나는 구태여 아무것도 묻지 않고 그녀도 따로 말하지 않는다. 그래도 지금 내 표정이 솔직히 환영의 뜻은 아니란 걸 읽은 그녀는 "딱 삼 일만 있다 갈게." 하고 마치 선언이라도 하듯 소리쳤다. 마치 그녀의 폐행을 자신의 의도대로 내가 받아들일 수밖에 없다는 듯 당당하다. 어쩌면 내가 어떤 핑계나 이유를 들어 그녀를 거부하려는 내색이라도 보일까 싶어 미리 선수를 치는 것일 수도 있지만.

그녀는 지금 자신이 이렇게 찾아온 것이 별일 아니니까 혹여라도 이상한 생각은 하지 말라는 듯 나의 관심을 경계하려 들었다. 그러나 애써 평온한 척하는 그녀의 표정은 어딘가 불안을 감추고 있다는 생각이 들었다. 나는 그녀가 무슨 말을 하든 이전처럼 별다른 관심을 두지는 않을 생각이었다. 그녀가 이렇게 느닷없이 나를 찾아온 데는 그럴만한 이유가 분명 있을 것이다. 그것은 분명 좋은 것이 아닐 지도 모른다. 그래서 혹시 어두운 이야기나 무거운 이야기가 나오면 그때부터는 서로에게 더욱 힘든 시간이 될 것이기 때문에 우린 서로가 그걸 경계하고 있는 것일지도 모른다. 솔직히 말해 이 거북하고 피곤한 상대는 반갑다기 보다 오히려 속히 벗어나야 한다는 게 그녀에 대한 나의 굳어진 생각이다. 하지만 그렇다고 해서 우리가 서로 모르는 사람은 아니지 않은가. 유감스럽게도 내가 아직 혼자라는 게 그녀에겐 마치 언제라도 비상시에 들를 수 있는 피난처이며 대피소쯤이란 뜻 같기도 하다.

그녀는 얇은 카키색 트렌치코트를 벗어 내 드레스룸 옷걸이에 걸어놓으며 내 거처의 이곳저곳을 휘이 둘러보았다.

"흐음! 아직도 다 그대로네! 이럴 줄 알고 이리 올까 말까 했지!" 그녀는 십 년 전과 별반 달라진 게 없는 나의 조그마한 오층 아파트 집과 이 골목길의 허접하고 누추함을 한심하게 여기듯 뇌까렸다. 마치 성장이 멈춘 듯한 옛 골목들이 답답하다는 듯,

"남자 냄새도 없고. 넌 평생 독신으로 혼자 살 거니? 사실 그게 더 부럽지만. 사실 그동안 지내던 S호텔로 다시 갈까 하다가 네 생각도 나고 옛날 생각도 나서 이 구질딱한 정릉 골목을 찾아온 거야." 그녀는 마치 이곳을 찾아준 게 크게 혜량이라도 해준 것처럼 스스로 한일을 잘했다는 듯 자신의 갑작스런 출현에 대해 내가 어찌 생각할까에 대해선 전혀 관심이 없다. 자칫 욕이라도 하고 싶은 생각에 눈을 흘기지만 그녀는 그런 나의 눈 흘김 정도는 아무렇지도 않은 듯 전혀 개의치 않는다. 나는 그녀에게 아무 존재가 없는 말하자면 투명 인간처럼 없는 것이나 마찬가지란 말인가?

"왜 혼자 왔니?" 나는 구태여 유민건의 이름을 들추지는 않았다. 그러고 싶지 않았다. 그래도 유민건의 동반 없이 왜 혼자 왔느냐는 내 뜻을 간파했는지,

"바쁘잖아, 진료 하랴, 강의 나가랴." 그녀는 유민건의 근황을 마치 남의 일처럼 잘라 말했다. 그러나 어투에 다소 빈정거림이 섞여있었다.

"강의는 시카고로 비행기 타고 가서 이틀하고 오는데 진료는 뉴욕 한인 타운 플러싱에서 하니까 사실 가족이라도 뉴저지 집에선 얼굴 보기도 힘들다구. 애들은 둘 다 기숙사 들어갔고……" 그녀는 다시 말을 이었다.

"나 서울에 온 지 한 달 되었어. 논현동 빌딩하고 주안 땅 때문에 복잡한 일이 많아서. 주안 땅은 그게 다 염전이었잖아. 그게 전부 시할아버지 땅인데 택지로 바뀌면서 용도변경할 때 서류 정리를 제대로 해 놓았으면 지금 별 문제가 없을 텐데, 지금 구십육 시할아버님은 치매가 나날이 심해지고 정신도 오락가락하고 있으니까 그게 시할아버지 땅이 맞다고 증인 서 줄 만한 사람들은 이미 다 이 세상 사람들이 아니고 난감한 때가 많아. 국회의원 하느라 염전 일은 몰라라하고 선거만 쫓아다니던 시아버지도 작년에 돌아가고……"

순영은 내가 묻지도 않은 가족 사연을 주절주절 떠벌렸다.

그녀는 끌고 들어온 자주색 캐리어 속에서 손가방을 꺼내 거실 탁자에 올려놓고 반지와 귀걸이는 빼서 거울 앞에 내려놓았다. 어둠속 옅은 불빛에 그녀의 반지가 투명하게 반짝거렸다.

그녀는 아주 익숙하게 방으로 들어가 옷장 안에서 내 실내옷들을 찾아 입고는 거실로 나왔다. 그리고 잠시 소파에 앉아 있다가 다시 욕실로 향했다.

잠시 뒤 욕실 안에서 수돗물 쏟아지는 소리가 들려왔다. 머리를 감고 얼굴이 바알갛게 익은 순영은 여전히 청순해보였다. 바로 그것이다. 그녀가 예나 지금이나 아무 힘도 들이지 않고서 나를 압도 하는 것 그것은 그녀가 별로 꾸미지 않아도 청순해 보이는 그 뽀오얀 얼굴빛이었다. 분명 순영의 하얀 피부는 그녀의 어머니로부터 물려받은 것이겠지만 그녀의 어머니가 바로 누구인가? 왕년에 내 노라 하는 명동 사채 업계의 큰손 장경혜 여사 아니었나? 그래서 내 어머니는 그녀 곁에서 늘 '성님! 성님!' 하면서 평생을 한 가족 같이 지내며 시녀 노릇을 하지 않았나?

　"시아버지 형제들은 이미 6·25 때 두 분 다 돌아가셨고 시아버님은 국회의원 하느라 선거 쫓아다니느라 시할아버님의 염전 땅엔 별 관심을 두지 않았지. 그때만 해도 아직 시할아버지도 쩅쩅하셨으니까 그걸 제대로 명의 이전을 하지 않고도 별 생각들이 없었던 거야. 그러지 않아도 작은 시댁 팔촌들이 그동안 몇 십 필지를 임의로 매도해 없앴다구! 시할아버지가 온통 벼락을 치시고 친척 형제들 간에 대판 싸움이 났지! 사실은 그이가 나서서 이 문제를 해결해야 하는 거지만 강의 다니랴, 진료하랴 정신없으니 대신 내가 와서 대충 정리해 놓고 왔어. 다음 수요일 날 난 뉴욕으로 돌아갈 거야." 최순영은 유민건을 내 앞에서 그이라고 했다.

나는 여전히 아무 말도 뱉지 않는다. 굳이 하고 싶은 말도 없다.

역시 그녀는 전부터 가진 자였었고 지금도 가진 게 많으며 크게 논다는 듯 아니면 나에게 "네가 의사면 다냐?" 라고 내 가난한 자존심을 끌어 내리기라도 하듯 그리고 혹 자신을 내가 조금이라도 우습게 보거나 또는 하찮게 여기기라도 할까봐 미리 선수를 쳐서 자신을 좀 더 대단해 보이게 하느라 필사적으로 기를 쓰는 건 아닐까? 언제나 내게 뭔가를 자랑하고 나보다는 가진 게 많으며 절대 자기가 상위라며 우월하다는 점을 강조해서 내게서 자기 어머니와 내 어머니의 관계처럼 상위와 하위의 관계를 나에게도 고정하고 나로부터 상의 위상을 차지하려는 보이지 않는 갑질 욕망 때문 아니었을까?

하긴 그 시절 순영이네 집이 얼마나 부자였던지!

어머니가 순영의 어머니에게 늘 "성님! 성님!" 하면서 "우리 윤주가 대학에 들어간 건 다 성님 덕이예유!" 하던 말소리가 지금도 생생하게 들려온다. 그 소리는 겸손과 혜은에 감사가 넘치는 참으로 부드럽고 온화한 소리였다. '성님! 성님!' 하던 내 어머니도 또 엄청난 큰손 순영의 어머니도 지금은 이 세상에 없다. 순영의 어머니가 대형 금융사기에 연루되었을 때도 어머닌 그녀의 조력자이며 배달자로 함께 구속을 당했었지만.

언제나 내일만을 생각하며 하루하루가 흘러간다. 과거 어머니와 순영의 어머니가 그토록 왕성하게 활기를 보이던 시절도 이미 지나간 과거였지만 지금은 과연 그 시절이 존재했었는지 조차 아련하다. 어떤 과거든 과거란 존재하지 않는 이미 존재할 수 없는 과거일 뿐이다. 그것은 내가 지극히 혐오하던 치욕의 시절이었기에 더욱 그러하지 않을까? 나는 과거를 조금도 기억하고 싶지가 않다. 그러나 그보다 더 내가 내게 분노를 느끼게 되는 것은 내 스스로 어째서 순영과의 이런 더러운 엮임을 훌훌 떨쳐버리지 못하는가 하는 것이다. 완강하게 거부하고 외면해야 하는 것 아닐까? 그것은 내 의지로 얼마든지 실행할 수도 있는 일인데 나는 그게 되지 않는다. 지금까지도 마치 내 어머니 때부터 이어져온 보이지 않는 상하의 관계를 습관처럼 침묵하게 되는 것은 오로지 나의 비굴한 인내 때문일까? 아니면 필요 이상으로 마음을 써야하는 번거로움에 대해 무기력한 게으름 때문일까?

꿈을 꾼 것일까? 나는 지금의 이 현실이 왠지 낯설다. 분명 여긴 내 방이고 내 책상과 내 작은 오르간이 한쪽 구석에 방치되어 있는 분명한 내 방이다. 이곳은 늘 내가 테이블에 앉아서 독서도 하고, 노트북을 열었다 닫았다 하고, 편지도 쓰지 않았나? 그런데 이 현실은 언젠가 먼 어딘가에서 똑같이 존재했던 그곳이란 생각이 든다. 먼 그곳에 있었던 물건들이 지금 이렇게 그때와 똑같이 이 자리에 배열되어 있는 것만 같다. 벽엔 그때처럼 세로 길이의 네모난 거울이 있고 창가엔 은은한 라일락 가지가 드리워진 평온한 방인데 지금처럼 나는 먼 그곳에 그때도 혼자였다. 마치 먼데서 떠나온 나의 어떤 순간이 바로 지금인 것인가 먼 그때와 지금이 똑같다는 것은 영원성의 겹침이 우연한 기회로 펼쳐짐 때문 아닐까? 작은 순간들의 순열이 영원성을 탈출했다는 듯. 그런데 어느 날 내 곁에 있었던 건지는 분명치 않은데 누군가 그는 이제는 떠나겠다면서 그동안 아무 말도 묻지 않아 줘서 고마웠다며 저 현관을 나갔다. 분명 그는 남자 같았는데 실은 얼굴이 기억에 없다. 아예 모르는 사람이다. 분명 형체는 있었는데 그 실체의 기억이 없다. 모양이나 색깔, 구체적 디테일도 아무 흔적이 없는 것이다. 누구일까?

혹시 나를 찾아온 순영이 바로 그 먼 곳을 떠나 나에게로 온 존재인 것인가? 그럼 그가 남자라고 느꼈던 건 무슨 근거였을까? 순영은 정말 여자인가? 기억이란 성의 전환이 자유자재로 가능한 초월적 개념이란 말인가? 존재가 될 수도 있고 아닐 수도 있고 존재이기도 하고 존재 불가의 허무이기도 한 초월성이란 뜻일까? 지금 이곳이 비현실의 꿈속인지 먼 비현실이 생생한 이곳의 현실로 둔갑한 것인지? 지금 이 방이 본래의 것인지 먼 그곳이 원래의 실재였는지 만약 그렇다면 이 작은 나의 방은 하나의 허상이며 존재하지 않는 꿈의 그림자란 말인가?

눈이 시리고 졸음이 밀려오는 걸 느낀다.

그녀의 딱 삼 일은 일주일이 지나도 끝나지가 않았다. 그러나 나는 전혀 불만스럽게 여기지 않는다. 그리고 자연스럽게 그녀가 내 집에서 무얼 하든 절대 관여하지 않으며 매일매일 출근을 하고 그날그날의 정해진 일정을 치르고 돌아온다. 아직 우린 식사도 같이 하지 않았다. 그녀도 나갔다가 돌아오는 듯하다. 나가서 누굴 만났건 무슨 일을 하고 왔건 그뿐 서로 먼저 말하기 전까지는 그걸 서로 묻지 않는다.

"사람은 자유로운 만큼 그 사람의 존재 가치가 인정 되는 거라는데……. 뭐니뭐니 해도 하윤주, 나는 네가 제일 부럽다. 너는 영혼까지도 자유로운 자유인 아니니? 누가 네게 뭐든 피해를 주냐? 아니면 달라기를 하냐? 뜯기는 데가 있냐? 시간이든 돈이든 어디 하나 궁한 데가 있나? 뭐든 자신 만만한 너는 나 같은 불쌍한 사람의 슬픔을 어찌 상상이나 하겠니?"

"뭐? 내가 부러워? 그리고 순영이 네가 불쌍해?" 어우! 그렇게도 잘난 순영의 입에서 자신이 불쌍하다니 이런 가증스러운 거짓말이 그렇게 쉽게 나올 줄은 꿈에도 상상하지 못한 일이다. 최순영, 그녀가 누구를 의식해서 하고 싶은 것을 못하던 적이 단 한 번이라도 있었나? 그건 오히려 나를 겨냥한 위장 헛소리일 뿐이다. 그런 생각이 들자 갑자기 그녀가 괘씸한 생각이 든다. 고약한 것!

그 시절 유민건이 군에 입대한다며 입영 전날 나를 찾아왔었다. 그는 내가 언제라도 자기를 싫어하거나 거부하지는 않는다는 걸 알고 거리낌 없이 자주 찾아왔었다. 그런데 그날은 마침 집에 있던 순영이 나를 찾아온 민건을 보게 되었다. 민건을 보자 순영은 느닷없이 나에게 화를 내기 시작했다.

"야, 이게 너 혼자 사는 집이냐?"라며 어째서 남자가 집엘 찾아오게 만드는 것이냐고 소리쳤다. 순영의 그 말은 참으로 어이없었던 말로 나를 무척이나 곤욕스럽게 하였다. 사실 순영이 그토록 화를 내는 건 이해가 되지 않았다. 민건은 엄연히 나의 손님이고 이집은 나의 집인데 순영이 제가 뭐라고 내 손님 앞에서 이렇게까지 무례하게 화를 내는 건지 참을 수가 없었다. 어쨌든 나는 나를 찾아온 민건이 어색하고 거북해하는 걸 모른 채 하고 잠시 거실 소파에 앉았다가 부랴부랴 함께 밖으로 나왔다. 내가 민건을 데리고 현관 밖으로 나올 때 순영은 몹시 불편한 표정으로 내게 눈을 흘겼다. 어찌되었건 내게 찾아온 손님인데 반갑게 환영을 해주지는 못하나마 그렇게 모멸어린 무안을 주다니 이런 몰상식이 도대체 어디 있다는 말인가!

해가 기울고 저녁이 스멀스멀 찾아드는 골목길을 구불구불 내려가 시장 입구에서 버스를 타고 신촌으로 갔다. 언제 약속을 했는지 수한이와 철우 그리고 우리 과에서 싱겁기로 유명한 윤수가 호프집에서 기다리고 있었다.

이미 그들은 마른안주에 치킨을 곁들여 엄청나게 마신 듯 얼굴이 붉게 취해있었다.

"야아, 하윤주, 유민건이 군대 가는데 넌 기분이 어떠냐?"

"뭐, 어떻긴, 더 이상 나한테 자주 나타나지 않을 테니 섭섭하지만 어차피 한 번 가야 하는 군대인데 빨리 가서 국민의무 마치고 오면 쟤도 좋은 거 아니니?"

"이런, 그게 다냐? 민건이 너 때문에 밤에 잠을 못 잔다는데." 윤수의 윙크와 함께 맥주가 오백 시시 가득한 잔이 놓였다. 사실 난 민건을 싫어한 것은 아니었다.

"그래, 정말? 진작 말하지…… 헤에! 아냐, 쟤, 괜히 재미로 객기 부려서 너희들 재미있게 해주려는 거야."

"정말 그게 다냐? 에이 거짓말, 너도 민건이 좋아 하잖냐? 시침 떼지 마라."

"왜 그래? 난 너희들 다 좋아하는데……." 내가 우리 과 애들 모두 다 좋아한다는 말은 신빙성이 없지만 이 자리에선 그래도 나쁜 느낌은 들지 않았던 것 같다.

"우화하! 하하! 그럼 너 나도 좋아해?" 윤수가 정색을 하고 내게 얼굴을 들이 대자 철우도,

"나도?" 라며 웃었다.

"그럼, 그럼."

나의 실없는 대답에 모두 너털너털 웃으며 맥주잔을 들었다. 거품이 하얗게 넘쳐나는 노란 잔을 들었다 놓았다 하며 그날은 아쉬움 없이 맘껏 즐겨야 한다 듯 더없이 넉넉한 시간을 가졌다. 철우가 내 잔에 건배를 하는 시늉으로 잔을 갖다 대었다. 입영이라면 무슨 이유인지 마치 유배라도 가는 냥 입영 자체가 엄중한 형벌 같은 부담을 안고 입영 전야제를 의미 있게 보내려는 게 요즘은 관례처럼 되어버렸다. 내 옆에 앉아 있는 유민건도 막상 떠날 날이 되니 숙연한 심정인 것이 분명했다.

"유민건, 넌 정말 애국자야. 다들 군대 안 가려고 기들을 쓰는데……. 그래서 난 네가 자랑스럽다."

"야, 사랑한다고 해야지! 하윤주, 민건인 너만 사랑하는 것 같은데, 넌 정말 여자 맞니?"

"야, 닭살 돋는다아, 그런 말은 음, 죽을 때나 하는 거야. 사랑은 그렇게 나발 부는 게 아닌 걸."

"우와아! 너는 너무 힘든 사랑을 하려는 것 같다. 사랑은 뜨거워졌을 때 그때가 가장 아름다운 사랑의 시간인 걸 모르냐?"

"우으이, 몰라, 몰라!" 난 그렇게 얼버무렸지만 실은 부끄러워서였다.

하긴 사랑이란 말을 마구 떠든 사람들이 정말 그 사랑을 끝까지 지키던 사례가 드물긴 하다.

그해 가을 나는 수련의(인턴) 과정으로 아프리카 가나에서 모집한 의료봉사 프로젝트에 선발되었다. 기간은 이 년이었다. 아프리카 서부 황금 해안을 따라 여기 아크라 수도병원에서 지금까지 이 년 동안 일반 진료를 수행해 왔다.

여기서도 구월은 아직 뜨거운 열기가 숨 막히는 시기이다. 겨울이 오고 크리스마스가 지나가는데도 나는 이 더운 열대 지역에서 땀을 흘리며 매일 원주민들의 건강을 위해 진료를 했다. 내 전공은 피부과이지만 피부과 질환뿐만 아니라 모든 기본 진료를 종합으로 했다. 환자들은 내가 마치 수호천사라도 되는 것처럼 절대 믿는다. 그들은 눈망울에 생기가 넘치고 거짓을 모르는 순수한 영혼들 같다. 그들의 짙은 피부색이 이젠 너무도 익숙하고 친근감이 든다. 그동안 참으로 잘 견뎌낸 것 같다.

다음 달이면 이 프로젝트가 완료 되고 나는 서울로 돌아갈 것이다.

금요일 진료를 끝내고 연구실로 돌아가 진료기록들을 정리하고 있을 때였다.

데니스 오말 원장이 내 방으로 찾아왔다. 그는 육 년 동안 여기서 진료해온 선배 양수천 과장과 함께 찾아왔다. 사실 오말 원장은 양수천 과장보다 두 살이나 아래인 젊은 의사였다. 그는 몸집이 크고 목도 굵은 편이었지만 미국 애틀랜타 의과대 출신의 엘리트였다. 그는 많은 의사들의 퍼스낼리티를 관리하면서 우리 한국의사들의 성향도 지켜본 병원의 책임자였다.

"닥터 하, 우리 병원에서 한 팀(Term)만 더 연장 진료해 줄 수 없습니까?"

"예? 서울에 다음 달 가기로 약속 되어 있는데요."

"우리 병원 의사들도 닥터 하가 함께 일해 주길 바라고 있어요. 환자들도 닥터 하 다 좋아하고요."

"……"

"정 싫으시면 할 수 없지만 우리도 충분히 대우해 드리겠습니다. 부탁합니다."

오말 원장의 눈빛이 진심으로 내가 이 병원에 필요하다는 말을 하고 있었다.

"그래요, 닥터 하. 한 텀만 더 애써주시고 함께 일합시다. 서울 가도 의사가 하는 일 환자 진료하는 것은 마찬가지 아닙니까? 거긴 너무나 많은 의사들이 있지만 여긴 정말 의사가 필요한 곳 아닙니까? 이렇게 육 년이나 진료를 해왔지만 참으로 보람이 있어요." 양수천 과장도 한마디 거들어 나를 붙잡는 데 일조를 한다.

이렇게 해서 수련의 과정을 마친 후 다시 이 년을 더 연장해 본의 아니게 해외 진료를 사 년이나 하게 되었다.

공교롭게도 아프리카 아크라에서 수련의로 내가 의료 활동을 하는 동안 군에 입대한 유민건은 훈련을 끝낸 지 사 개월 만에 특별 휴가를 나왔다. 그는 내가 서울에 있을 거라고 생각하고 나를 찾아왔다. 당시 나는 아크라 국립보건원에서 현지 적응이 힘들어 상당히 애를 먹으면서 정신없이 진료에 열중하느라 다른 생각을 할 겨를이 없었던 때였다. 유민건이나 나나 서로 연락을 하지 못했다. 그것은 일부러 연락을 안 한게 아니라 구태여 연락을 해야 할 필수적 사유가 없었기 때문이었다. 입대하기 전날에 나를 찾아왔었던 유민건이 내가 없는 데도 다시 나를 찾아온 유민건을 최순영은 대단히 괜찮은 순수한 남자로 느끼게 된 것 같았다.

"모처럼 오셨는데 윤주가 없어서 너무 서운하시겠네요."

"예, 좀 그렇군요. 윤주 씨가 아프리카로 간 줄은 전혀 몰랐습니다." 실망감에 머뭇거리며 유민건은 작게 고개를 끄덕거리며 발길을 돌리려 했다.

순영은 유민건이 그냥 돌아가게 할까 하다가 윤주 대신 그를 대접해 보내는 게 나쁠 것 같지는 않았다.

"그래도 기왕 오셨으니 들어 와 차라도 한잔 하시겠어요?" 유민건은 최순영이 전과 달리 자신을 환대해 주는 게 싫지 않았다. 그는 잠시 주춤했다. 그리고 돌아서려던 발길을 돌려,

"그럼, 그럴까요? 감사합니다." 라며 헛걸음을 치지 않게 되는 것을 다행스럽게 여기며 안으로 들어왔다.

"아프리카에 의료 봉사 간다는 말을 윤주가 전혀 안했나 봐요? 윤주, 걔가 그렇다니까요."

"글쎄, 말을 안 해도 서로 믿는다면 때론 그게 더 서로를 존중하는 뜻이 될 수도 있겠죠. 저도 연락을 못했으니까요. 다 사연이 있지 않을까요?"

"그건 존중이 아니라 서로에 대한 무관심이고 서로에게 상대가 중요하지 않다는 뜻이고 무시해도 된다는 뜻 같은데요?" 순영은 얼굴이 붉어지면서 수줍게 말을 꺼냈다.

"그런가요?" 민건은 순영의 말에 일면 수긍이 가는 듯 고개를 두어 번쯤 끄덕이며 엷은 미소를 지었다.

"흠, 너무 깊이 서로에게 빠져 있으면 서로 구속하고 서로에게 매어져 자유롭지 못할 거 아닙니까?" 그는 쓴 웃음을 가볍

게 지으며 웃었다. 그 웃음은 조금 어색했다.

"그런 구속을 피한다면 그건 서로 사랑하지 않는다는 증거죠. 서로가 정말 뜨겁게 사랑한다면 그럴 수는 없는 거죠." 순영은 뜨거운 사랑이란 말을 하면서 마치 자신의 일처럼 얼굴이 빨개져서 언성을 높였다.

순영은 드립커피를 머그잔에 따라서 민건에게 내밀었다. 그윽한 향이 거실 안에 퍼져 저절로 아늑해진다.

"이렇게 아름다우신 분이 손수 차를 대접해 주시니 정말 영광입니다."

커피잔을 내려놓고 검게 그은 민건의 늠름한 모습에 그녀는 넋이 나간 듯 바라보며 다시 할 말을 잊고 있었다.

저 짙푸른 군복과 모자 밑에서 볼수록 도도해 보이는 콧날과 각진 턱, 목을 타고 내려와 떡 벌어진 든든한 어깨며 넓은 가슴팍은 여태 남자란 걸 본 적이 없었던 기분이었다.

순영은 한참이나 말을 더듬다가 대답을 했다.

"오우. 대한민국 육군 군의관님과 이렇게 차를 마실 수 있다니 저도 영광이에요……."

무슨 특혜가 있었던지 유민건은 입대한 지 반 년도 채 되지 않아 전역을 했다. 유민건의 아버지가 국회의원이란 말도 들려왔으니 아들 하나 군대 면제시켜 주지 못하면 무능한 아버지라고 남자애들 사이에선 농담 같은 진담이 너나없이 회자되던 시절이었다.

유민건과 최순영은 이후로 순식간에 서로 가까워졌던 것 같았다. 순영의 입장에선 분명 나와 민건이 별로 친하지도 않은 그저 클래스메이트일 뿐이라 단정하고 민건에게 다가가는 일을 주저하지 않은 것이 틀림없다. 좀 더 확실하게 자신의 남자로 각인을 시키느라 내겐 더욱 은밀하게 감추고 내가 없는 동안 동반 유학을 서둘렀다.

이렇게 해서 최순영의 유학은 유민건의 졸업과 동시 미국으로 함께 유학을 가게 되었고 유민건이 마침내 미국 의사 시험에 합격을 했다는 것이며 뉴욕 플러씽에서 플래스틱써즈리(성형수술) 전문의로 개업을 했다고 했다. 순영도 저널리즘 석사 과정을 마치고 타임 포스트의 수습기자로 출근을 하게 되면서 최순영과 유민건은 현지에서 결혼했다. 사랑이란 어쩌면 그렇게 물 흐르듯 쉽게 이뤄져야 하는 게 순리일 것 같기도 했다. 그때가 바로 아프리카에서 내가 사 년 만에 서울로 돌아왔을 때였다. 그들이 서로 사랑하게 되어 결혼까지 하게 만든 계기는 바로 내 무표정과 무관심에서 비롯되었다는 생각에 나는 내가 유민건을 진심으로 원한 게 아니었다고 단언할 수가 없었다. 나는 말하자면 아까운 대어(신랑감)를 놓친 어리석은 여자가 되어있는 것이었다. 왜 그토록 가까이서 나를 원하던 사람을 모른 척 했을까? 나는 정말 나 자신에게 정직했던 것일까?

그러나 십여 년이 흘러간 지금 만약 시간을 거슬러 그 시절로 다시 돌아간다면 난 유민건을 잡고 진심으로 사랑할 수 있을까? 정말 나도 유민건의 여자가 되려고 온갖 뜨거운 노력을 하게 될까? 솔직히 그것도 자신이 없다. 어쩌면 지금까지와 똑같은 세월이 반복될지도 모르겠다. 그런데 그럼에도 불구하고 마음에 그토록 고통이 일어났던 이유는 무엇인가?

일요일이다.

고요한 아침이 다가오고 맑은 햇살이 창문으로 눈부시게 스며든다. 잠이 들었는지 그저 잠을 놓치고 새벽까지 뒤척였던 기억만 아련한데 또 다른 하루가 시작된 것이다. 또 다른 하루가 시작되면서 늘 부산스럽게 움직이는 차 소리들이나, 깨어나는 사물의 소리들, 말소리들과 자동차 시동 거는 소리도 오늘은 들리지 않는다. 그동안 잊고 있었던 산책 겸 조깅을 다시할 수 있을 것 같다. 맞은 쪽 아파트에 혼자 사는 할머니가 벌써 첫 번 미사에 가는 소리가 들린다. 다른 날 같으면 강아지 데리고 새벽 운동가면서 "마루야, 쭈쭈! 이리 온!" 하며 계단 내려가는 소리가 조용한 복도를 타고 들려오는 시간이다. 숲으로 이어진 둘레길 언저리 바위 틈새로 선홍색 철쭉이 싱그럽게 웃는다.

최순영은 오후 네 시 비행기로 뉴욕으로 돌아간다고 했다. 오늘까지 치면 그녀가 내게로 온 지 팔 일만이다. 그녀가 내 집에 와서 지낸 팔 일 동안 그녀가 행한 일들을 나는 자세히는 모른다. 꼭 두 번 같이 식사를 했을 뿐 우린 각자의 일상을 따르고 스케줄대로 움직였다. 하지만 분명 무언가 내게는 말하지 않은 그녀의 어떤 팩트가 있을 것만 같다. 아무려나 그게 나와는 별 상관이 없으리란 생각에 여전히 나도 묻질 않는다. 그녀 또한 말하지 않지만.

"윤주야, 시간 되면 뉴욕에 놀러와." 순영은 이제 더 이상 내게 신세를 지지 않아도 된다는 듯 당당하게 말을 토한다.

나는 대답 대신 고개만 끄덕인다. 하지만 솔직히 말해 내가 뉴욕으로 갈 그럴 일은 전혀 일어나지 않을 것이다. 내 속엔 여전히 그녀에 대한 보이지 않는 거부의 앙금이 웅크리고 있고 그녀는 언제나 나를 비열감에 빠지게 한다는 생각뿐이었으니까.

현관문을 나서며 그녀는 한마디 더 추가했다.

"윤주야." 그녀는 내 이름을 불러놓고 잠깐 머뭇했다. 마치 할 말을 망설이는 것 아닐까 싶었다. "실은 나 그이 찾으러 한국에 들어온 거였어. 나 지금 힘들어! 하지만 내가 여기 와 있는 동안 네가 아무것도 묻지 않아줘서 고마웠어."

"뭐? 어? 그게 무슨 소리야?"

급기야 그동안 내게 감추고 있었던 자신의 진실을 내비치려는 건가? 지금 힘들다는 그녀 생뚱맞은 그 말이 도대체 무슨 의미 인지!? 도무지 내겐 와 닿지가 않는다. '그이'를 찾으러 왔다고? 오호! 돈 컴 이지!(Her sayings don't come easy!)

그렇다면 유민건이 말없이 어디론가 사라졌다는 건가? 실종이라도 된 것일까? 아니면 아직도 유민건이 과거처럼 아직도 나에게 일말의 미련이라도 가지고 있다는 뜻일까? 그래서 그가 혹시 나와 연관이 있을 수도 있을 것 같아 시치미 떼고 내게 습격을 온 것이었을까? 아아, 그건 말도 안 되는 헛발질일 뿐이었음을 끝내 확인하고 이제야 자신의 속내를 털어놓은 것인가? 그러나 더 이상은 그녀도 말을 잇지 않는다.

그럼에도 그녀가 말한 지금 힘들다는 소리는 그저 담담할 뿐 내게 슬픈 소리로 들리진 않았다. 바로 그거였구나! 언제나 어두운 것은 가리고 밝은 것만 보여주는 것! 하지만 차츰 그 말이 작게나마 내게 혼란을 가져온다.

아무 것도 묻지 않아줘서 고마웠다고?

그 소리는 어디선가 들었던 진실의 메아리 소리 같다. 어느 날 꿈속에서 들었던 그 소리 아닌가? 그 꿈이 지금 현실로 이렇게 존재하게 된 것인가? 사실 아무것도 묻지 않았던 것은 내가 그녀에게 절대 아무런 관심도 보여주고 싶지 않았던 고의 때문이었다. 그런데 그 잔인한 내 무관심의 폭거에 오히려 감사하다니 이건 내가 완전히 그녀에게 다시 한 번 역습을 당한 기분이다. 솔직히 가슴이 좀 철렁했다.

"잘 있어." 그녀는 캐리어의 손잡이를 당겨 밖으로 끌고 나간다. 그녀의 얇은 모자와 우아한 드레스가 함께 따라간다.

나도 아파트 출입문까지 함께 내려가 택시를 타고 공항으로 가는 그녀에게,

"잘 가!" 라고 손을 흔든다. 그녀는 내 얼굴을 똑바로 응시하며 고개를 한 번 더 끄덕이며 손을 흔들었다. 엷게 웃으며 손을 흔드는 그녀의 얼굴에 깊은 어두움이 서려온다.

저 어두운 얼굴은 뭐지? 그렇다면 난 그녀에게 정말 이방인이었던 걸까? 그녀는 정말 누구였을까? 그녀는 혹 내가 가장 싫어하는 나의 일부 아니었을까?

그녀가 탄 택시가 시야에서 사라지고 나는 다시 아파트 현관문을 닫고 안으로 든다. 또다시 내 좁은 공간엔 아득한 허무가 밀려들고 나의 내부에 깊게 가라앉은 작은 밝음마저 썰물처럼 빠져나간다. 허전하고 서글픈 상실감이 힘들게 젖어든다.

남는 장사, 밑지는 장사

—

"뭐라구? 등신! 그러면 헛장사잖아?

그렇게 맨날 날더러 헛장사나 하라구! 겨우 그게 좀 남는 건데…….

으이그! 그거 내가 박씨한테 얼마나 사정사정해서 싸게 받은 건데

기껏 가게 지킨다고 그걸 홀라당 만 원에 넘겨줘? 이 엠병놈아,

그래도 만 오천 원은 받았어야지! 괜히 여편네 고생만 시키고

아무 도움도 못 되는 병신아, 아이구! 속 터져라."

남는 장사, 밑지는 장사

밤새 조업하고 새벽에 들어온 대창호에서 선장 박씨가 청어와 양미리를 갈라서 나무 상자에 던져 넣는다. 청어 세 상자에 양미리 두 상자. 이만하면 오늘의 일당 어획은 괜찮은 편이다. 양미리는 크기가 별로 좋지 않다. 씨알이 너무 잘다. 박씨는 위판장에 넘겨주려고 청어를 따로 옮겨 놓고 그물에 걸린 양미리를 떼어 고무통에 던져 넣었다. 그는 알이 통통하게 든 실실한 크기의 양미리는 따로 골라 노란 비닐 줄로 열 마리씩 엮어 건조대에 널어놓을 작정이다. 그래도 들쭉날쭉 남는 게 서너 두름은 될 것 같았다. 그것들은 마당 평상에 널어 대충 말리고 며칠 더 잡아 한 데 모아서 장날에 내다 팔 작정이다. 박씨는 잠시 뱃머리를 바짝 부둣가에 대고 돌각에 닻줄을 걸고 나서 허리를 펴고 사방을 둘러본다. 새벽에 조업 나갔던 다른 배들도 모두 다 부두로 돌아와 나란히 서서 잔물결에 둥실둥실거린다.

"많이 잡았어유?" 상냥한 말소리다.

부둣가 노상에 좌판을 벌여놓고 이것저것 되는대로 팔아치우는 팔봉네가 좌판 옆에 앉았다가 밤새 조업을 하고 아침결에 돌아온 대창호 박씨에게 말을 건다. 그가 배에서 고기상자를 내릴 때 팔봉네는 기다렸던 듯 얼른 다가가 거들며 생글생글 웃으며 계속 말을 건다. 그 웃음은 밤새 고기 잡느라 박씨에게 수고 했다는 표시 같은 거였다.

"많이는 뭐, 배에 기름 값도 안 나올 판이라우!"

"에이, 죽는 소리는. 어우, 이렇게 많이 잡고서도 그리 시치미를 떼는 거유?"

"헤헤!" 박씨는 팔봉네한테 그저 웃기만 한다. 자칫 말이라도 잘못하면 나중에 팔봉애비가 생 지랄을 할 테니까. 공연히 평지풍파가 일어날 게 뻔 하니까.

팔봉네는 허리를 펴고 박씨가 갈라놓은 고기 상자를 바라본다.

"박씨, 오늘은 여기 다 양미리 다 넘겨 주시쇼, 잉? 솔직히 이건 너무 시알 잘아서 위판장 가도 돈도 별로 받지 못할 걸 뭐. 뭐 기왕 잡았으니 말이지 이런 건 도루 놔 줘야 내년에 또 잡을게 있지, 안 그래요? 그래요. 나한테 넘겨 주시쇼, 잉? 나 오늘 양미리 장사 좀 하게 그래요." 라고 했다. 그녀의 잉? 잉? 하는 소리엔 조금 수줍은 애교가 느껴진다. 팔봉네는 박씨가 거절할 빌미를 주지 않으려고 조금은 다그치는 말투다. 하긴 박씨는 팔봉네한테는 야박하게 할 수가 없다. 오히려 잡은 고기를 매번 후하게 넘겨 줄 때가 많다.

그건 팔봉네가 박씨를 보고 늘 칭찬을 해 대며 언제나 곰살 맞게 대하기 때문이기도 하다. 약간은 과도한 칭찬이라 거북할 때도 있지만 싫지가 않다. 자기를 알아주는 것 같아서다. 언젠가 그녀가 시장에서 장사하는 여자들끼리 수다를 떠는 걸 본의 아니게 들은 적이 있다.

"난 우리 집 양반이 박씨 반만큼만 부지런하고 마누라 섞 건 아이들 섞건 집안일 뒷바락 잘하면 내가 업고 다닌다구! 진짜 박씨 좀 보라구. 매일 새벽에 나가 고기 잡아다 열심히 돈 벌어서 먹고 사는 일에 자기 책임 다 하고 애들 학비 다 해 대고 낮에는 마누라 밭일 하는데 일손까지 도와주지 뭐…… 박씨는 정말 어디 하나 버릴 데가 없는 양반이라 구!" 하지만 그보다도 팔봉네가 박씨를 좋아하는 이유는 그가 순박하기 이를 데 없지만, 튼튼한 체구와 듬직하니 믿음이 가는 건장한 사내다움인지도 몰랐다.

그 소리를 듣던 팔봉애비는 심정이 뒤틀어져 "엠별년, 같으니! 그렇게 좋으면 서방 삼지 그려." 라며 어떻게 들었는지 팔봉네를 향해 욕을 한다. "까짓 쬐끄만 배라도 저 박가 놈 자식은 한 척 가지고 있다 이거지? 네 년이 나를 업신여기는 거지?"

하긴 대창호는 조그만 나룻배만한 어선이고 혼자 잡으니

고기를 잡아봐야 그 양이 그리 대단하지는 않다. 작은 배에 겨우 엔진을 단 것이니 그야말로 쪽배를 간신히 면한 고깃배로 영세한 어선이다. 그래도 이 배를 가지고 박씨는 쉰이 넘도록 여태 고기를 잡아서 먹고 살았을 뿐더러 아이들도 대학까지 보냈다면 누구도 놀래지 않을 사람이 없을 것이다. 믿지도 않을 것이다. 그는 그렇게 이 배 하나로 바다에 살며 자신의 인생을 꾸려 간 것이다. 팔봉애비는 자기가 그런 배라도 하나 있으면 팔봉에미한테 그런 구박은 당하지 않을 거란 생각에 부아가 났다가도 자신의 무능 때문이라 제풀에 풀이 꺾이고 속이 뒤틀려도 어쩔 수 없이 수그러든다. 하기야 그런 조그마한 배라고 했지만 사실 팔봉애비는 바다에 나가 고기를 잡는 일이 힘겹다. 그건 대단한 육체노동이며 항시 위험한 바다와의 싸움이기도 하니까.

"그렇게 허요. 박씨, 나도 오늘은 양미리나 팔아 재미 좀 보게."

박씨는 팔봉네가 달라니 대답을 않고 머뭇댄다. 싫다고 하기가 미안하기도 하지만 팔봉네에게 넘기면 거의 거저 주는 것이니까 생각하면 손해가 많은 것이다.

박씨는 팔봉네한테 번번이 싸게 넘겨준다 싶어 내키지가 않는 듯 잠자코 말이 없다.

"박씨, 위판장 사람들은 진짜 많이 깎지 않수?" 팔봉네가 박씨에게 오늘 잡은 양미리를 자기에게 넘기도록 은근히 압력을 넣는다.

"헤헤에……. 깎기는 팔봉네가 더하지 안수?" 박씨가 싫다는 내색을 한다.

"아이, 그래도 여기 줘요."

"얼마 줄 건데?"

"으음, 모두 이만 원만 드릴게."

"안돼요. 내가 기름 값 들여가며 밤새 잡은 거 그렇게 후려치면 어쩌요?" 박씨가 성을 낸다. 팔봉네가 박씨의 성난 표정을 보고,

"호호호. 화났슈? 에이, 그거야 나도 알지요. 박씨가 얼마나 힘들게 잡은 건데…… 미안해요. 하지만 나도 장사하면서 재미 좀 봐야지. 박씨가 싸게 주면 좋겠는데…… 내 나중에 막걸리라도 한잔 내려면 쫌…… 에이, 그러지 말고 싸게 줘요, 예? 박씨이?" 팔봉네가 박씨한테 콧소리를 내 애교를 섞어 사정을 한다.

박씨는 팔봉네가 소매로 팔면 못 받아도 삼사만 원은 받게 될 거라 생각하고 못 받아도 삼만 원을 받아야 한다고 배짱을 부려 본다. 팔봉네가 눈을 흘기면서 나한테 그렇게 다 받고 싶으냐고 박씨한테 새침 토라진다.

"싫음, 그만 두시구려. 이젠 박씨도 믿을 수가 없네요. 다

그런 거것지유?" 팔봉네가 주춤 서운한 표정을 짓는다.

"에이, 왜 그러요. 팔봉네?" 박씨가 팔봉네에게 괜한 미움을 사는 게 거북한지 다급해한다. 그리고 잠시 뒤,

"아이, 그럽시다. 그래. 이러면 안 되는데…… 팔봉네 하곤 우리가 하루 이틀 보고 마는 사람들이 아니니 그렇게 해요……. 차암! 난, 그저 매번 나만 손해 보란 말이지요?" 박씨가 팔봉네를 보고 다그친다. 그는 공연히 입맛을 쩝쩝 다시며 "여자들은 정말 못 당한다니까." 라며 양미리 상자를 들어 팔봉네 고무다라에다 양미리를 전부 쏟는다. 아까운 것을 거저 주는 듯 씁쓸한 표정이다.

"흐흠, 고마워요, 박씨." 팔봉네가 토라졌다가 다시 낯을 들고 박씨에게 웃는다. 속없는 박씨도 히죽히죽 웃음을 흘린다. 좋은 게 좋으니까. 어쨌거나 팔봉네와 등지고 싶지는 않기 때문이다.

박씨에게서 받은 양미리는 열 마리씩을 한 무더기로 지어 좌판에 벌여놓으니 네 무더기 하고도 통에 상당히 남았다. 팔봉네는 어시장 입구로 들어오는 사람들에게 양미리 사라고 소리를 지른다. 그리고 소라와 고동도 물 대야에 담아 좌판 앞에 내려놓고 오는 사람 가는 사람 하나하나 물건을 살 만한 사람인지를 일일이 살피며 부른다. 사람들은 곧바로

어시장으로 들어가려다 무얼 가지고 저리 소리를 지르는가 하고 팔봉네 좌판을 한 번씩 들여다본다. 사람들이 물건을 사든 안 사든 팔봉네는 소리 지르며 손님 부르는 게 즐겁다. 그건 솔직히 말해 그런 순간이 바로 자신이 활기 있게 살아 있음을 느끼는 순간이기 때문이다. 한낮이 지나니 좌판에 먼저 벌여놓았던 양미리는 거의 다 팔려 새로이 다시 벌여놓으니 네 무더기 정도가 되었다. 그녀는 남은 고기 서너 마리를 각 무더기에 한 마리 씩 더 얹어 놓으니 먼저 팔았던 무더기들보다 더 양이 많고 넉넉해 보였다. 한 무더기에 육천 원씩이면 네 무더기면 이만 사천 원, 이미 먼저 세 무더기 판 것에서 만 팔천 원을 받았으니 지금까지 판 것만도 거의 본전을 건진 것이다. 한 무더기만 더 팔아도 박씨에게 건넨 이만 원을 제하고 사천 원이 남는 것이니까 지금 새로 벌여놓은 것만 다 팔면 오늘은 꽤 장사를 잘하는 셈이다. 제대로 다 팔면 이만 사천 원이 되니 모두 순 이익만 이만 이천 원이 되는 것이다. 그리되면 오늘 양미리 장사는 이문이 원금의 갑절이 넘는 것이다. 그녀는 벌써 고기를 다 팔아치운 것처럼 기분이 흐뭇하다. 이래서 장사는 할 만한 것 아닌가. 그녀는 앞치마 주머니에 손을 넣어 손끝에 닿는 지폐의 촉감을 즐긴다. 돈. 지폐, 어떤 돈이든 돈의 촉감은 느낌이 좋다.

점심을 먹고 나온 팔봉애비가 좌판을 들여다보더니 "어우! 많이 팔았네!" 라며 팔봉네를 향해 기뻐하며 말을 건넨다. 그는 팔봉네가 장사를 잘하는 게 기특하고 자랑스럽다. 그녀가 장사하는 솜씨는 사실 자기보다 훨씬 낫다. 손님한테는 언제나 친절하고 싹싹하지만 그래도 이문은 알차게 챙기는 게 자기는 도저히 되질 않는 상술이라면 상술이다.

"우와! 역시 자네는 슈퍼맨, 아니, 여자니까. 거 있지 원더우먼이여. 헤헤헤!"

그는 마누라 비위를 맞추느라 알랑 방구를 떨어댄다. 바로 며칠 전에 박가 놈을 서방 삼으라며 욕을 해 대지 않았나? 그는 대창호 박가 놈한테 아양을 떠는 마누라가 못마땅해 욕을 했던 것도 다 잊고 너스레를 떤다.

"에이그!, 심통 부리며 욕지거리 할 땐 언제고?" 팔봉네가 쌀쌀맞게 독기를 품어댄다.

"그거야 뭐. 뭐여, 그냥 해본 소리지. 자넬 내가 모르나. 당신은 음, 헤헤! 슈퍼맨이야. 정말이야." 라며 팔봉애비는 뭐라 변명이 안 되자 말끝을 흐려서 마누라한테서 서운 했던 심사를 얼버무려 자신이 욕을 했던 것을 없던 일로 하려든다. 부부 싸움이야 원래 칼로 물 베기라 하지 않던가. 서방이 기집한테 욕 좀 하는 게 뭐 어때? 음, 물론 좋지는 않지. 그럼. 그는 속으로 혼자 자문자답으로 중얼 거린다.

그는 궁색한 변명을 한참 늘어놓다가 그렇지 말고 자기가 가게 지켜보고 있을 테니 집에 들어가 밥이나 먹고 나오라며 팔봉네에게 말을 누그러뜨린다. 그리고 힘들면 좀 누웠다가 나오라며 마누라한테 선심을 쓴다. 팔봉네는 주위를 한번 휘이 둘러본다. 사실 아침도 제대로 먹지 못했는데 여태 손님을 부르느라 소리를 질러 댔기 때문에 힘도 빠지고 허기도 들었다. 아직 팔아야 할 생선이 상당히 남아있긴 하지만 팔봉애비가 가게를 봐 준다니까 맡기고 들어갔다 나올 생각이었다. 그녀는 좌판 위에 벌여둔 양미리 무더기를 다시 세어보고 물 대야에 소라와 고둥도 한 번 더 살펴보았다.

앞치마에 비린내 나는 손을 닦으며 팔봉네가 어그적 어그적 길을 건너 골목으로 접어들자 장바닥에 사람이라곤 한 사람도 보이지 않았다. 관광버스에서 내렸던 사람들도 거의 다 돌아간 모양이다.

좌판 밑에 얼룩 고양이가 살금살금 돌아다니다 꼬리를 깔고 앉아 하품을 한다. 그놈은 조그만 소리가 나도 감은 눈을 번쩍 뜨고 사방을 두리번거린다. 어쩌다 한 번씩 "야옹!" 할 때도 있긴 하지만 거의 소리를 내지 않는다. 팔봉네가 생선 자투리나 마른 양미리를 주면 숨었다가 냉큼 물고 달아나 어디서 먹고 오는지 혓바닥으로 입맛을 다시며 주둥이며 턱주가리를 핥아 대는 게 그놈이 하루 종일 하는 일이다. 글쎄 그래서 그런가 이 어설픈 좌판 가게에 쥐가 보이지 않는 게 분명 이놈이 주위에서 빙빙 돌며 자리를 지키고 있기 때문일지도 모른다. 그놈도 참 기특한 놈이다. 한참을 좌판 가게 나무의자에 앉아 있어도 손님은커녕 아무 일도 없으니 팔봉애비도 좀이 쑤시고 지루해 일어났다 앉았다를 반복하다가 잠시 밖에 나가 누구 아는 사람이라도 없나 하고 사방을 두리번거린다. 바다 쪽에서 짜릿한 바람이 불어오고 눈부신 햇살에 한가한 오후가 아득하다. 그는 잠시 크게 한숨을 쉬고 나서 다시 안으로 들어와 좌판 밑 한구석에 졸고 있는 고양이를 툭툭 건드려 깨운다. 화들짝 놀란 고양이가 성난 듯 꼬리를 추켜들고 쏜살같이 달아난다. "히히잇!" 그는 고양이가 달아난 게 조금 섭섭하지만 아무 것도 아닌 자신의 심심풀이에 놀라 달아나는 고양이에게 미안한 생각이 든다.

팔봉네가 집으로 들어간 지 한 두어 시간 쯤 지나서였을까, 저녁이 다가오니 사람들의 발길이 더욱 뜸해진다. 생선을 사려는 사람들은 이제 거의 보이지 않는다. 회를 뜨거나 매운탕 손님을 기다리던 활어 가게도 대형 버스에서 내려 어시장을 구경삼아 잠시 들르는 관광객들이 전혀 보이지 않으니 오늘 장사는 끝났다는 듯 활기가 없다. 어시장 안의 가게

들이 하나씩 문을 닫는다.

포구 안쪽에서 나오면 승용차 한 대가 천천히 팔봉네 좌판 가게 앞으로 지나갔다. 아마 바다구경을 하느라고 포구 깊숙이까지 들어갔다가 나오는 차 같았다. 그리 새 차는 아닌 데 차체에 먼지가 뽀얗게 씌워진 걸 보아 먼 길을 돌아다닌 모양이었다. 그 차는 팔봉네 좌판 가게 앞을 지나 얼마쯤 갔다가 멈춰섰다. 안에서 중년의 여자가 내다보며 좌판 가게 쪽을 바라보았다. 무언가 사고 싶은 눈치였다.

여자는 선글라스를 벗으며 차에서 내려 팔봉네 좌판 앞으로 다가왔다. 몸집이 좀 큰 여자였다. 얼굴이 별로 예쁘지 않았지만 궁색해 보이진 않았다. 그녀가 쓰고 있는 분홍색 썬캡 차양으로 저녁 햇빛이 되비친다. 여자가 가게로 다가오자 남편인 듯한 운전자가 차에서 내려 따라왔다.

"에이그! 뭘 또 산다고. 이봐! 제발 그만 사. 가는 데마다 산 게 얼만데 또 무얼 그렇게 사지 못해 안달인가?" 여자가 무얼 사려는 게 못마땅한 지 남자는 무척 짜증스러운 말투였다.

"당신은 모르면 가만있어요, 네? 그래도 여기서 사면 서울보다 훨씬 싸잖아요?" 여자는 선글라스를 벗으면서 다시 팔봉네 가게 앞으로 다가왔다.

"저 양미리 한 무더기 얼마예요?"

"한 무더기에 육천 원이예요."

"엥? 너무 비싼데요. 뭐 서울보다도 더 비싼 값이에요."

"그럴리가요. 이건 아주 싱싱하고 살이 통통한 게 맛이 좋아요." 팔봉애비가 손님에게 따리를 붙인다. 여자가 그냥 갈 듯 몸을 돌리자 팔봉애비가 그러지 말고 싸게 줄 테니 네 무더기 다 사가라고 선수를 친다.

그러자 여자가 그러면 얼마냐고 다시 묻는다. "네 무더기면 육사 이십사 이만 사천 원 아닙니까? 그저 이만 원만 내세요."

"에이그! 그게 뭐가 싸게 해준 거예요. 나도 값 다 알아요. 전부 만 원만해요. 나도 이거 꼭 필요해서 사는 건 아니니까. 온 김에 사는 거예요. 솔직히 현지에서 사면 뭐든 좀 싼 맛이 있어야지 어째 요즘은 서울이 제일 싸다니까요." 여자는 다시 선글라스를 코에 올려놓고 팔봉애비를 빤히 바라본다. 팔봉애비가 여자에게 그렇게 값은 내려치는 데가 어딨냐며 성을 낸다. 여자가 조금 더 선심을 쓸지도 몰라 다시 잘해서 사가라며 말투를 부드럽게 내렸지만 여자가 잠시 머뭇거리다가 그냥 자동차로 다가간다. 여자가 돌아오는 것을 보자 차에서 내렸던 남자(조씨)가 다시 차 안으로 들어가 핸들을 잡고 시동을 건다. 모처럼의 손님인데 팔지 못하고 그냥 보내는 게 팔봉애비는 자신의 무능을 드러내는 꼴이 되니

애가 탄다. 이제 이 시장 통에 오가는 손님이 아무도 없는데 어떻게 하든 팔아야 하는 것 아닌가. 그는 다시 선글라스를 쓴 여자에게 쫓아 가 "아줌마! 가져가요. 가져가. 에이잇! 우린 망했네." 라며 울며 겨자 먹는다는 시늉으로 떠버린다.

"에이, 그냥 처음부터 줄 것이지 뭘 그러세요?"

"아이, 우리도 먹구 살아야죠. 아무튼 엄청 싸게 사신 거예요." 팔봉애비가 좌판에 펴놓은 양미리 무더기를 전부 합쳐 검은색 비닐 주머니에 담아 여자에게 건넨다. 여자는 핸드백에서 지갑을 꺼내 파란색 만 원짜리 지폐를 팔봉애비에게 주고 두툼한 양미리 주머니를 받아 들고 다시 승용차로 돌아간다. 승용차 안에서 시동을 켜고 기다리던 남편 조씨는 마누라가 차에 올라타자 천천히 액셀을 밟아 출발한다. 그는 이제 사고 싶은 것 다 산 거냐고 가는데 마다 무언가를 한두 가지씩 사대는 마누라에게 핀잔어린 비아냥거림을 퍼붓는다. 선글라스를 쓴 조 씨의 마누라 오여사는 남편의 비아냥거림 같은 것은 늘 들어왔던 터라 아무 대꾸도 없이 그저 싼 값에 물건을 산 것이 흡족한 듯 기분이 즐거웠다. 오여사가 선글라스를 벗고 차에 올라타자 운전자 조씨(퇴직한 조부장)가 마누라에게 항의라도 하듯 언성을 높인다.

"기어코 또 샀어? 이봐, 오여사, 당신 그렇게도 사는 게 좋아? 응?"

"그럼요, 이것도 장사라면 장사유, 서울서 아무리 못 쥐도 이만 원 이상에 살 걸 여기서 만 원에 샀으니까 만 원은 번 것 아니 유? 안 그래요? 이 영감탱아! 내가 괜히 아무거나 사고 그러나? 나중에 노릇노릇 구워 소주안주라도 해서 먹을 때는 나보다 더 좋아할 양반이 잔소리는 무슨 잔소리가 그리 심하우?" 오여사는 남편이 자신에게 비아냥대는 게 걸려서 물건 값 깎아서 싸게 산 흡족했던 기분이 싹 가신다.

"그래, 내 말이 잔소리로밖에 안 들려? 사람하곤……"

"잔소리 아니면 군소리지. 여봐요, 조영감, 입 다물고 운전이나 잘 하라구요? 나도 다 뜻이 있어서 사는 거니까 알았어요?" 여자는 다소 앙칼스럽게 대꾸를 한다.

"그래, 장사 참 잘한다. 돈도 참 많이 벌지? 응? 그렇게 사는 걸 좋아하는 사람 온 천지에 당신 따를 사람 없을 거야. 뭐든지 보는 대로 다 사려 들지…… 흥!" 조영감은 오여사가 하는 일이 마냥 탐탁지 않지만 그녀의 성질도 한 번 한다면 막을 수 없는 성질이라 속으로 끙끙댈 뿐 별수 없이 조영감은 속수무책이다.

"아니 뭐 어때서 그래요? 이런 거 좀 산다고 전 재산이 날아가는 것도 아니고 기둥뿌리가 빠지는 것도 아닌데 왜 그렇게 야단이우. 그저 내가 뭐 좀하면 다 싫은 거지, 응? 고약한 늙은이 같으니라구!" 오여사도 절대 남편에게 지는 법이 없다.

일순간 그들은 대화를 멈추고 사뭇 떨떨한 기분에 쩝쩝 입맛을 다시고 크게 한숨을 내쉰다. 갑자기 기분이 가라앉고 분위기가 무거워진다.

해는 뉘엿뉘엿 서쪽으로 기울고 밀물에 갯벌도 잠기니 갈매기들만 분주하게 저녁하늘을 휘돌아댄다. 조씨가 모는 승용차는 구불구불 해변 길을 따라 서서히 속도를 낸다. 오랜 운전과 여독으로 피곤한 판에 서로가 입씨름으로 불편해진 심기 때문에 그들의 나들이 여행은 집을 나설 때와 다르게 돌아오는 길은 더 없이 무겁고 힘이 들었다.

늘어지게 한잠을 자고 난 팔봉네는 아직도 온몸이 찌뿌둥하니 삭신이 쑤신다. 하지만 아무리 몸이 아파도 일어나 좌판 가게로 나가야 직성이 풀리는 것이다. 가게에 나가면 바닷바람에 가슴도 시원해지고 모르는 사람들이 오가며 물건을 사기도 하고 이웃들과 잡담이나 수다도 떨며 지내니 심심하지가 않은 것이다. 미우나 고우나 팔봉애비가 이것저것 거들어 주니까 집보다는 가게가 훨씬 더 즐거운 게 사실이다. 그녀는 전기밥솥에 남은 밥을 떠서 김치랑 얼러 간단히 요기를 하곤 벗어 놓았던 앞치마를 다시 허리에 두르고 대문을 나섰다. 저녁이 다 된 때여서 골목에도 사람이 없다. 차가 다니는 길을 건너 시장통으로 들어선다. 아침에 돌아온 고깃배들이 멀리 포구에 나란히 둥실거린다. 그것들도 지금은 쉬는 시간이다. 다시 자정이 지나 새벽이 되면 불을 켜고 바다로 나가 밤새 조업을 하는 배들이다. 어쩌면 내일도 박씨한테 받아서 양미리 장사를 하게 될 지도 모른다. 아니면 간자미 새끼들이라도 잡으면 아니 박씨가 내일도 그리 싸게 고기들을 넘겨주지는 않을 것이다. 번번이 그럴 수는 없으니까. 그러니까 가끔씩 약주라도 받아주고 소주라도 한잔씩 사면 너무 서운해 하지는 않겠지. 팔봉네는 박씨가 고맙기도 하고 여러 가지로 마음 가는 사람이라 절대 섭섭하게 하고 싶지는 않다. 하지만 팔봉애비가 눈치가 구단이니 혼자서 어찌 표현하기도 쉽지가 않다. 안 그래도 걸핏하면 박가 놈 서방 삼아 나가라고 욕지거리를 해 대지 않는가? 몇 번 듣는 데서 그 사람 칭찬을 했다고 그렇게 심통을 떨지 않았는가? 다들 '고생! 고생!' 하고 떠들지만 여자한테는 못난 놈하고 사는 팔자가 제일 극악한 고생 팔자여!

시장 통엔 산들산들 저녁바람이 들고 한낮의 열기는 가시고 가게를 닫고 들어가는 사람들이 보였다, 팔봉네는 앞치마 주머니에 손을 넣어 본다. 주머니에 있던 돈은 꺼내서 통장에 끼워 놓았기 때문에 얼마간 잔돈뿐이다. 그녀가 좌판 가게로 다가 가보니 팔봉애비는 보이지 않았다. 문간에 앉아 있던 고양이가 인기척에 고개를 돌리고 귀를 쫑긋쫑긋하더니 좌판 밑으로 들어간다. 좌판에 벌여두었던 양미리 무더기도 보이지 않는다. 그새 다 판 모양이었다. 그녀는 좌판 옆집들을 흘깃거리며 팔봉애비를 찾는다.

가게 뒤에서 두런두런 말소리가 들려 왔다. 분명 길 건너 강 서방네 조카 민제의 목소리다. 팔봉애비하고 죽이 맞아 걸핏하면 술 마시고 놀아대는 사람이니 함께 소주를 마시고 있나? 아니면 땅에다 금 그어놓고 돌멩이로 내기 장기라도 두는 건가? 팔봉네는 그 자체도 늘 못 마땅하다. 지금 말소리는 그들이 종이컵에 소주를 따라 둘이서 홀짝홀짝 안주도 없이 맹숭맹숭 주거니 받거니 하는 소리였다. 그런데 오늘은 평소와 달리 말소리가 낮게 가라앉은 게 들렸다 말았다 어딘가 심각한 이야기가 분명했다. 하긴 민제란 놈이 바다에서 고기나 잡을 줄 알지 할 줄 아는 게 어디 있나? 주변머리 없긴 그놈도 팔봉애비나 다를 게 없지 않은가.

잠시 말소리가 끊기더니 팔봉애비의 상기된 말소리가 들려 왔다.

"그러게 북어 하고 기집은 사흘에 한 번씩은 두들겨 패야 혀. 그것들은 말야. 때릴수록 보들보들한겨. 알아?"

"에그! 형님두! 지금이 어떤 세상인데 그런 말을 하시우? 사실 나도 마음 같아선 정말 한 번에 요절을 내고 싶지만 그럴 수도 없구."

"흥! 매일 밤 그럼 그걸로 요절을 내든지…… 흐흐흐." 팔봉애비가 민제의 아랫자락을 보며 음탕한 웃음을 짓는다. 그러나 그는 곧 민제의 사정이 웃어넘길 일만은 아닌 것 같아 잠시 눈을 껌벅거리다가 말을 잇는다.

"그래도 바람피우는 건 아니지?" 라며 팔봉애비가 걱정스러운 표정을 짓는다.

"저야 모르지요. 난 집을 비우는 때가 많잖아요? 한 번 나가면 일주일 이상 걸릴 때도 있으니까."

"정말이지 요즘 년들은 서방 알기를 개털로 알거든. 돈만 뺏고는 서방이 무슨 생각을 하는지 무엇을 원하는지는 아무 관심이 없지. 언제나 제 욕심에 돈은 모자라는 거니까. 돈 없는 남편은 아예 무능한 인간으로 만들어 깔아 뭉갠다구." 팔봉애비가 민제를 보고 마치 동병 상린이라도 하듯 울분을 터뜨린다. 그것은 자신의 이야기도 되는 거니까. 그는 잠시 한숨을 들여 마시고 나서 다시 말을 이었다.

"웬만하면 그냥 참고 살지 그려. 시간이 지나다 보면 모든 것 다 잊게 돼. 한 며칠 지냈다가 처갓집에 가서 데려와. 애들도 있는데……. 돌아올 거야."

"정말 그럴까요? 하지만 두렵고 떨려요. 만약 싫다고 안 돌아오면 정말 어쩝니까? 난 그게 걱정이에요. 분명 누군가가 있는 게 틀림없으니까." 그가 말하는 누군가는 아내의 사귀는 남자를 의미했다. 팔봉애비는 민제 아낙이 집을 나간 사연이 남의 일 같지 않아 쩝쩝 입맛을 다시다가 소주잔에 남은 술을 따른다.

한참을 기다려도 팔봉애비가 가게로 들어오지 않으니 어디쯤 그가 있는지 감을 잡은 팔봉네가 가게 뒤편에 대고 소리를 질렀다. 상당히 앙칼진 목소리다.

"여보 가게 비워놓고 대체 뭐하는 거유, 또 술이야?" 마누라가 성이 난 걸 느끼고 팔봉애비가 "알았어. 금방 갈게." 라며 그는 마지막 잔을 입에 털어 넣고 일어선다.

그리고 "내 말대로 가서 싹싹 빌고…… 데려 와." 라며 위로의 말 겸 다시 방법을 일러준다.

팔봉애비를 따라 일어서는 민제는 눈만 껌벅일 뿐 대답이 없다.

가게로 들어온 팔봉애비의 얼굴이 벌건 걸 보고 팔봉네는 속이 부글부글 끓는다. 그새 못 참아서 또 술타령이냐고 강하게 다그친다. 그리고 "양미리 다 팔았우? 돈 이리 내놔요."

"에잇, 그저 돈밖에 모르는 년, 내가 그 돈 떼어먹었을까봐?"

"글쎄, 빨리 내놓으라니까!" 팔봉애비가 뒷주머니에서 만

원짜리를 꺼내서 내밀며,

"자, 받아." 달랑 만 원짜리 하나인 걸 보고 팔봉네가 소리를 친다. "아니 왜 이거야? 그 돈으로 술 마셨어? 앙?" 팔봉네는 팔봉애비가 양미리 판 돈으로 술을 마시고 남은 돈일 거라 생각하니 속이 끓다 못해 뒤집힐 지경이다.

"아녀, 아녀." 그는 손사래를 치며 그게 아니라고 자초지종을 말하려 하지만 마누라가 들어 줄 생각은커녕 자꾸 화를 내려 하니 답답하다.

"그게 아니고 손님도 없이 종일 있다가 마지막으로 서울로 가는듯한 사람이 살까 말까 해서 그냥 전부 만 원에 넘겨줬다구. 나도 별 이문이 없는 것은 알고 있었지만 고기야 내일도 또 나올 것이고 그래도 본전은 건졌잖아? 아쉽긴 하지만 그래도 사려는 사람 있을 때 얼른 다 넘겨주는 게 낫겠다 싶었지." 팔봉애비가 나긋나긋 마누라 눈치를 보며 마치 자신의 잘못을 변명하듯 설명을 한다. "날은 저무는데 처음엔 전부 이만 사천 원이라니까 학을 떼고 돌아서서 가더라구. 그래 내가 한참 있다가 달려가서 다 가져가라고 했더니 그럼 만 원에 달라는 거야. 생각해 보니 이게 생선인데 내일만 가도 물이 나빠지고 상할 텐데 얼른 처분해야지 싶어 임자 있을 때 그냥 팔았다구! 내가 뭐 잘못했냐? 이 엠별년아! 앙" 사실 예상했던 이문보다는 무척 적어졌지만 실제로 밑진 것은 아니었으니 사려는 사람 있을 때 얼른 팔아버린 게 얼마나 잘한 것인데! 그 역시 좋은 소리는 못 듣고 터무니없이 바가지를 긁어대니 속이 뒤집힌다.

"뭐라구? 등신! 그러면 헛장사잖아? 그렇게 맨날 날더러 헛장사나 하라구! 겨우 그게 좀 남는 건데……. 으이그! 그거 내가 박씨한테 얼마나 사정사정해서 싸게 받은 건데 기껏 가게 지킨다고 그걸 홀라당 만 원에 넘겨줘? 이 엠별놈아, 그래도 만 오천 원은 받았어야지! 괜히 여편네 고생만 시키고 아무 도움도 못 되는 병신아, 아이구! 속 터져라." 팔봉네는 남편의 등을 주먹으로 때리며 "에잇! 도둑질도 손발이 맞아야 해먹는다는데. 이건 영 도움이 안 돼, 도움이!"라고 한 번 더 팔봉애비에게 악을 쓴다. 듣다듣다 팔봉애비가 밖으로 달아난다.

"엠별년!"

조씨의 딸 혜진이 내외가 주말에 친정집에 오겠다고 연락이 왔다. 참으로 오랜만이다. 결혼을 해서 분가한 자식들이 친가에 온다든가 아니면 부모와 외식이라도 한번 하려면 약속을 잡는 일마저도 요즘은 쉽지가 않다. 아들 내외나 딸 내외가 결혼 초엔 연락도 자주 하고 집에 오기도 했지만 시간이 지날수록 그런 일들이 뜸해지는 게 사실이다. 다 저희들 살아가는 일이 만만치 않으니 서로의 일정이나 특별한 스케줄에 지장이 없어야 하는 때문이다. 혜진의 집은 친정인 조씨(전직 부장) 집에서 별로 멀지가 않다. 하지만 그 애도 아이 키우면서 낮에는 직장 다니느라고 여간 바쁘지가 않다. 아침마다 손자를 시댁에 맡겨 두고 퇴근할 때 다시 데리러 가는 일이 여간 성가신 게 아니다. 다행히 아직은 아이가 할머니, 할아버지와 잘 지내고 말썽도 안 부리니까 별 걱정은 없지만 곧 어린이집이나 유치원 영아반 같은데 다니게 되면 그 뒷바라지 또한 여간 번거로운 일이 아니다. 그런데다가 무슨 일이든 친정보다는 시댁에 우선 순위를 먼저 두어야 하니 자연 친정 부모와 자리를 함께 하기가 쉽지않다. 어쨌든 주말에 그 애들이 친정집에 오겠다니까 오면 집에서 음식을 직접 만들어서 함께 식사를 하게 될 것이다. 이런 날은 마누라 오여사에겐 갑자기 비상이기도 하다. 어쨌거나 딸도 시집보내고 나면 전처럼 격이 없는 게 아니다. 출가외인이라고 은연중 다소 손님 같은 거리감이 있는데다가 사위가 함께하니 아무리 내 딸이지만 이전처럼 편하지만은 않다. 게다가 백년지객 사위의 눈치를 보아야 하니 딸이 하는 말이나 행동에 못마땅한 구석이 있어도 아무 내색을 하지 않고 받아준다. 영감 조씨는 그래도 외손자 안아볼 수 있는 게 좋아서 별말은 없어도 은근히 기대를 가지고 기다린다. 그러나 무엇보다도 혜진의 신랑인 사위가 모모 건설 회사의 관리 팀장인데 이 친구가 여간 술이 센 게 아니다. 그래서 마누라 오여사도 사위가 오는 날은 맛있는 음식은 기본이고 술대접에 여간 정성을 들이지 않는다. 그 바람에 조 씨도 모처럼 술한잔 거나하게 마실 수가 있지 않은가. 조씨에겐 이날이 생일 아닌 생일이다. 조씨는 미리미리 청소도 해 놓고 손자 줄 장난감도 사다놓고 딸 내외가 좋아하는 음식을 생각해 본다. 그리고 오여사에게 사위는 '백년지객'이란 말을 거듭 거듭 들려주며 좋은(맛있는) 음식 장만을 해야 한다고 메뉴 독촉을 해댄다. 남편의 말이 틀린 말이 아니지만 무슨 일이든 하려고 맘을 먹는 일에 곁에서 누가 자꾸 재촉을 해대면 원래 하고 싶던 마음이 싹 달아나 버리는 게 인지상정이라 오여사는 큰소리로 "알았어요. 알았어. 내가 다 알아서 준비해 놓을 테니 당신은 나중에 잡숫기나 하라구요!" 라고 소리를 친다. 오여사는 사사건건 잔소리를 해대는 남편 조씨가 미워서 딸 내외 접대하는 일보다 남편 입막음에 더 신경이 쓰인다. 그리고 '퇴직한 늙은이가 잔소리는 왜 그렇게도 센 거야. 가만히 있으면 어련히 알아서 잘 해줄라구. 어째 그리 쩨쩨하게 마누라 닦달만 하는 거야, 으이구! 웬수!' 하고 속으로 떠벌인다. 솔직히 조씨 잔소리에 그녀는 딸 내외가 집에 와서 함께 식사를 하는 일이 달갑지만은 않다. 그래도 사위 사랑은 장모라는데 사위한테 잘해야 딸이 남편에게 사랑받고 시집살이를 편하게 해낼 수 있는 거니까 힘들어도 어쩔 수가 없다. 혜진이 고년도 사위 하고 같은 회사에 다니는 사내 커플인 게 하루 종일 회사에서 일하다가 저녁때 다시 시댁에 가서 아이 데려오고 하느라 쉴 틈 없이 바쁘고 힘든 생활이라 이해는 가지만 제 어미한테 하는 꼬라지를 보면 섭섭한 게 한두 가지가 아니다. 그나마 다행히 아이를 시집에 맡기는 것은 정말 고마운 일이다. 주위에서 보면 대개 외손자들은 거의 친정어머니가 맡아 기르느라 고생들을 하고 있지 않은가? 아이 보기가 얼마나 힘든데! 그런데 시댁 어른들이 손자 예쁘다고 자처해서 아이를 봐준다니 얼마나 다행한 일인지!

오여사는 무슨 음식을 장만할까 하여 생각이 연연하다. 씨암탉? 그건 벌써 여러 번 해 먹인 것이고. 갈비찜? 그건 좀 느끼하지 않을까? 새우튀김에 생선회? 아아. 아니면 상추쌈과 숯불구이 삼겹살은? 삼겹살이면 술안주로 더할 나위 없는 것 아닌가! 그건 마당에 나가 바비큐 버너에 숯불을 피워 놓고 석쇠에 구워야 제 맛이지……. 아참! 이참에 지난번 남해에서 사온 통통한 양미리도 별미로 곁들이면 별미로 손색이 없을 거야. 오여사는 좋은 생각이 난 게 즐거워서 탁자를 손으로 치면서 뒷 베란다로 갔다. 양미리가 잔뜩 들어 있는 비닐 자루가 베란다에 그대로 있었다. 그건 거기에 그렇게 있어선 안 되는 것이다. 남해에서 살 당시 그대로 비닐 주머니째로 냉장고에 넣어 두었던 것인데 다시 꺼내 수둑수둑 반 건조로 조금 말려서 다시 냉동 보관 하려고 베란다로 가져다 놓고 마침 전화 받느라고 핸드폰 가지러 갔다가 깜빡 잊고 그대로 방치해 둔 양미리 주머니였다. 그 검정 비닐 주머니 근처에 파리가 윙윙 거렸다. 아뿔사! 너무 오래 잊고 있었다. '에구머니나!' 그녀가 비닐 주머니의 묶인 부분을 풀어서 열었을 때 조그만 구더기들이 주머니 사방에서 옴씰거렸다. 그녀는 자신의 잘못 때문에 아까운 양미리를 버릴 생각을 하니 기가 막혔다. 혹시 조금이라도 건질 수 있을까 하고 주머니 속을 헤치니 아직 실실한 것들은 꽤 있었지만 역겨운 비린내 악취가 진동을 했다. '에그! 에그! 이를 어쩐담!' 무심코 그저 깜빡 잊고 있었던 탓에 싸게 샀다고 좋아했던 그 양미리가 하나도 먹을 수가 없게 된 것이다. '에잇, 쯔쯔쯧!' 혼자 혀를 차며 안타까워 하지만 누구를 탓할 수도 없고 어떤 이유나 변명도 할 수 없는 자신의 잘못이니 어쩔 도리가 없다. 그녀는 혹 남편 조영감이 이때다 하고 안에서 따라 나오지나 않나 하여 연신 집 안 쪽을 살핀다. 좁쌀영감 같은 조씨가 이를 알게 되면 얼마나 또 마누라에게 비아냥거림과 면박을 할까? 아마 하루 이틀에 끝내지도 않을 것이다. 두고두고 그걸 트집 잡아 다른 것까지 다 싸잡아 공격을 해댈 게 틀림없다. 그건 그렇지만 오여사는 아까운 양미리를 이렇게 모두 버리게 된 것이 여간 마음이 아프지 않다. 그녀는 잠시 망연자실 멀건이 서 있다가 할 수 없이 손으로 코를 잡고 더 이상은 양미리 주머니를 보지 않으려고 주머니 입구를 비틀어 막아 가지고 음식물쓰레기통으로 달려갔다. 이 놈의 양미리 사느라 남편에게 얼마나 면박을 당했던지! 생각할수록 스스로에게 분통이 터졌다. 음식물쓰레기통에 비닐 주머니를 열어 아까운 양미리를 모두 쏟아 넣고 그녀는 뒤도 돌아보지 않고 집 안으로 들어왔다.

에잇! 에잇!

정말 기억하고 싶지 않은 양미리 주머니다.